海南之南

三亚市文学艺术界联合会
三亚市作家协会　主编

中国华侨出版社
·北京·

图书在版编目（CIP）数据

海南之南/三亚市文学艺术界联合会，三亚市作家协会
主编.— 北京：中国华侨出版社，2019.11

ISBN 978-7-5113-8055-5

Ⅰ.①海… Ⅱ.①三… ②三… Ⅲ.①中国文学—当代
文学—作品综合集 Ⅳ.①I217.1

中国版本图书馆CIP数据核字（2019）第 200050 号

● 海南之南

主　　编 /	三亚市文学艺术界联合会　三亚市作家协会
责任编辑 /	黄　威
封面设计 /	大燃图艺
经　　销 /	新华书店

开　　本 / 710毫米 × 1000毫米　　1/16　　印张/19.25　　字数/220 千字

印　　刷 / 河北鸿祥信彩印刷有限公司

版　　次 / 2019 年 11 月第 1 版　　2019 年 11 月第 1 次印刷

书　　号 / ISBN 978-7-5113-8055-5

定　　价 / 52.00元

中国华侨出版社　　北京市朝阳区西坝河东里77号楼1层底商5号　　邮编：100028

法律顾问：陈鹰律师事务所

发 行 部：（010）64443051　　传　真：（010）64439708

网　　址：www.oveaschin.com　　E-mail：oveaschin@sina.com

如发现印装质量问题，影响阅读，请与印刷厂联系调换。

序

三亚是中国唯一的热带滨海旅游城市，如今正全面建设海南自由贸易试验区和中国特色自由贸易港。在这片热土上，穿越千年、悠久璀璨的历史文化和得天独厚、享誉全球的自然环境，都会引发今人"思古之幽情"的无限遐想。

在 2018 年 9 月举办的新一届三亚市作家协会成立大会上，我曾经说过：三亚正处在一个发展的关键时期，在海南自由贸易试验区和中国特色自由贸易港的建设中，全市上下团结一心、攻坚克难，深入推进各项改革发展、推动社会文明大行动，全面实施脱贫攻坚、乡村振兴战略。这些都为作家们的创作提供了取之不尽的素材，希望新一届作协能够以习近平新时代中国特色社会主义思想为指导，贯彻落实习近平总书记在文艺工作座谈会上的讲话精神，"深入生活、扎根人民"，创作出弘扬时代主旋律、传递社会正能量的优秀文学作品，开创三亚文学新局面。

现在呈现在读者面前的这本作品集，就是三亚市作家协会组织会员多次深入基层、历时五个月辛勤耕耘的成果。有的作品，如《哑巴轶事》《打个哈欠也好》《"锋哥"扶贫记》等小说，结合精准扶贫，塑造了鲜活的人物形象，讲述了我市扶贫战线上发生的感人故事；有的作品，如《血红的长春花》《骑楼街遐思》《大美亚龙湾》《沿三亚河而上》等散文，描绘了三亚的历史文化、风土人情、自然概貌与山水人文等独具区域特色的美好画卷，投射了三亚随时代变迁与时俱进在这方热土上的精神影像。更难得可贵的是，作品集中的诗歌，如《与博后村静坐一晌时光》《 行走崖州》《情系天涯》《玫瑰谷赞歌》等，诗人们用饱满的热情展示了三亚厚重的传统文化和瑰丽的现代韵味，显现了良好的精神风貌和较高的创作水平。

三亚市作家协会开展"深入生活，扎根人民"主题实践活动，是在海南自贸试验区和中国特色自贸港建设、"一带一路"、脱贫攻坚和"创文巩卫"等背景下，在市委宣传部直接指导、市文联统一部署下开展起来的群众性创作活动。作家们把创作优秀作品当做立身之本，让更多的人通过文学作品聆听到"三亚好声音""三亚好故事"，表现出了三亚文艺创作发展的良好态势。

希望市作家协会进一步增强文艺工作的政治性、先进性及群众性，团结带领全市作家"不忘初心、牢记使命"，在新的历史时期，在新的起点上，推动我市文化事业繁荣发展，为三亚在海南自贸区（港）建设中打造标杆，作出文艺工作者应有的贡献。

是为序。

中共三亚市委常委、宣传部部长　尚林

2019 年 10 月 21 日

目　录

小　说

散　文

历史类

概貌类

民俗类

山水类

人物类

游记类

诗　歌

新体诗

小　说

哑巴佚事

高照清

　　哑巴结婚了。对许多人来说，哑巴结婚是件意料之中的事，也是件意料之外的事，但是无论如何，哑巴能找到老婆，能结婚，并且很快生儿育女，这是一件大事，一件值得大张旗鼓庆贺的喜事。

　　哑巴阿妈说，哑巴刚生下来时，没哭出声来，他就那么一动不动，没声没息的。接生婆急了，用手掌轻轻拍打他的屁股，又稍微用力晃动了一下，孩子还是不见动静。接生婆一脸凝重，迟疑地对他阿妈说，唉……这孩子，没了。哑巴阿妈一听，失声呜呜哭了起来，也许是老天有眼，也许是母子连心，哑巴阿妈一哭，哑巴就动了，他扭动着小脚，扭动着小手，但还是没有发出声来。经验丰富的接生婆见状，赶紧找来一块布兜，把哑巴包住，递到哑巴阿妈怀中，语重心长地说，这孩子，口重了，将来能不能开口，能不能说话，要看他的造化了。接生婆的一席话，意思很明显，这孩子，是哑巴。哑巴阿妈没把接生婆的话当一回

儿事，她抱着哑巴，撩起衣襟，喂起奶来，脸上堆满了幸福的笑容。

哑巴长到两岁时，像头小牛犊一样健壮，屋里屋外，能走能跑，但无论是谁，无论你怎么逗，他始终就是不开口说话。对孩子的健康状况，哑巴阿妈早就心知肚明，孩子不仅是聋子，而且还是哑巴，她为此黯然伤心，但也很无奈，可无论如何，孩子毕竟是自己身上掉下的一块肉啊。哑巴渐渐长大，到上学的年龄，由于他又聋又哑，学校拒绝不收。哑巴没去学校，无法上学读书，只好在家闲着，或到野外去，摸鱼找虾。

哑巴虽哑，嘴里说不出话，耳朵也听不见声音，但他却是个心灵手巧的人，有过目不忘的本领，许多活儿，让他多看几遍，就学会了。十三岁那年，哑巴随他爸下地，在田埂上玩耍的他，认真看阿爸犁田，一来二去几个来回，他就跑进田去，抢过阿爸的犁和牛鞭，犁起地来，虽然那犁把比他人头还高，但他赶牛扶犁的姿势，还是做得有模有样的。两年后，年满十五岁的他，把家里犁田耙地的活儿全部包揽，阿爸倒是乐得个清闲。

不知什么时候，也没见人教他，哑巴学会了做套子，三天两头跑到野外，下起套子诱捕飞鸟，捉起刺猪、野鼠等。哑巴不用去上学，也不用到学校读书，他有的是时间，况且捕捉到野鸟、野鼠后，就可拿到集市上卖，挣些买零食的钱花，何乐而不为呢？有一天，哑巴套捕到一只鹭鸟，当拿到集市上卖时，被县上来的环境保护工作人员撞见，鹭鸟被没收了。人家见他是个未成年的孩子，就吐沫横飞地批评一顿，教育一番，可说上大半天，才发现他是个哑巴。当时的情景，哑巴可不这样认为，鸟儿被没收了，他认为人家是要买，且把批评教育，当作跟他讨价还价。哑巴很认真，不断地伸出五个手指，连翻三下，意思是鹭鸟要卖十五块钱。来人见说教不通，懒得理睬他了，转身迈开步就想走人。鸟儿被人拿了，钱不给，就想撒腿走人，哑巴见状急了，像跟屁虫一样，人家走到哪儿，他就跟到哪儿，嘴里咿咿呀呀说个不停。集市上人来人往，在众目睽睽之下，来人反倒不好意思起来，只好掏出五块钱给哑巴，并当场把鹭鸟放飞。钱给得不够，鸟儿又飞走了，哑巴可是不依不饶，他不断翻手掌比划，嘴里咿咿呀呀说着，声音也高了，意思很明白，对方还欠他十块钱。语言无法沟通、手势无法理解，在无可奈何之下，人家只好再掏十块钱，才把他打发走。成年后，哑巴不再到野外捕鸟了，不知道他懂不懂野生动物保护法，清不清楚野生动物保护的重要性。

　　哑巴没上过学，但他很聪明，会写些数字，也会算数，从零到九的数字，难不倒他。他也随大流打号码，每当七星彩开奖之日，他会跟彩迷们一起研究彩票，甚至走起彩票的规律来，当然他中过几次小奖。哑巴懂的东西，还是挺多的，谁都不知道他什么时候学会开摩托车，甚至把车倒上路，无论车速开快开慢，他都一直靠右边行驶，这个交通规则，没人教他，不知是他见多了，还是无师自通。

　　哑巴十八岁，长得眉清目秀的，已成为个壮实小伙子了。有人跟他开玩笑，先指指路上走过的姑娘，再指指他自己，然后把两个拳头抵在一起，伸出两个大拇指相互碰撞，接着把拳头变作手掌合在一起，歪着头，把双掌贴在右耳一侧，眯着眼睛做出睡觉的样子。这一系列手势和动作很明显，意思是要哑巴找姑娘谈恋爱，好取个媳妇回家过日子。哑巴看明白手势，嘿嘿地笑起来，很不好意思，脸都红了。一晃几年过去了，哑巴没找到媳妇，然而逗他娶媳妇的大有人在，手势也在千变万化着，可哑巴对此早已习以为常，他不再脸红，不再耳热。也许在哑巴内

心世界里，对于娶妻生子，他也有着强烈的愿望，但是不知如何去面对，或许因为他觉得自己残疾，天生存有缺陷，所以想都不敢想，也不敢逾越雷池半步。

村里人年年都外出打工，有的人去三亚、海口，有的人漂洋过海去广州、深圳。哑巴很想跟大伙儿出门打工，他找了好多人，但没人敢带他。那年，在广州打工的堂哥回村，哑巴抓住机会死缠烂堵，像跟屁虫一样，天天跟在堂哥屁股后面，求堂哥带他一同去打工。堂哥躲避不及，无奈之下只好点头答应，但临出门时，却在半夜里悄悄地走了。像哑巴这样的聋哑人，又不识字，出门在外无亲无靠的，如迷了路或者走失了怎么办，他还能找到回家的路么？因此，谁都不敢带他出门，怕承担责任。哑巴见连堂哥都不肯带自己出门，他伤透了心，从此后狠下心来，彻彻底底打消了出远门打工的念头。

在乡下，四季都有农活儿做，种水稻、种瓜菜，采摘芒果、荔枝、槟榔，这些都是些季节性强的活儿，要及时请工干的。当数十亩或上百亩的芒果、荔枝，硕果累累已经成熟了，如不及时采摘，果子就会烂在地里。这时候最焦急的是果园园主，他一家人忙不过来，不得不叫人来帮忙，请来的临时工干一天活儿，每人要付百来块工钱，这已是约定俗成的事。哑巴虽然不能说不能讲，但他勤劳，又能吃苦，有一身力气，人家有活儿干时都喜欢叫上他。他来者不拒，只要管饭吃、给工钱，做什么活儿都行。

哑巴一年到头都有活儿干，花力气挣钱，天经地义的事，当心情舒畅时，他会多揽些活儿，多挣些钱；当心情不愉快时，他会找朋友喝酒，或干脆在家蒙头睡觉，日子倒也过得优哉游哉、随心所欲的，比神仙还悠闲。当然，哑巴也有苦恼，许多同龄人都结婚生子，甚至比他小几岁的人，孩子都能跑到小店去帮着买烟了，可他还是一人吃饱、全家不饿的光棍汉一个。随着年龄的增长，情况也越来越严重，哑巴能不急么？他很想轰轰烈烈地谈恋爱，很想风风光光地找个老婆，很想安安稳稳地过日子，可会有哪位妹子看上他呢。俗话说，心急吃不了热豆腐。哑巴急归急，但许多事情是急不来的，勉强也没用，特别是姻缘这种事，唯有月老牵红线，有情人才能情定终身。

这年 5 月，芒果熟了，又到了采摘的季节。邻村有家果园，老板正在四处招工，工钱依然按天计算，摘果工一天一百五十块钱，挑果工一天二百块钱，免费供应一顿午餐。这是一份挣钱的活儿，有工头上门请哑巴，他满口答应了。那片芒果园面积大，足足有二三百亩，若要摘完芒果的话，最快也要十天半个月，这样一来，打一趟工赚千把来块钱，是不在话下的。在邻村村口，有间用铁皮盖顶的杂货店。第一次路过小店到果园摘芒果的哑巴，发现看店的是位圆脸、眼睛大大的姑娘，就免不了多看了几眼，可这几眼看下来，他心动了，脚步差一点儿迈不开。从此每天早晚路过小店时，他就有意无意进店去，或买一包烟，或买一瓶水，或找借口在小店外坐坐，一来二去他跟那姑娘就相熟了。哑巴不知道那姑娘名叫婷，即使知道，他也叫不出声来，人家叫了他也听不到。不过他和婷似乎挺有缘的，两人在一起的时候，面对面不说话，彼此之间一个眼神、一个手足，他们都能明白彼此的意思，真是心有灵犀一点通啊。

这天傍晚，一场大雨突然从天而降，白茫茫的雨幕铺天盖地压了下来。收了工的哑巴，冒着雨拼命往婷的杂货店跑，刚跑到店附近时，就看见婷倒在地上，身子已被瓢泼大雨打湿了，一副拐杖也在她身边不远处，原来婷是个小儿麻痹症患者。哑巴赶忙把她扶进店，嘴里咿咿呀呀

说个不停，意思是责怪她下雨了，不该到店外去。婷笑了，指着窗口比划，用手语告诉哑巴，雨水飘进店来，她是出去关窗时，不慎摔倒的。历经这件事后，哑巴天天一早就来，等在婷的店门外，等开了店门，就帮她把货物搬到外面摆放整齐，这才去上工。等到傍晚收工，他又回到小店，帮助婷把货物搬进店里放好，之后才起身回家。

这天午饭一过，哑巴趁午休时溜出芒果园，来婷的小店。婷见哑巴来了，就指一辆装着芒果的三轮摩托车，比了个开车的手势，他点了点头。那天中午，哑巴开着车，拉着婷，把一车打了包的芒果，运送到镇上一处堆满大包小包的地方。婷把一箱箱芒果交给里面的人，过称，开单，付钱，然后又坐上哑巴的三轮摩托车回家。哑巴弄不明白，婷的小店，除了卖些生活杂货，甚至还外卖些瓜果、山兰米、糯米酒等农产品。当然罗，哑巴弄不明白的地方多着呢，就像婷吧，她不仅是个杂货店的老板，而且还是位电商，是位开网店的店主，专门在网络上营销本地热带水果和土特产品等，在镇上帮助她往外发货的，是物流和快递公司。

芒果采摘完了，腰包也鼓了，哑巴却落下心病，舍不得离开婷，他哪儿都不去，一心一意想留在婷的身边，给行动不便的她当帮手。婷开实体店，又开网店，正缺一个接货送货的助手，通过观察，她知道哑巴憨厚朴实、心地善良，也不会耍什么坏心眼，于是就顺理成章地让他留了下来。哑巴和婷的爱情就像一锅白开水，原先是无色无味的，经过岁月的酝酿与蒸煮，白开水加入情感的蜜糖，就有了爱与恋的味道，随着季节的推移，他们的爱最终瓜熟蒂落了。这是一场看似不可能的爱情，在意想不到的情况下，变成了甜甜蜜蜜的可能，演变的过程出乎许多人意料。

　　哑巴和婷结婚了。在婚礼上，哑巴一往情深地看着婷，说不出片语半言的话，他的千言万语，他刻骨铭心的爱，在明亮的眼睛中闪烁着。婷深情地看着哑巴，一边流着幸福的眼泪，一边向在场的所有来宾大声宣布道：今生今世，我愿意当你的嘴巴和耳朵，而你是我一生一世扶我行走的拐杖，让我们恩恩爱爱，相互搀扶共渡此生。婷发自内心的爱情宣言，令在场的所有来宾为之动容，搏得了一片热烈掌声。

　　一年后，婷分娩生下了一个男孩。

　　有人说，没听到孩子的哭声，大家很担心，纷纷揣摩、猜测道：那孩子，会不会也是个哑巴呢？

打个哈欠也好

唐 精 蓉

她费了九分气力把半边屁股挨上了自行车。

她正了正身子,张开嘴吸进一口气,又呼出一口气,既像是打了一个没舒展开来的哈欠,又像是为某件艰难的事做着准备。

借助自行车的支撑,她小心翼翼地把右脚抬离地面,搁在了自行车的踏板上……

短了一截、细了一半的左腿完全够不上自行车的踏板,她也就够不上正常的人生。怯怯地骑车穿行在县城里,她常常让有意无意的目光盯得缩头缩尾,自己都看不见自己。

但今天,她的头却扬了起来。

没留意从什么时候开始,卖布料的裁缝店变成了时装店。在她的记忆里,裁缝店里的妇人从来不招揽生意,只是低头把一些热情的词语细细缝进一件件长衫短裤里。时装店橱窗里的模特倒也不算招摇,煞白的脸配上不喜不怒的神情，像是刚从木偶戏里走出来的人。每到节庆日，村头那棵比阿公年岁还大的老榕树下会搭台唱木偶戏。台下的喝彩者们也好起哄，台上的一概不动声色。她习惯了这种静默，有如习惯她三十四年来一成不变的日子。

自行车在城西拐了一个弯，驶上了河边一条不宽的街道。

不等天黑，街道东侧那座两层楼的门额上就迫不及待地走起了红红绿绿的霓虹灯。那是一家足浴城，在里面打工的多是些年轻的女人。村子里的女人一辈子只是伺候一个男人，也只能伺候一个男人。她想象不出足浴城里的那些女人们怎么敢抱着陌生男人的脚去揉捏。小时候她缠着阿爸带她来过这地方几次。那时候这地方还是一家茶坊。每一次阿爸都把她连同一块酸米糕扔在一旁，自己和几个阿公阿叔围坐在一张乌黑发亮的木头桌子边喝三泡茶。阿爸们喝茶的时候喜欢大大咧咧地把光脚板搭在凳子上，好像只有这样的姿势才配得上他们谈古论今时显示出来的豪迈。太阳从山的这一边遛到了山的那一边，阿爸们一坐就是一整天。他们仿佛把日子装进了那把短嘴的粗瓷茶壶里，在清汤寡水中咂出属于他们的味道，也是她熟悉的味道。

一切都在变。路上的行人步子变得比以前轻快了，穿戴变得比以前鲜亮了。他们每个人似乎都变成了他们自以为重要的人物，匆匆忙忙地赶着去做他们自以为重要的事情，不再有人格外注意她腿的短长。

她的学识容不得她把眼前的这些变化掰开、揉碎，然后再细细品出个好与坏。她只是隐隐感觉自己有些失落，失落中又夹杂些期盼，期盼里还常常冒出来一些惊喜，就像她小时候最喜欢吃的酸米糕一样。白色的米糕和醋、糖、葱搅拌在一起，满满的一口爽滑，谁能辨得出哪是酸，哪是甜，哪又是香？

　　不管怎么说，现在的人的确添了不少精神，日子也因为多了些活法而多了些指望。想到这儿，她眼前敞亮，心思也跟着活络了起来。她盘算着回家后到村里卖肉的阿贵那儿割块肉，一半肥一半瘦的就好。一家老少常常是白菜萝卜地瓜秧，吃顿肉就像过年一样。今晚，她决定让全家人高兴高兴。

　　自行车爬上了一个坡道。她的身体微微前倾，以便把更多的力量都聚集到她的腿上——准确地说，是她的右腿上。

　　半个月前，村长带着一个领导模样的人到了她家。领导很和气，圆圆的脸显得慈祥喜庆。领导夸她蓬头垢面的阿妹长得漂亮，夸她趴在床边写作业的儿子学习用功；领导还问她半痴半呆的男人看没看过医生，问她瘫在床上的阿公平日里都吃些什么……领导说了很多话，话里夹杂着好些她从来没有听过的新鲜词。好在领导来她家的目的她总算弄明白了，那就是要帮她家过上好日子。

　　自从十八岁嫁到这个家，她没有歇息过一天。即便这样，日子还是过得紧巴巴的。或许这就是命。其实，她的命早在她三岁那年就已经定下了。那年夏天，她打翻了阿妈刚烧出锅的一盆滚烫的水，整个左脚被烫了个半熟。因为没有及时治疗，她的左脚先是几个趾头粘成了一块，后是小腿像麻秆儿样抽成了细条。随着年龄的增长，她的个头在往上窜，麻秆儿腿却在往内转。到了她六岁的时候，左脚完成了旋转内翻，并就此定格。残缺的身体注定了她只能嫁个不健全的男人。她不埋怨，因为埋怨不了谁；她也不依赖，因为依赖不上谁。所以，她对领导的话，只是半信半疑。

　　末了，领导伸出手要和她告别。以她的见识，只有重要的人在谈完重要的事情后才会相互握手。领导的举动让她突然觉得自己也变得重要起来了。于是，她红着脸抓住了领导的手。领导的手有些热，她的心便也跟着热了起来。转念又想，领导和自己非亲非故，也不亏欠自己什么，凭什么要帮自己呢？领导挟着一阵风走了，那阵风把领导热乎乎的话也顺带着捎走了。她是个实在人，不愿去琢磨那些看不着、够不上的虚头巴脑的事。

昨天，村长兴冲冲地来通知她，她被安排到离家不远的景区做清洁工了。她这才相信领导说的话原来都是真的。村长告诉她，从今往后她和城里人一样，每个月都可以拿到 2500 块钱的工资。2500 块？她瞪大眼睛追问村长。村长肯定地点了点头：2500 块！

2500 块是她在家劳作一年才能赚到的钱。她不敢相信这样的好事会落到自己的头上。因为，她所有的好运都在三十一年前的那个夏天，随着那盆滚烫的水洒落在地上，渗透到地里，早就没有了踪影。

她下力用指甲掐了掐自己的脸，有些痛。她想笑，眼泪却流了出来。

夜深了，无喜无忧的男人早就在鼻喉里拉起了风箱，她却在床上煎饼似地翻来覆去睡不着。2500 这个数字像夜间田头的萤火虫，不住地在她眼前飞来飞去，闪烁着点点星光。一个月 2500，半年 15000，一年 30000……萤火虫呼朋唤友，越聚越多，转眼间缀满田间，映亮了夜空，也光明了她的世界。她要给儿子买些营养品。念初中的儿子很懂事，成绩也好，老师说上重点大学都有可能，只是单单薄薄的，脸色有些苍白。她还要给阿妹买条裙子，和村长孙女的一个样式。邻里乡亲都说阿妹生得好看，但阿妹却从来没有穿过一件好看的衣服。阿公床上也该添张褥子了，软一些的。老人常年瘫在床上，身上几乎没什么肉了，总嚷嚷硬木板子扎骨头。她偏过头怜惜地看了看躺在身边的男人。男人不

丑，也不算太傻。如果带他去大医院治治，不定还能成个知冷知热的贴心人。想到这儿，她感觉到自己的脸有些热了……

越琢磨越兴奋，越兴奋就越合不上眼。她索性起身，走到了窗户跟前。月亮很圆，也很亮，照在娘家陪嫁带过来的镜子上，那镜子就多了一些真真假假的意思。她惊奇地发现，镜子里的自己居然有几分城里人的模样。或许城里人和乡下人原本就没有什么不同，只不过城里人的口袋里有更多的钱。这些钱除了能填饱肚子以外，还足够在他们身上贴上各种体面的标签。

自行车在一条宽坦的大道上继续前行。她直了直腰板，尽力让脚下的动作和车轮的滚动保持一致。她找到了自己的节奏。于是，自行车的脚踏板顺从地转了一圈后不偏不倚地又匍匐在她的脚下继续待命……

今天早上一走进景区，她全身的血就被铺天盖地、烈焰般的玫瑰点燃了。在她的意识里，土地就是稻谷，土地就是槟榔，所以，土地和生计相关联，也只是和生计相关联。她从来没有想到，土地上居然还能生出如此令人心跳的欣喜。她不知道玫瑰"浪漫"的花语，也不知道玫瑰的香魂是怎样地沁人心脾，更不知道玫瑰"手有余香"寓意的延伸……但她真切地感受到，置身玫瑰花海，五脏六腑都被洗刷得清清爽爽、透透亮亮、纷纷芳芳。她想奔跑，想大声呼喊。她的心里充满了感动，洋溢着感恩。

自行车上了通往村子的一条林荫小道。小道上正在修路，坑坑洼洼的不很平整。但她并不刻意避开路的凸凸凹凹，而是任由车轮随着自己的思绪跳跃放任。

中午去食堂吃饭的路上，她看到景区公示栏前围了不少人。原来，一个十岁的小女孩因右脚畸形，已经九年没穿过鞋子了。小女孩最大的梦想就是能像其他同龄人一样穿着鞋奔跑。景区启动了圆梦计划，号召员工捐款帮助小女孩完成心愿。

小女孩是自己的从前，但她却不希望自己是小女孩的将来。她决定去做一件事，一件她以前不敢想也没资格去做的事。这个决定让她的心先是触动了一下，继而快速地悸动起来。她红着脸转身向经理办公室的方向走去。她的步子很快，一摇一摆的显得有些滑稽，但她丝毫感觉不到难堪。

经理办公室设在二楼，没有电梯。她以从来没有过的利索爬上二楼，推开了经理办公室的门。

经理有些吃惊地看着她。

她径直走到经理面前，颤颤地拿出一张 50 元的纸币放到经理的桌子上，然后，转身就走。

经理忙说："怎么能要你的钱？怎么能要你的钱？"

她停住脚步，扭头问道："为什么？"

经理一时语塞，愣愣地目送她歪下了楼梯。

下班时，她看到红榜上自己的名字写得很大，有几个同事还笑着和她打招呼，心境一下子更加晴了。孩子一天天大了，希望也一天天大了。再过几年，说不定自己的家也不会比别人差。到那时支援别人 100 块、200 块的，就不需要再扣一家人十天半月的伙食了。人活得都不容易，百年后都是一堆黄土，用不着小看自己。

自行车终于驶进村子了。

她脚下的力量不轻不重恰到好处，节奏不快不慢恰是时候。她和自行车似乎已融为一体，在颠簸中一顿一顿地往前跳动。

这条路她走了十六年，路边的一切她像熟悉自己身上每个部位一样了如指掌。但今天，眼前的景象似乎比以往更鲜活有趣起来。刚下了几天的雨，绕村而过的小溪漫到了竹林边，清清亮亮的透着水灵。园子里爬上架子的南瓜也挂花了。木瓜和菠萝蜜树则像是矜持的妇人，抱着各自的宝宝，目不斜视，不语不言……大自然中的每一个生命都以它们独有的方式生动、尊严地存在着。

她比任何时候都迫切地想快点到家，自行车像上足了发条似的往前冲。她知道，阿公一定在不住地埋怨阿妹贪玩，让他挨到天要黑了还空着肚子。阿妹一定一边应付着阿公的唠叨，一边慌手慌脚地洗米择菜。趴在地上的小狗黑子抬头看看老的又看看小的，断不出一个谁对谁错，便由他们话来语去，不再搭理。儿子一定正在放学回家的路上，路边一棵老树刚冒出来的新芽会缠住他大半天……她突然觉得自己能撑起这个家是个奇迹。她不知道，每个人都是自己的奇迹。

自行车停在了两间土屋前。她右脚撑地，顺势把左脚也撒了下来。

门口悬挂着的背篓依旧，吊篮里趴窝的母鸡依旧，和土屋一样矮小的男人依旧坐在门口捧着脑袋望着远处发呆。

这时候，她感觉到倦意来了，肚子也有些"咕咕"作响。她深深地吸了一口气，又长长地呼出一口气，打了一个悠长、酣畅的哈欠，顿时清醒了许多，浑身似乎也有了使不完的劲儿。

她猛地甩了几下头，低头进屋去了。

一抹夕阳从山头掠过，正好照在她家的两间土屋上。

崖　心

王　娜

一

　　"摇侬瓜，摇侬快高快快大。摇侬快大早当家，耐苦做人免饿饭……"一丝一丝哼歌的声音断断续续飘进来，在不大的房间绕了几圈，钻进薇安的耳朵里，睡在床上的薇安不觉翻了个身，歌声一点一点飘荡缠绕，绕在梦中的人的梦境里。薇安正在做一个梦，她的办公室从白色的格子间变成了一团迷雾，伸出手却什么都摸不到也看不到，自己飘在空中拼命地扒呀扒呀，扒出来了各种文案的纸张，越扒越多越扒越多，丈夫的身影却突然出现……

　　薇安醒了。8月淡淡的晨光透过古旧的花窗照进来，在床上映出各种形状的光影。许久没有睡过这样完整的一觉了。她睁开眼看着房间，

这是陌生的房间。小小的木床放在花窗下，一侧的墙上挂着大幅的抽象水粉画。床边的木桌上放着一个朴拙的陶制小花瓶，里面插着一枝玫红色的小小三角梅。桌边是一把木椅，另一侧墙摆放着木头衣柜，此外房间再无多余的家具。在这位于海角之地、名为"保平"的古老村庄里，竟然还有这么雅致古朴的地方，薇安心底涌出舒适的亲切感。是的，想去寻找古老的人，最后总是无法忍受古旧的气息；想去寻找陌生感觉的人，最后总是惊喜于发现了和自己相通的地方。这是昨晚刚住进来的小房间，离自己在羊城的小窝隔了几个海又隔了许多山，却让自己找到了奇妙而恰当的稳稳妥妥的感觉。

此刻，羊城的生活好像远得记不清样子了，但还是一团缠缠绕绕的迷雾横亘在心头。回头去想，也找不到到底是什么，只是仍悬吊在心里，挥之不去，如同深深隐藏在稳妥里随时会点燃的一个危险小引信。

"摇侬瓜，摇侬快高快快大……"断断续续的哼歌声钻进薇安的耳朵，这是崖州方言吧，一个字都无法听懂的她，被曲曲折折的旋律吸引了。她竖起耳朵仔细听着，歌声缓慢悠长，带着中国大部分地区民歌都有的那种沧桑感。歌词应该不复杂，是反反复复的吟唱，简单的反复反而营造出带有古意的美感。

薇安悄悄推开窗，看到了楼下阿婆——她的房东，坐在院子里的酸豆树下，为一个宝宝轻轻摇着摇篮哼着歌。小宝宝安然睡着，小脸蛋一幅世间恬静安好的模样。阿婆，和她见到的南方阿婆一样，瘦瘦的身体，一身暗色的小碎花衣裤，头发在脑后盘了一个发髻，干干净净利利索索。阿婆似乎又和普通的村头阿婆不一样，这小小的"阿婆客栈"、墙上的水粉画和桌上的三角梅，都像是默默讲述着什么。

"阿婆，我来接孩子。"一个年轻人从院门走进来，把酣睡的小宝宝小心抱起来，"对了，快开海了，阿朗姐回来吗？"阿婆笑着说："阿朗啊，每年这个时候都回来，今年也肯定会回来！"

这时，阿婆看到窗边立着的薇安，叫着她说："阿妹！醒了就下来吃饭吧！"

热气腾腾的汤粉，炸花生、炸虾皮、豆芽、酸菜和海螺，再配上绿色的葱花，还有切成一条一条的，是？"阿妹，这是我们崖州的港门粉，上面放的是阿婆用海里的小鱼做成的鱼饼，快趁热吃！"

虽是北方人，薇安却在羊城的十几年时间里喜欢上温暖熨帖的南方饮食，面对着这碗粉，只觉鲜气扑鼻，关闭了许久的味蕾一下子打开了。就坐在这个最南方的小院里，坐在骑楼的廊下，埋下头大口吃起来，吃着吃着，眼泪无来由地扑扑簌簌落下来。

二

又是一晨。

"阿姐，你做的汤粉我在那边也常常想吃呢！"廊下的桌上，是那碗鲜气扑鼻的汤粉。一个留着长长直发、穿着绣花黑色长裙的女子坐在那里大口大口吃起来。看着她，会感到这是一个岁月没有留下痕迹的女人，并不是她很年轻很年轻或者很苍老很苍老的那种岁月痕迹，而是看不出她的年纪，第一眼见到她，会觉得岁月带给她的是别的东西，她的年纪和她的外表统统都是自己造就的，已经不能用20、30、40这样的标签来衡量。

阿朗同样深知自己常会带给别人如此的第一感觉。事实上她从很早开始就不介意年龄的存在。她介意的一直都是自己失去创作的激情，介

意自己没有生活的热度、介意自己无法触摸真实的内心。年龄，从来不是阿朗的障碍，哪怕此时已年届五十，这个年纪到底有没有什么关系，阿朗没有放到需要思考问题的清单上。

先吃片鱼饼，接着吃薄薄的米粉，吃花生和虾皮，再吃米粉，喝口猪骨和海白熬成的汤。汤下肚，一股满足和惬意的感觉就升了上来。三十年前的 8 月，就在这个廊下，还在中年的阿姐在这里给她做了这碗粉。20 岁刚刚从美院毕业的阿朗，背着画板，跟着汹涌下海南的人潮而来。大部分人想来淘金，想在传说中疯狂和躁动的机遇中撞上自己的第一桶金，翻开人生光辉的新篇章。16 岁上大学、20 岁就毕业的阿朗迷上了传说中海南神秘而野性的气质，她想来看看这块遍布原始森林的海中大陆，她想用笔绘出这种神秘的野性，也想在这种寻找中找到自己一直想描绘的那种难以言说的感觉。当时一起毕业的男友执意要她一起出国，阿朗则想待在国内想让男友陪她来海南，无法互相说服的两人在短暂的交集后，又走向了不同的远方。

那时的阿朗心中不是没有失落和伤心，不是没有孤独和迷茫，可她还是挤上去南方的火车。几天几夜坐在硬座上，坐在嘈杂的乘客中间，看着窗外渐次转变一点一点从硬朗到柔软的风景。绿色越来越多，河流越来越多，天色越来越蓝。身边的人在讨论着怎么找项目怎么做生意，她也在想着此行是采风还是冲动，一团充满希望又夹杂着不安的情绪弥漫在心中。傍晚时分，下了火车，辗转来到港口时，看到前方茫茫无尽的大海在这阴天的晚间一片沉寂。奔波几日，终于快到了，快到那片充满希望的新大陆了。周围的人激动不已，阿朗也按捺不住激动的心情，她跑到离海最近的地方，对着海浪大喊起来。是的，再失落的时候，阿朗也还是不会活在别人的眼光里，就跟随着内心的呼唤而动吧。

上了过海的轮渡。船在漆黑的海上缓缓行着，远处偶尔有点点灯火，同船有人开始晕船呕吐，阿朗的身体和心一样沉静无比，她背着画板立在船舷旁，看远处的灯火和脚下的海浪，想起几千年来无数过往海峡的人是什么样的心情，苏东坡被一贬再贬穿过海峡时，心里是惶惑吗？黄道婆一个女子孤身过海时，会害怕吗？鉴真东渡遇到风浪时，会绝望吗？此刻，阿朗只觉得自己走的路是无数古人勇敢走过的路，脚下的这片海也是闪烁着无数历史沉淀光芒的海，她想画画，想画出心中的海，想画出自己的心。

三

南中大学的草坪是那么柔软那么绿，草坪边的榕树投下浓浓的阴影，薇安和男友坐在阴影下，"毕业了我们一起努力一起在羊城扎下根！"男友明亮的眼睛看着薇安，刚满 20 岁的薇安使劲点点头，依偎到他的肩头。傍晚的微风吹过来，空气里是清甜的味道，远处天空的霞光静静照着。这一幕是薇安心中柔软的过往，是她之后许多年会不时回想的美好。曾经的美好总是要记住。美好是用来被打破的，而生活是专门用来消磨美好的。在多年的消磨中终于认识到这一点以后，薇安开始打开封存的记忆，偶尔回味那些美好的瞬间。毕业两年后，她的美好就被打破，因为男友不想再过每天挤公交加夜班合租房的日子，接受了家里的工作安排，回去了。

回想起来，是发生在另一个平行世界里遥远的梦，已然也无风雨也无晴，甚至不足以影响十几年后面前这碗汤粉的美味。生活并不像电视剧，分手之后转身找到了更好的男人，两人共同携手奔向幸福生活；或

者实现了职场逆袭成为职场精英，可以在未来的某一天偶遇时，笑视已成中年油腻男的前男友，然后在心中嗟叹之余，暗自感谢不娶之恩。薇安没有这边失恋转头那边就找到更好的男人，甚至在之后的繁忙生活里很少邂逅爱情，兜兜转转间才认识了丈夫，一周前已经成为前夫，此刻俨然是别人眼中的因无孩还算万幸的失婚妇女。薇安也没有瞬时逆袭终成精英，她只是和大多数平凡的职场人一样，按部就班工作着，一点一点向上走着，终于做到公司中层，感觉到了天花板，却又不敢在繁重的工作后甩出那张"世界那么大，我想去看看"的辞职信。在羊城贷款买到一个小小的窝，五年婚姻结束，从和前夫共住的房子搬回自己的小窝，似乎一切从来没有发生过。

在这遥远而陌生的小村子里，对着一碗粉，薇安不知自己的眼泪从何而来。为逝去的爱情、失败的婚姻、不想持续的工作，还是无所适从的未来？

"阿妹，要在这里住多久？"在院子里晾晒衣服的阿婆问，薇安怔住了。不敢把豪迈的辞职信拍在领导桌子上，只敢趁着年假再多请几天假的她，莫名来到这位于海角一缘的小村子，只因在网上偶然多看了一眼天涯海角旁的古村介绍，只因想来一次从来都不敢有的说走就走的旅途，只因不想去人多的景点，不想住人多的地方。当她下了飞机，坐车拐了许多个弯来到这个村子时，已近傍晚。随意走在这个几乎没有商业的村子里，想到了"暖暖远人村，依依墟里烟。狗吠深巷中，鸡鸣桑树颠。……"的诗句。她走到这个有栋灰黑色骑楼的院子前，竟看到了悬挂着的小小的"阿婆客栈"四个字。就是这里了。薇安径直走进这个种着酸豆树、莲雾树、榕树和诺丽果树的绿色院子，认识了阿婆。

"阿婆，我先住着，能住多久是多久。"薇安下定了决心。既然走出了随心所欲的第一步，后面会发生什么也可以随遇而安。想到这里，薇安感觉自己紧绷多年的心开始松懈，也突然意识到自己一直提着一口长长的不能放松的气，心中已经是膨大无比快爆掉的气球，这气球在此刻也可以慢慢泄掉了。一个长久以来筑起的堤坝在陌生却安全的地方决出口子，里面积蓄的许许多多的情绪慢慢流溢出来。

"阿婆，您唱的歌真好听！"

"早晨给小宝宝唱的《摇篮曲》吗？那是我们这里人人都会唱的呀，崖州民歌有名啊！"

"阿婆，我喜欢我住的那间房里的水粉画，您真会布置房间啊！又简单又特别！"

"老婆子我哪里懂画呀，画是我的老房客阿朗画的，她在我这里住了差不多有 10 年呢！这里人人都认识她。这里还有一间她的画室，你要看看不？"

薇安随着阿婆，穿过逼仄的楼梯，来到了尽头的一个房间。推开门，迎面而来的是画架上一幅大大的以蓝色为基调的水粉画。薇安端详起这幅蓝色图画，远远的灰蓝色的大海和灰色调的天空，波涛翻滚，乱云翻腾，在云海之间似乎还有小小的船只挣扎。近处是高高的悬崖，崖上立着一个女子，衣衫随风而起。

薇安越仔细端详越觉得画中还有无限内容，一种无法言说的苍凉感从心底涌出，对这个阿朗姐更是生出无限好奇。再仔细看画中女子，不知怎的，竟觉得和阿婆有几分相似。

"阿婆，这画里，是您吗？"

阿婆害羞地笑了，"这个阿朗，非要把我画到画里面，你说我有什么好画的，还能到画家的画里？"

四

　　到了海口，阿朗找到一处便宜的旅馆住了下来，然后开始大街小巷游走，她看到悠闲喝着老爸茶的原住民旁边匆匆走过了拿着大哥大的人们，看到椰影摇动中匆匆而起的楼房下坐着卖槟榔的阿婆，看到夜晚摊子上慢慢吃清补凉的人们交错坐在喝啤酒谈生意面红耳赤的人们中间。城市中处处涌动着的激情在四处碰撞，也撞击着阿朗的心。灵感来的时候，她就在房间里没日没夜地画了起来。海口待够了，她坐上汽车向南而去，五指山、万泉河、尖峰岭，一路向南直到三亚。转眼之间几个月过去，向南的行囊随着画作的增多也越来越沉重，皮肤变黑的阿朗同时也瘦了一大圈。当她来到崖州的港口边，拥在开渔时的人群中间，看着渔民们满面期待神色庄重地祭拜，锣鼓喧天地庆祝时，一阵阵头晕目眩突然袭来，阿朗知道数月的奔波疲累之后自己一定是要生病了。她支撑着自己，捱到路边，坐上了一辆阿姐开的三轮车，要回自己在镇上的小旅馆。

　　"蹦、蹦、蹦，上山砍柴削稻通，削得稻通来通布，通赤通红给侬缝……"低低的哼歌声传入阿朗的耳中，她迷迷糊糊醒转过来，发现自己正在医院吊着水，旁边坐着的是那位开三轮车的阿姐，也就是日后的阿婆。阿姐手中捧着一个青色的大椰子，轻轻哼着歌，看她清醒过来，开心地笑了。出院后，阿朗搬到了阿姐的院子。

　　在这个处于崖州一隅的古村落里，阿朗四处转着，惊喜无比，这些就是自己久久以来想要的那种感觉啊。她看到了保存数百年至今的民宅，榫卯结构的院落里，村民们仍在居住着。一条条小巷里，石头的院墙外总会伸出蓬蓬三角梅或是丛丛莲雾或是别的花和树。村头那两棵巨大的老酸豆树下，总有拴着的黄牛静静地待着、有纳凉的老人在聊着天。阿姐住的是她太爷爷那辈下南洋寄回来的钱盖成的骑楼。村子里就是这样各个年代的民居错落在一起，各个风格的院落杂糅在一起，放学的孩童从旁蹦蹦跳跳走过，有种时空交错的奇幻感。阿朗还经常去港口，在扑面的海腥味中看渔民们出海打渔，渔妇们港口卖鱼。古旧的灰黑色渔船挨挨挤挤，渔网悬挂在船侧，疍家人日日夜夜在上面过着渔家生活。这里的人们常常会唱起他们的歌谣，如同阿姐常常会唱的一样，他们聚在一起时唱，干活儿时唱，闲下来时唱，曲调时而喜悦时而苍凉。这所有的一切开始流淌到她的画中，在绿树笼罩着的骑楼上，阿朗安静地创作着，内心充盈无比。

这样住下来，走着画着，都快有十年光景了。有时她会带着一些画作回北方，和朋友们聊天交流，把画寄售在朋友的商店里，好像自己没有离开过，当她每次再回崖州时，也感觉如鱼得水，同样好像没有离开过。阿朗慢慢知道了阿姐的身世，知道她孤身一人，长久生活下来，心里已把阿姐当亲人来对待。此地男人喝老爸茶、女人在外谋生的现象极常见，但阿朗看阿姐每日带着斗篷、开着三轮车早出晚归，着实辛苦。她用自己卖画的钱断断续续改造了骑楼，想支持阿姐开个小小的客栈。阿朗保留了骑楼兼容西式、中式和南洋的建筑风格，保留了在岁月侵蚀中变为灰黑色的外观，那些列柱、中式浮雕和花窗，都是时光带来的美好印迹。她把内部粉饰一新，保留简洁的家具，点缀古朴的陶器，墙上挂上自己特意创作的崖州水粉系列。"阿婆客栈"开风气之先地在 90 年代末开业了。阿朗的朋友们都知道在天涯海角旁边的古村里，有个小小的骑楼客栈，但凡来采风或是散心时都会来住一住，而每年开海时，也

总会有新的客人来光顾。

后来"798"兴起，阿朗终于离开崖州，回去和朋友在那里合开了间小画廊。她把画作托运走，唯独留下那幅蓝色图画。她画了辽远深邃又翻滚不安的海，海上挣扎着搏斗着的渔船，还有岸上守望的女人，女人既是阿姐，也不是阿姐。那样的日子曾是多少女人守望等待的一生，又曾是多少男人漂泊不定的一生啊。那是自己心里还没有完成的画，是她想送给阿姐的礼物，她想画出阿姐一生的坚韧，再取一个最贴切的名字，却总未能找到合乎心意的表达，就搁置了下来。

之后，一直孤身一人不轻易妥协的阿朗认识了小自己 10 岁做雕塑的爱人，两人竟意外地合拍，他们开始一起四处环游。最近几年都停留在意大利一个叫作波西塔诺的小镇，那里阳光总是灿烂，就和崖州一样，那里的海岸是黑色碎石，和这里的骑楼颜色一样，那里艺术氛围极浓，渐渐地又给她在崖州 10 年创作中形成的苍凉低沉的作画风格增添了更多明丽的色彩。但每到开海时，她总会回来，因为开海时蓄积自然力量已久的大海和蓄积身体力量已久的渔民之间总会互相释放彼此沉积的感情，她喜欢其中彼此牵扯的张力，她也想听那时大家会唱起的总会回旋在自己耳边的歌谣，她还想找到一直没有找到的完成那张画作的灵感。

"摇侬瓜，摇侬快高快快大。摇侬快大早当家，耐苦做人免饿饭……"酸豆树下的小宝宝睡得香甜，阿婆轻轻哼着《摇篮曲》。是邻居家的小宝宝，村里谁家忙不过来的时候，阿婆总是很乐意帮他们带带小孩。如果自己有孩子的话，那她也该有孙辈了。

50 年前开海的季节。那时的阿婆叫淑仪，淑仪正值青春年华，父母只有她一个孩子，一家三口住在祖辈留下来的骑楼里，倒也其乐融融。

转眼就是待嫁的年岁，开海时，淑仪和村里人一起到港口看渔民如何开渔。8月热烈的阳光照在没遮没拦的地面，大家都眯起了眼睛。正想找个阴凉地方的淑仪看到了近处的一艘船上正在整理渔网的阿良，皮肤黝黑的阿良专心致志甩开渔网，结实的身体在阳光下反着光。淑仪愣住了，而阿良也恰好感知到了灼热的目光，他转头看到了淑仪，就这样两个人结下了最初的缘分。熟识了之后，阿良会经常在村口的酸豆树下等淑仪，淑仪会经常在阿良出海归来时到港口帮他缝补渔网。父母并不赞同她和阿良的事，村子里的人大多种地，这是安稳又安全的生活；打渔为生，最后苦的终究是自家女儿呀。但拗不过女儿的父母还是把女儿嫁了过去，淑仪成了一名渔妇。

"万种愁怀难放手，千里程途路悠悠；依心化做三春草，海角天涯随兄游……"每日在家中等待、归来相聚，再等待、再归来相聚，淑仪总会不由自主地唱起《十送情郎》。有时阿良晚上出海，白天就可以回来，有时却要一个星期才归。等待的时候就学着做好吃的，有鱼饼的汤粉，等阿良回来可以吃；再包许许多多的糯米粽让阿良带到船上，让他们可以做青蟹糯米饭；有时她会去村头，看做船人家的手里渐渐生出一条船的样子。有情饮水饱，日子虽然清贫，等待虽然难熬，淑仪和阿良的心里还是感到幸福。可美好总是用来被打破的。在一个晴朗的日子里，阿良和村里人照常出海，刚刚航行到近海，天气却突然阴沉下来，狂风和暴雨的突袭让他们遭遇了一场可怕的海难。像房子一样高的海浪席卷而来，将他们的船使劲卷上峰顶又重重抛下来，小船几乎要被撕碎，他们都落海了。"送郎上船拆分踪，船也顺帆帆顺风；祝贺兄人平康泰，去也顺帆回顺帆……"在家心惊胆战等了一个星期的淑仪，把《十送情郎》都要唱碎了，等到了死里逃生回来的其中两个人，却没有

阿良。这两个侥幸归家的人，顺着风向和潮汐，幸运地漂到了大小洞天小月湾的沙滩上，拣回了一条命，而她再也没有等回自己的阿良。

淑仪在起初的几年还是一直住在和阿良的家里面，她觉得有一天阿良就会像她下南洋的太爷爷一样，突然出现在家门口，带给全家人团聚的惊喜，自己就再也不唱《十送情郎》了。但父母日益老去，淑仪搬回了骑楼陪伴，从没考虑过再婚。后来，她送走了父母，孤身住在骑楼，农忙时忙忙地里的活计，农闲时就骑上三轮，贴补家用，也可以多看看外面的世界。然后有一天，在开海的日子里，正在等活儿的她注意到人群中有一个清瘦的女孩，她背着大包，穿着长裙，面色苍白。女孩挤出人群，径直上了她的车，到地方时，就发现她已经迷迷糊糊不太清醒，慌忙送她去了镇上的医院……这就是阿朗和她最初认识的时候。

淑仪不懂艺术。她也不懂阿朗为何会在这里停留如此之久，还和自己成了亲人般的存在。但当她看到自己从小生长的村落、港口、大海、天空这些寻常景象进到阿朗的画时，看着看着有时会感觉很美好，有时会感觉很亲切，有时会感觉很苍凉很难过。这就是阿朗讲的艺术的魅力吧。这些年里，阿朗帮她设计翻新了骑楼内部，给她出主意开了一家客栈，没有宣传过，却断断续续总有客人过来，有采风的有特意来看看老骑楼的，特别是有一些回头客。阿朗为她画的画，没事时她会在画室看一会儿，那崖上站着的就是自己，她在等待守望着阿良，不知阿良是不是还在遥远的大海中孤独飘荡。她知道阿良永远不会回来了，但心里还是愿意为他等待下去，从青丝到现在的白头，用一辈子的时间。淑仪一直操心阿朗的婚事，她知道心中有主意的阿朗不会对生活随便妥协，自从阿朗离开这里回北方时遇到了一个和他心意相投的爱人，淑仪开心极了，她觉得可供自己回味的美好，除了和阿良在一起的时光，又多了一桩。

五

薇安一见到阿朗，就觉得阿朗拥有着自己一直无法拥有的却很向往的自由的灵魂。循规蹈矩至今，薇安有太多抛不下的东西，事业、家庭和生活，如果不是在星巴克朝外看时，恰恰看到丈夫和一个女人神采飞扬讲述着什么的样子，她应该不会放弃婚姻，即便他们之间已经沉重到无话可说，而丈夫的那种发自内心的愉悦表情深深触痛了她。何必再维持下去，不管他有没有出轨。这已经是薇安做的最出乎自己意料的一件事情了。接下来的一件出格的事，就是自己任性放了长假，在失落中莫名来到这里，邂逅了阿婆和阿朗。

此刻，三人一起坐在廊下包着粽子。快开海了，每年阿婆都要包一些粽子送给相识的渔民。

"阿姐，能给我们再唱一下《十送情郎》吗？"阿朗问淑仪阿婆。

"都老婆子了，哪好意思还唱这个啊！"

拗不过二人的淑仪阿婆终于还是慢慢唱了起来。

"忍泪不流空自叹，百载姻缘一线牵；离情苦中有谁知，越想越长心姑寒。送郎出鸳房深闺，一片心肠一片酸；并蒂莲花剥开种，鸳鸯枕床独自陪。鸳鸯枕床空怨恨，更鼓夜长依孤单……"

这民歌曲折婉转的调子一下子把薇安和阿朗带了进去。淑仪阿婆一生的故事似乎都在这个曲子里，说不尽也道不明。她的等待和守望，她的坚持和隐忍，自带着一种力量感，和这个骑楼小院一起藏满了故事。薇安想不出是什么样的爱让阿婆等待一生，也想不出是什么力量支撑阿

婆如此坚韧，只能在暗自嗟叹中对阿婆肃然起敬。

"我讲一讲我现在住的波西塔诺的故事吧！"

"波西塔诺是神选择的地方。在波西塔诺教堂里有一座圣母像，传说是海盗偷来的，当海盗经过地中海时，眼看暴风雨就要降临，大家特别惊慌。这时候甲板上的圣母像传来声音，'放我下去，放我下去'。海盗将圣母像放在最近的海岸上，就是现在的波西塔诺。波西塔诺的意思，便是圣母所说的放下。当我去到那里时，所想的是凡事放下的'放下'二字，和我太对味了。"

"巧合的是，崖州龙宫庙的来历，也和神话有关。相传一户渔民出海打渔，一出海就听到有人在海上唱崖州民歌，到了傍晚收网时发现一条鱼都没有捕到，唯独捞上了一根木头。第二天也是如此。到了第三天，渔民出海时终于留意到这海上的崖州民歌，并记住了歌唱的内容：'公是山中神木王，历经漂流山海间，从北方飘到南海，南山湾前遇贵人，贵人拾我南山湾，保平港前把家安，泽润千家保百姓，化身显灵成五龙。'渔民捞起木头放在自家屋檐底下，夜晚时发现木头发光显灵。他根据民歌的内容，把木头刻成了五龙，还请人在海边搭建了一个五龙庙，把五龙木供奉在庙里，就是五龙庙，也叫龙宫庙。"

一个是放下，一个是拿起。薇安细细咂摸着其中的微妙，骤然觉得心下有些明白，自己一直都放不下，阿朗一直都在放下，而淑仪阿婆，她是用淡然的一生把一直在"拿起"的生活过出了放下的意味啊！想着想着，薇安的眼泪又悄悄涌了出来。而阿朗正拿着淑仪阿婆包的粽子嚷着要煮两个尝一尝。

……

开海了。

今年的仪式因各方的重视空前盛大。送完粽子的阿婆默默回到小院，坐在酸豆树下，一边听着那隐隐传来的喧天锣鼓声，一边忙着手中的活计，小声唱起了歌谣。薇安收拾好行李，准备回去了，昨晚接了上司电话，假期快到了，又有事情需要她回去处理。刚刚打开任性龙头的薇安毫无拒绝地接完电话，她知道自己的个性改变起来不是那么容易，但心里已经没有那些焦灼和烦躁。阿朗则在画室里匆匆画着，许是有了新的灵感，听到阿朗和淑仪阿婆告别，她从窗户伸出头告诉薇安："我想到了这幅画的名字了，就叫'崖心'！"崖心，薇安回味着，是淑仪阿婆立在风中崖上时的那颗心么？还是许许多多淑仪阿婆这样的崖州女子就是这方土地的心呢？或许两者都是吧。薇安对阿朗喊道："我喜欢！"阿朗笑着和她挥了挥手。

出租车穿过村里的小巷停在路口。庆祝开海的队伍走过来了，他们穿着五彩的衣服，吹吹打打而去。车开上大路，离开这海角天涯，朝机场方向飞驰着。8月炽烈的阳光透过车窗照进坐在后排的薇安身上。在这明明灭灭的光影中，薇安脑海里不停地想着淑仪阿婆，想着自由的阿朗的故事，这些怀抱着心中美好用力生活下去的女子，让她的心开始安详开始宁静。"我还会再来的"，薇安心里默默地说。窗外，天好蓝好蓝。

穿丝袜的苏老师

张　莉

　　真正的美人，是把一双丝袜穿得得体又贵气。女人都爱美，但大多数女人往往顾头不顾脚，脸上精雕细琢，细节却不加注意，比如丝袜。不过，在三亚这个热带城市，稍微动一下，混身就汗津津的，谁有闲功夫穿丝袜！

　　苏醒却不这样想，她就是一个注重细节的，并把美武装到丝袜的女人，准确些说，她还是女孩儿。

　　苏醒是丝袜控，在她的观念中，把一双丝袜穿好了，流线型的小腿在窄窄的裙摆下，款款地，优雅地行走，不为赚眼球，只为一份自尊。

　　还是在读初三的时候，老师出了一篇作文题《我的青春我作主》，苏醒就写了"好想当老师，当了老师就可以穿精美的丝袜，优雅地迈上讲台，那一瞬间，一定是骄傲而心花怒放的"。没想到老师一个疑问号，旁批：纯粹的小资情调，穿上丝袜就能当个老师了？当个好老师那么容易？一盆冷水浇得苏醒心都凉了。哼！我就不相信，爱美就不能当老师了，而且不能当好老师？谁规定的，我就偏不信！苏醒的倔脾气上来了，还真考了师范学院。

这不，马上就毕业了，同学们都在投求职简历，苏醒拿着个硬币举旗不定，回老家还是去滨海城市？想去南方的滨海城市，一直是苏醒的梦想：在星空下看海，听海浪絮语。

学姐王丹去年招聘到三亚一所重点中学，她一直鼓动苏醒来三亚，特别是海南被国务院批准建立自由贸易试验区，真是千载难逢的好时机。省政府也出台了"百万人才计划"。苏醒是研究生，条件都符合。王丹对苏醒实施狂轰滥炸，几乎每天更新学校的招聘信息，苏醒看得热血沸腾，她在百度上了解三亚，除了沙白浪碧，还有热带水果、海鲜。一想到可以尽情吃海鲜，这个吃货不淡定了。后来，她突然想到一个致命的问题："丹姐，哦，对了，三亚很热吧，能不能穿丝袜哦？"丹姐无语，悠悠地说："不穿丝袜你会死呀？""哈哈，会的，会死得很惨。"

"我不穿丝袜不也活得活蹦乱跳的？"聊着聊着，苏醒突然走神了，她想到了一个人，孔乙己，那个穿着长衫站着喝酒的唯一的人，苏醒笑了，有一点好相似哦，她是那个穿着丝袜站在海滩上的唯一的人。

第一次看到海，苏醒像个孩子般忘情地扑上去，迎接她的不是温柔的海浪，而是无情的汹涌潮水，第一次遭遇大海，就把她的丝袜，连同她的高跟鞋，狠狠地修理了一番。"哈哈，知道浪的厉害了吧"丹姐有点兴灾乐祸。丹姐劝她穿拖鞋，她死都不肯，说要把臭美进行到底。苏醒是个去领快递都要化妆的人。

王丹和苏醒是两个风格的人，却出乎意料的好。王丹大大咧咧，一头西瓜皮短发，不需要打理，笑起来完全不顾啃西瓜皮的龅牙。好像与

西瓜特别有缘，别人发现了这点，给她取一个美称：叫西瓜姐。不过，后来才知道，王丹还有一个美称，叫拼命三娘。这是后话。

当丝袜妹遇到西瓜姐，该碰出什么火花？其实她俩相克相生，是一对和谐的好姐妹。

那阵子，因为要应聘，苏醒真的安静下来了，找资料，看视频，写教案，一遍遍地对着王丹试讲。王丹既当学生又兼导师。两妹子累得人仰马翻。

金秋八月，收获季节，苏醒如愿成了育英中学的一名老师，和王丹在同一所学校，功夫没白费。

马上就要开学了，入秋的三亚，丝毫没有半分凉意，只是太阳照到阳台的角度偏了，阳台上的绿萝又冒出一片新芽，苏醒坐在阳台的躺椅上，一边看微信，一边思考怎么上课。真正要面对了，她才发现自己很无知、很无助、很空虚。怎样才能上好课，特别是精采的课，让学生一下子就被你抓住。

她收索枯肠，把以前当学生时的情境，像放电影似的放过一遍，当时看每个老师来上课，都觉得很平常，殊不知每节课的背后，都要付出很多努力。

她印象最深的是初中时的班主任，姓严，同她的姓一样，她要求也很严，那双眼睛简直就是鹰眼，只要课堂有讲话声就马上停下来，鹰眼一扫，芒刺般让人毛骨悚然。最怕空气突然安静，死寂一般，一分钟犹如一个世纪。最后班主任终于开腔了："你们讲吧，讲完了我再讲，讲啊！不是挺能讲的吗？"这一招够狠，同学们败下阵来。因为他们喜欢众乐乐，不喜欢独乐乐，一旦独自表演，肯定露马脚。

仿佛得了严老师的真传，苏醒第一节课就用上了。那天，苏醒，咱们苏老师第一次上讲台，她是做了充分准备的。

精美的课件，娟秀的字迹，还把课本包了封皮。当然，最忘不了的是，把那双银灰色丝袜穿得贵气逼人。她要这种状态，稍微的摇曳，稍微的明媚，十足的底气。当她踩着铃声走进教室的刹那，同学们一阵热烈的掌声，还是把她吓了一跳，她有些羞赧，脸红了一下，既而镇定下来，马上开始上课，但议论声还是停不下来，她明显感觉学生在对她评头论足。她想到了空气凝固法，一声不吭，定定地看着同学们。这招真灵，简直就是跨越时代的宝典。大家不吭声了。苏醒不知接下该怎么办，要上课也得有个起承转合，他想起初三那个语文老师，马老师，人如其姓，一张马脸，头发油腻腻的粘在一块，冷嘲热讽是她的拿手好戏，学生盯着老师时，"看我干啥，我脸上有字么？"盯着书看，"头低着干嘛，书上有答案吗？"盯着黑板看，"盯着黑板干嘛，看书啊"，真是佩服。干脆来个提问，做学生的都知道，提问的时候，教室出奇的安静，每个人都拒绝和老师有眼神交流，恨不得把头埋到桌子里去。正当苏醒想是否要学马老师那一招，给学生来个下马威。不料，有个声音传来，"老师，你好漂亮"。苏老师一惊，有些不好意思。何不来个"给老师画像"的互动？于是，苏老师索性让同学们观察老师一分钟，说出老师的特点，用上一两个比喻句。可以讨论，同学们哗的一下，如释重负般叽叽喳喳起来。苏老师巡视着，她发现同学们脸上洋溢着兴奋的光芒，恢复了初二孩子应有的活泼开朗。一分钟后，苏老师提问了。该叫谁呢，同学们都推荐周兴荣，为什么一定是周兴荣？同学们齐声说：他是学霸，老师都提问他。苏老师立刻明白了，这个学生是老师眼中的"宠儿"。苏老师偏不叫他，只说了句：今天是九月一号，就从一号开始吧，按顺序来。大家面面相觑，有点意外，而被点到的一号，是一个小

胖子，趴在桌子上，听到叫他起来，眼睛还没睁开，应该是睁开的，只因胖得眯成一条线，显然觉得意外又兴奋，嘿嘿笑了笑，说：老师像一朵花。全班笑了，老师也笑了。老师说别人用过的就不要用了，要有自己的观察和思考，要具体。二号同学是个机灵鬼，马上举手，"老师笑起来真好看，眼睛弯弯像小船"。三号同学一本正经："老师的眉毛是纹过的，眉梢飞扬，一头卷发像瀑布一般，飞流直下。"同学们响起热烈的掌声。还有一个文艺范儿女同学等不及了，举手发言："我注意到老师穿了双丝袜，流线型的小腿很优美，亭亭玉立，整个人看起来像出水芙蓉。"苏老师很满意，这些个孩子，都是很有潜力的，就看你如何挖掘。最后苏老师让同学们写一篇小作文《苏老师印象记》。

苏老师心里有莫名的兴奋，继而又转成沮丧，这是她从教的第一课，完全没按教材教，完全是即兴的，她把一节精心准备的课上走样了。上课没有预演，成也罢，败也罢，一次成型，是一门遗憾的艺术啊。

不过，年轻就是好，永远想着快乐的事，何况每天的工作像打仗，充实又快乐。苏醒发现自己的步子变快了，有点像蹦，又有点像小跑，不过这样好，来不及寂寞。下课后她打开微信，发现母亲给自己发了五百元红包，写上：祝我的宝贝，教师节快乐！一向乐观的她，突然有流泪的冲动。自己分明有工作了，该是回报父母的时候，却还让父母牵挂。如果需要，让父母从身上割一块肉下来，他们都是愿意的，这就是中国式父母。自从当了老师，她更加体谅家长了，心里发誓，一定要好好培养这些孩子，不让家长失望，每个孩子都是父母的心头肉啊。

以为日子就这样波澜不惊，而又忙忙碌碌地过着，这样也蛮好的。可是，有一天，一下课，王丹风风火火跑来告诉她，"大美女，罗主任约见"。当时王丹还扮了个鬼脸。苏醒满腹疑惑，罗主任是教务主任，找她干嘛？当她推门进去后，就看到一个高大魁梧的男人，寸头，四方脸，目光如炬。好有威慑力，把个苏醒吓得不轻。"坐，苏老师。"罗主任很客气，但表情始终绷着，"是这样的，听说你第一节课没按教材上，独出心裁搞了个画像活动？"

苏醒暗自叫苦，咋就让罗主任盯上了？"哎，是这样的，原以为……""好了，什么都别解释，我只要老师认真上好每一堂课，特别是新学期第一节课"。"是的，我以后会注意的"。苏醒声音小得只有自己才听得见。"这样吧，你是刚上任的新老师，原谅你一次，下不违例"。苏醒刚要出门，却被罗主任叫住了，"你要多向王丹学习，听说你们是一个学校的"。苏醒怎么出来的都不知道，脚像灌了铅，游魂一般挪回办公室。

一走进办公室，她几乎被震惊了，她的办公桌变成了花的海洋，有单支的有成束的，百合、康乃馨、玫瑰，天啦，苏醒快晕过去了，幸福来得太突然，她有点承受不了。还有些小卡片。大多写着：苏老师，教师节快乐。我们永远的大姐姐。还有的写：我们爱你！有一张很特别，字迹工整，标准的楷书，密密麻麻的，"你是一个一丝不苟的人，从你的丝袜可以看出；你是一个一视同仁的人，从你提问就可以看出；你是一个随性的人，从你上课像玩游戏可以看出"。标准的排比句啊，没有落款，但苏老师猜到是谁了。一定是那个文艺范儿的女孩子。这个女孩子的洞察力不一般，谢谢你，谢谢大家，同学们！苏醒模糊了双眼，好可爱的孩子。当时王丹就告诉过她，初二特别不好管，既没有初一时的老实，又没有初三时的紧迫，被称为"初二现象"。可是，同学们是什么时候喜欢上她的呢？罗主任说要她多向王丹学习，的确，王丹太拼

了，她俩住一个宿舍，王丹总是让苏醒给她打饭，很多时候回来，饭都凉了。王丹还有一个美称：拼命三娘。王丹的口头禅是：同学们：耽误你们两分钟，只要她一说这句话，同学们头晕脑胀，四肢冰凉，因为课间十分钟就没了。而她自己乐在其中，浑然不觉。王丹属于讲台，一上讲台就跟打了鸡血似的。生龙活虎，即使病了也这样。王丹特别适合当老师。苏醒暗暗佩服王丹，决心学习她身上的亮点。苏醒朝王丹的办公桌望去，也有几束花，冷冷清清的，没有苏醒的多。这就奇了怪了。苏醒也不得其解。

相处久了，和同学们混熟了，知道了同学们的"软肋"。原来学生有"三怕"，一怕正在玩手机时，班主任神出鬼没地出现在窗边；二怕抄作业被发现，请家长来学校；三怕考试作弊，刹那间试卷灰飞烟灭。都说"考，考，考，老师的法宝，分，分，分，学生的命根"。一听说划重点的地方要考试，差生都要问几遍：在哪里，老师慢点，没找到。而上自习课就是最轻松的了，学霸在做作业，男生们聊游戏，女生们聊八卦，或者聊韩剧。苏老师的自习课是要求同学们看课外读物，不过要作读书笔记。所以同学们最喜欢苏老师的自习课，完全放松，平时在数学课上偷看的《盗墓笔记》《明朝那些事儿》都可以大张其鼓、光明正大地看了。而王丹老师的自习课，绝对严谨。王老师要讲试卷，或者习题。王老师教英语，又是班主任，总是强调，做题多了，题感好了，正确率就高，分数相应就高。"你们不想考重高啊，不想考211或者985大学啊，现在打好基础，以后就轻松了。"停了停，又语重心长地说："一分压倒几千人啊，不该丢的分一分都不能丢。"王老师在家长会上讲一句名言：努力做个考试狂魔。好些重点班的同学都要求转来她的班。王老师讲得唾沫飞溅，回头一看，好几个人趴在桌子上。胖子吴迪睡得口水都流出来了。王老师用眼角扫了一眼，皱了皱眉，任他睡去，反正吴迪的成绩几乎科科倒数，怎么捞也是捞不上来了，顺其自然吧。她只在乎前十名，特别是关注学霸周兴荣，周兴荣可是全年级前三甲的学生，总让王老师脸上有光，每次都让周兴荣来范读。其实，还真害了周兴荣，大家故意孤立他，都不跟他玩，使周兴荣变得高处不胜寒。

形只影单，独往独来的周兴荣引起了苏老师的注意，他的确很聪慧，每科成绩都拔尖，学习很在状态，很注意学习方法，听课笔不离手，眼睛瞪得溜圆，而且记忆力超强。更主要的是勤奋。有一次被困在电梯里，他竟然在里面演算数学，把检修员都惊呆了，又得一美称：淡定哥。这样的学生几乎是老师的"宠儿"。但周兴荣有一个致命缺点，就是太内敛，喜怒不形于色，不苟言笑，显得清高，甚至冷漠。就是班主任王丹也觉得他内心世界不可捉摸。也就是说，很难走进他的世界。而周兴荣却有一个朋友，或者说走得近一点的，就是吴迪。这怎么可能，这几乎是火星撞地球呀。可是，苏老师分明看到，周兴荣在给吴迪辅导数学。下了课间操，吴迪屁颠屁颠地给周兴荣买了可乐，没忘了给苏老师捎了盒纯牛奶。

还没吃早餐的苏老师真是饿了，接过牛奶，忙给吴迪钱，文艺范儿夏青说："老师，吴迪是土豪，他家钱多得花不完。""瞎说。"吴迪眼睛眯成一条缝，肉堆在一起，笑不动了，拍了夏青一掌。都说初二的孩子难教，其实，你用平等的态度对他们，他们会把你当朋友。我看青山多妩媚，料青山看我应如是。苏老师想到这两句诗。在此后的相处中越发体现出来了。

国庆节快到了，苏老师准备搞个"迎国庆诗歌朗诵会"，上课一宣布，教室就沸腾了，现在的孩子都很有表演欲，原因是现在各种才艺班

五花八门，家长爱子心切，恨不得十八般武艺，学会十七般，从幼儿园就开始走马灯似的去培训，孩子大多有才艺，很希望有表现的舞台。夏青是文娱委员，这事就交给夏青了。报名的人有二十来个，吴迪也报名了，不但参加而且还把他们家的日记本拿来当奖品，据说他爸开了个印刷厂。苏老师太感动了。可是，她把名单看了三遍，都没看到周兴荣的名字，苏老师有些诧异，为啥学霸周兴荣不报名？耍大牌？对老师有意见？与同学闹别扭？还是别的什么，苏老师想了解一下。

照例每天睡之前，苏醒与王丹都要来个"卧谈会"。"哎，好奇怪啊，你说这周兴荣吧，学霸一枚，为啥不参加诗朗诵呀？"苏醒问道。

"你不了解他，兴荣这孩子哪都好，就是不善表达。"

"不善表达更要训练了。"

"口头表达还没纳入高考，他不重视吧。"

"不是一考定终生的时候了，表达是搞好人际交往的重要手段。"

"这个道理他未必不懂，只是觉得没必要浪费时间在这上面吧。"

两位辩手又开始辩论了，不过，这样辩下去也没什么结果，苏醒想，还是找周兴荣谈谈吧。

还没来得及找周兴荣谈话，却接到周兴荣阿妈阿妈的电话：周兴荣病了。

下午，苏醒和王丹两老师去看望周兴荣。周兴荣的家是 80 年代末建的宿舍，墙体斑斑驳驳，贴了密密麻麻的小广告，屋内光线不太好，家具很陈旧，客厅很狭窄，摆放两张藤椅，一张小方桌，几乎就有点转不开身了。周阿妈阿妈看到两位老师登门拜访，显得既紧张又局促。一个劲儿地又让坐又倒水的。周兴荣睡在卧室不肯见老师。

周兴荣身体素质还不错，上学期还参加八百米中长跑和跳远等项目，成绩差强人意。怎么就突然躺下了？"哎，我也觉得莫名其妙，孩子这两天饭量减少，总是发呆，昨晚我发现他在穿我的高跟鞋，还问我有没有丝袜，我怀疑是烧糊涂了吧，一摸头又没发烧，后来就躺在床上，眼睛定定地看天花板，不知道是什么怪病。"周阿妈眼角渗出丝丝泪光。

两老师面面相觑，一时之间也不知说什么，说了些安慰的话，嘱咐她带孩子看看医生，就出来了。

看样子是心理疾病，如果不能对症下药，这孩子就毁了，多好的孩子，王丹老师决定从其他同学口中，看能否探出点口风。

果然，胖子吴迪就提供了一份有价值的"情报"："他问我喜欢什么样的女孩，我说没想过，他突然就笑起来了，有点奇怪，嘿嘿嘿的，然后，就让我给他买一双丝袜。"王老师觉得情况不妙，仿佛意识到什么，吩咐吴迪什么也不要说，马上给周兴荣母亲打了电话。

诗歌朗诵会很成功，文娱委员夏青担任主持人，吴迪破天荒上了台，当他第一次在同学们面前，听到从无线麦中传来自己的声音时，自己都不敢相信，真是激动又兴奋，最让他刻骨铭心的是，他得到了唯一的一次奖，新人崭露头角奖。苏老师名堂真多，奖项也五花八门，参加的都有奖，把同学们乐坏了。

当晚就接到吴迪爸爸的电话。电话那头显然很激动，有点语无伦次了，一个劲儿感谢苏老师，说自己儿子可自豪了，获奖了，带他去肯德基吃汉堡，下次专门邀请苏老师。苏老师客气地回绝了，内心涌起一股说不清的情愫。为吴迪，还有吴迪的家人，甚至也为自己。

第二天，王丹老师接到周兴荣母亲电话，说兴荣不肯去医院，口里含糊不清地说了些什么，只听清一句：苏老师，救我！

　　苏醒一听，觉得不妙，上个月布置阅读名著，周兴荣读的是《红楼梦》，贾宝玉梦游太虚幻境，警幻仙姑秘授男女之事，宝玉喊了声：可卿，救我！莫非？苏老师不敢想下去，直后悔应该给一些阅读指导。

　　周兴荣还未来上课，苏老师心有戚戚焉。过了两天，苏老师突然被政教处张主任叫去了解情况。张主任是东北人，虽说是女性，却像男人婆，大嗓门，说话直接，走路生风。喜欢吃饺子，常被粘在门牙上的韭菜叶出卖。私底下被称：韭菜大阿妈。

　　一走进政教处，苏老师就觉气氛不对，张主任脸色铁青。"苏老师，我不喜欢绕弯子，我直接问你，你说说看，这周兴荣的病与你有关吧，我们去看过他了，就听说什么苏老师救我，丝袜好漂亮之类的话，据我所知，你特别喜欢穿丝袜，你知道什么，告诉我们。"苏老师直接愣在那儿，半晌，才缓过神来："我是布置同学阅读名著，的确，我也喜欢穿丝袜，周同学的病与此有什么必然联系吗？"苏老师也有些激动。"倒不是说有直接联系，我们是想了解孩子的思想动态，便于找出病因。"张主任有些缓和下来了。"周同学病了，我也很着急，但得从他熟悉的同学，主要是家人了解，我会帮助了解。""我知道了，就聊到这儿，我们会从多方了解，你忙去吧。"苏老师没想到自己刚进校两个月，就捅了两个篓子。教师不是那么好当的。理想很丰满，现实很骨感。她想起作文上的憧憬：穿上得体的丝袜，摇曳生辉地走上讲台，内心像饱涨的风帆，启航。如今，苏醒知道了"少年不知愁滋味，为赋新词强说愁"的意思了。生活远比文学丰富而深刻啊。

　　王丹老师坚持每天下午都去看望周兴荣，并且给他补课，说能补一点是一点。苏醒觉得心理疏导迫在眉睫。

　　晚上，苏醒接到吴迪爸爸的电话，说请苏老师吃个便饭，感谢对吴迪的关心。苏老师哪有心思吃饭，不过觉得吴迪与周兴荣关系较近，是否了解周兴荣的情况。"哎，兴荣啊，这孩子我熟悉啊，他母亲就在我印刷厂打工，他爸三年前患肺癌去世了，后事还是我给张罗的。孤儿寡母的，不容易，不过，这孩子争气。""谢谢！了解了。"苏老师放下电话，终于弄清为何心高气傲的周兴荣，会帮助吴迪的功课。

突然，灵光一闪，苏老师想到一个妙招。

第二天，苏老师要来了周兴荣的QQ号，用吴迪的身份，进入了周兴荣的QQ日记，说说之类，终于有了重大发现。"不好意思，为了救你，侵犯你隐私了"苏老师很抱歉，但顾不了那么多了。其中有一段话是这样的："你是一个一丝不苟的人，从你的丝袜可以看出；你是一个一视同仁的人，从你提问就可以看出；你是一个随性的人，从你上课像玩游戏可以看出。"怎么那么熟悉，在哪里看过？苏老师想了很久，终于想起来了，教师节的贺卡上一位无名氏写的，当时还以为是文娱委员夏青，原来是他，目光深邃却一脸冷漠的周兴荣，真是不得其解。苏老师接着往下看："贫困像一座大山，压得我喘不过气来，除了学习可以拯救我，我别无他法。其实我是自卑的，比起那些有颜有钱的同学，我只有用自强，甚至自负来包装我自己，保护我那可怜的自尊心。"苏老师心里有一丝颤动。再往下看："我与母亲相依为命，但贫穷把母亲变得像中性人，母亲不会打扮，不化妆，常穿着T恤衫，唯一的高跟鞋还是参加公司歌咏比赛发的。直到苏醒老师的出现，我看到了一束光，女性的妩媚温柔被诠释得淋漓尽致，女神般的苏老师，我在你面前，突然觉得局促不安，一个单亲家庭的贫穷的小男孩，是多么微不足道，是多么自卑。我忘不了你的微笑，你的步态，你身上淡淡的香水味，你的丝袜，流线型优美的小腿，一切那么美好。"苏老师不敢看下去了，一个少年

维特的烦恼。怎么帮到他呢，这个臭小子，像他这种生活中只有学习的人，又没有朋友可以渲泄的人，一旦遭遇感情的冲击，无疑惊涛骇浪般的灭顶之灾。他完全不知如何走出来。

苏老师一夜未眠，她在思考怎样疏导周兴荣，直接上门谈心怕引起误会，打电话也未必接，突然，她眼光掠过书架，她看到一本书，周兴荣是个小说迷，何不来个"以毒攻毒"，她把书架上那本《少年维特之烦恼》取下来，她想到一个故事，拿破仑在作战时，就随身带着这本书。她在扉页上郑重地写下几句话：每个少年几乎都有维特的烦恼，这是青春的必然，也是成长的经历，走过泥泞的雨季，必定迎来朗朗晴空。这是拿破仑最喜欢的书，希望你像他那样所向披靡。她把这本书让王丹老师带去。

王老师从周兴荣家回来，带来一个令人沮丧的消息：周兴荣决定转校了。

一个尖子生的流失，对于以质量求生存的学校无疑是灾难性损失，究其原因，不管是不是丝袜惹的祸，王丹、苏醒都有不可推卸的责任。这天，学校召开校务会议，宣布了一个重要决定，王丹老师作公开检查，苏醒老师作书面检查。

政教处张主任气得脸都扭曲了，说话都有些颤抖："你说你王丹，我是多么器重你，去年评了学校先进，今年的市级优秀班主任准备推荐你的，这下，你让我怎么面对学校，怎么面对学生？一个优等生的流失，对我们学校的声誉造成多大的影响？"见王丹始终一言不发，张主任更气了，说："你尽量把周兴荣挽留住，留不住你班主任也别当了。"王丹含着泪点了点头。

教务处罗主任就没那么顺利了，看似温柔可人的苏醒却像铁板一块："为什么要我写检查？我没有什么可检查的，如果说我的丝袜引起周同学的想入非非，只能说是他青春期心理的特定表现，我们要因势利导，而不是因噎废食。"罗主任也觉得棘手，不可否认，苏醒说得也有道理，可是校务会的决议，罗主任不得不执行，于是，罗主任用委婉的语气说："不是说你穿丝袜有错，而是在发现有不利影响时，咱们能不能适当控制，比如少穿或不穿。"

"哪有这个逻辑？比如你种了饱满诱人的苹果，有人禁不住来偷摘，你认为错在小偷还是果农？为了怕偷，我们就一定要种干瘪的小苹果？""那你觉得应该怎么办？这个检查你是不准备写了？那你去跟校长说去。"罗主任又气又急，又没什么办法反驳，只好踢皮球。

苏醒至死不写检查的事传遍了全校，学校老师对苏醒刮目相看，没想到一个刚进校的新老师，竟然有如此气魄，很多老师的态度也转向苏老师。"为什么为了一个优等生，就要委曲老师？""一个跪着讲课的老师，又如何教得出有筋骨的学生？""学生的过错为什么要老师来买单？"

"其实谁都没错，只是认识问题。"老师们议论纷纷，学校也觉得当初的决定有些草率，但是残局也不好收拾了。

可是，一个人的出现，结局立马大逆转。这个人就是周兴荣。周兴荣返校了，完全出乎大家的意料。

学校很高兴，王老师很高兴，当然苏老师更高兴。周兴荣为啥决定不转学了，谁都说不清。私下里，老师们都在猜测，周兴荣是为了保护苏老师来的。其实，周兴荣在班会课上说："我很感谢王老师、苏老师对我的关心，我的病与别人无关，最关键的是，经历了那么多，我长大了，真正成长了。我学会了面对责任和担当。"这是周兴荣说的最多的

话，比他一学期说的话都多。教室里响起雷鸣般的掌声，王老师觉得周兴荣真正活过来了，涅槃了一般。

马上就到元旦了，苏老师又收到贺卡和鲜花，其中有一张非常眼熟：烦恼的维特重生了，谢谢您！苏老师，祝您新年快乐！仍然未署名。苏老师笑了：三亚的冬天出乎意料的暖和，永远的风和日丽。在这里当老师真好。苏醒想起成都老家阴湿的天气，越发觉得来对了地方。放假了把阿爸阿妈接过来过年。

"锋哥"扶贫记

孙春花

一

　　老父亲的情绪也像孩子一样，说翻脸就翻脸，这让崔志锋很是不解。本来早上出门时还沉浸在父慈子孝的幸福中，可是晚上回来一坐上车就一直嘟囔着嘴巴，一声不吭。今天是周末，自己去扶贫地南岛农场有事，要把扶贫的槟榔树苗分配好。突然想起七十多岁的老父亲来三亚也有一段时间了。父亲来自农村，是老实巴交的农民，对外界的语言交流能力受方言限制，平时只能在热闹的城市孤独地生活着。只有我们的陪伴才是他们最大的宽慰。可我们上班也是早出晚归的，陪他们的时间很少。觉得周末顺便带他去扶贫的地方看看，透透气，重温一下农村风光。这让父亲很高兴。可是在回家的路上，老父亲却像变了个人似的，

撅着嘴，微闭着眼，爱理不理的。

几经沟通，才知道他今天的委屈。这个农民父亲想随着我去农村狐假虎威一下。他觉得我在农村做扶贫干部会带给他去农村的荣耀。可是农民见这样一个普通老人没有过多关注，更没有因为他是扶贫干部的父亲就加以关照。他陪着我走村串户送苗看地，时不时看到我要掏支烟给村里老人抽。村民呼我"锋哥"，与我谈的是种地养家禽家畜的事，父亲觉得毫无新意，自己还贴着脸陪着儿子去看望别的农村大爷，光是失落不说，简直就是掉价。

对父亲的不解，崔志锋是懂的。中国几千年的读书、做官、发财，享受荣华富贵的思想深深烙在父母的心里。父亲从小说到大的一句话是：好好读书，不要像我一样在家当农民，让人瞧不起！这种损己利人的教育只有父亲对自己的孩子才会那样歇斯底里，言之凿凿。在他的眼里，当农民是人生没有其他选择的无奈之举，是无能的表现。我考上军校，给了父亲无限的荣光，我是这个农民父亲一辈子的骄傲。虽说现在转业在地方，但还是国家干部哩。面对这样一个引以为傲的儿子，却看到他在农村伺候农民，心里当然接受不了。好在父亲还有点屈服我的身份，一听我说不是伺候，是工作需要，他也没再过多地往心里去了。

去农村扶贫已成为政府公务员的主要工作之一。农民叫我哥是对我无比信任了。现在要求精准扶贫，工作要有实效，赢得了信任就成功了一半。前几天上级领导来检查我们的扶贫工作时看到村民叫我"锋哥"，还夸我能深入群众呢！是的，真正的扶贫不再是坐车下乡拍拍照，雾里看花，传达个指示精神，要低下头在泥土地里行走才能看到贫穷后面的真实世界。只有深入群众生活才能成为他们的哥们儿，赢得"锋哥"这样的称谓。要知道这光荣的称号是贫困户阿荣亲自给我颁发的，我与他也算是通过扶贫成了知遇之恩。

二

星期一，我要早起去南岛农场，就昨天的槟榔树苗的发放和种植情况做进一步的落实。听说阿才家的鹅圈已经建好了，上次联系的小鹅苗有没有送过来？需要落实。妻子也早早起床，周一要组织学生升旗。"叮铃铃"的电话铃声突然响起，打破了早晨的宁静。大清早的电话声让人有条件反射似的不安，正在刷牙的我胡乱地将就一下急匆匆地回卧室拿起了手机。打电话的是南岛的书记赵武，他心急火燎地告诉我："阿荣病了，吐了很多血，正送他去人民医院。我们需要你的帮助，你也去人民医院，我们在那儿见面好吗？我一听，心里就不是滋味，惊讶地"啊"了一声，就"哦，好的"结束了。这就是扶贫！放下电话，就洗了把脸，急匆匆地要出门。妻子见了，不安地问："什么事这么急？"我有一搭没一搭地说了个大概，最后向她要工资卡。"你去给他办住院，还要替他交钱？"我没正面回答，只说怕他们来不急，没有准备，我也是有备无患。妻子虽然有点不悦，但还是把工资卡递给我，说了句"扶贫，扶贫，别把家扶贫了"。我默默地点了点头，指了指父母的房间，她不再说什么了。是的，要是让父亲听到，真不知道又会弄出什么插曲来，我没时间处理。听妻子这么一说，我也不是滋味。从理论上来说，扶贫与自己的工资卡是没有关系的，但遇到抢救急需时，我作为扶贫干部去帮助他们，因为钱耽误了治疗，道义上都说不过去。如果是这样，我今后还怎么在村里工作？自己先垫上吧！这大清早的也没有别的办法。

人命关天，我急急忙忙喝了点水，空着肚子赶到了医院，他们也刚好赶到。阿荣在书记赵武和邻居阿江的搀扶下走到医院的走廊，我扶着坐下来。刚过7点，来医院看病的人还不多，匆匆赶来的一般是病得不轻的病号。这些病号的表情和呻吟声都是揪心的。医院就是这样，人少就很阴森，人多就很烦闷。所以说身体好的人来医院都会染上病，这一点都不夸张。阿荣一大早被送到这里，黝黑而瘦削的脸上渗出了瓦灰一般的白，头没力地耷拉着，久久没理的几缕头发贴在脸上。神态有点瘆人。这吐血是很吓人的症兆，看他这病重的样子，担心他有什么三长两短。医院还不到上班时间，我赶忙去挂了急诊号，把他送到急诊室去急救。诊断结果很快出来了：胃溃疡引起的胃出血，需要住院治疗。他们听医生说需要住院，都愣愣地站着没动静，好像我一来全是我的事。我见了，说："你们找个地方坐会儿，喝点水，去门口买点早餐吃。我去办住院手续。"我拿着病历来到办理住院手续的窗口，医生上班了，这看病的人也是比赛似的赶来了。医院里来往穿梭的人越来越多，一会儿功夫，我的前面就有五个人站在那儿，这时我还是很庆幸自己幸好拿来了银行卡，要是没有想到，你说几个大老爷们儿杵在那儿，会多窘迫啊。虽然拿卡时有点思想波动，靠工资过日子都不易，上有老下有小，还有亲朋和战友的应酬，常常是把有限的工资用在无限的开支中。为了省点钱，老婆买点蔬菜都是货比三家。她对外人说是比菜的新鲜，实际上很大程度是在比价钱的高低。像今天，没摊上这事，不花一分钱都是心安理得，摊上了就会于心不忍。想到这儿，崔志锋有点释怀了，不管怎么说，只要人没事就行。钱能救命，就是价值无限。

手续很顺利，交了3000元的押金，住在内科502房的2号床。医院的设施还很齐全，先让阿江留下来陪护，书记赵武回南岛要给他找医

疗保障证件，发现异常及时保持联系。

三

忙完之后，已是 10 点了。我才觉得肚子有点饿了，就叫上赵武来
到医院旁边的粉汤店吃碗米粉，顺便聊聊阿荣的情况。赵武告诉我，阿
荣星期天参加村子里婚礼，在苗族的长桌宴上，阿荣端着大碗米酒，一
路喊着喝着干着，从第一桌到最后一桌，都有他的豪言壮语。把酒喝到
酒场无敌的境地。这燃烧的液体让阿荣激情也燃烧。大家都知道他爱喝
酒，孤独，看到别人一个个结婚了也是虐了这单身狗的心。因此也没有
人阻止他，怕他酒后失态。再说，他父母都去世了，孤身一人，连个直
接阻止他的人都没有。虽说兄弟四人，大哥年龄大，单身。平时自己的
事都懒得管，他看了弟弟一眼，觉得是司空见惯，无心也无力。阿荣排
行第二。老三身体不好，还需要阿荣的照顾，心怕得罪这二哥，根本不
会管。小弟太小，虽说早已成人，但没胆量管任性的二哥。在那种场
合，亲人的放任，就是大家沉默的理由。

说来也话长。对于阿荣，在场部，是个知名度高的人，常常引起大
家的极度关注。这个五十六岁的单身男人，拥有海南地区标准体形，骨
感，精神；颧骨突起，轮廓分明。常常穿着蓝白相间的格子衬衫，有点
南亚华侨的范儿。长期吸烟，右手的食指和中指贴上了焦黄色标志。是
一个把抽烟、喝酒当作生活追求的人。年轻的阿荣曾是兄弟四个中最出
色的，最帅的小伙儿，是父母的希望，是家里的顶梁柱。他比大哥灵
活，比老三强壮，与老四没法比是年龄相差甚远。出生在国营农场的他

们，比当地的农村青年要幸福得多，在六七十年代的困难时期，他们过着衣食无忧的生活。吃国家粮，住国家房，什么困难都由国家担着。他们只要象征性地读读书，快乐地打打篮球、乒乓球，长大再等待招工，吃穿工作都不愁。像找对象更不用操心了，找不到正式工作的，漂亮的村姑随便找。因为当时与之相隔咫尺的本地农村却是天壤之别，住草屋、饿肚皮，直面烈日和风雨，有好多姑娘都想攀农场的高枝呢。人的优越感有时不是量出来的，而是比出来的。

好的条件有时候消化不好就是毒药！

始料不及的变化，农场的体制改革，大锅饭的破灭，铁饭碗的粉碎，让他们困惑了。人无远虑必有近忧。眼看着每月都没有固定的收入，每月的粮食都没有着落，什么花销都要自己去挣才有。分到家的每棵树、每块地都要去耕种护理才能有收获、才能有钱。看着别人的茅草屋在变成小洋楼，看到人家的车在由人动的变成机动的。富者像滚雪球般越滚越大，像星星般越冒越多；而没有捷径的，停滞不前的被边缘化，没有找到出路的在贫困化。阿荣陷入这种经济浪潮中的低谷，犹如百爪抓心，心里是从未有过的阵痛。

家中齐刷刷的男儿，如果都在地里挣钱，别说致富，解决温饱都难。橡胶的价格暴跌不说，收购也没有保障。种槟榔、种水果，都要成本，都要时间。可是口粮说停就停了，粮票说没用就没用了。全家都要吃饭，都要穿衣，时间不会停歇，生活不能停留。就是在这种捉襟见肘的岁月里，已是而立之年的阿荣和他的哥哥、弟弟，既没成家，也没立业。这夹杂着青春的荷尔蒙的焦虑如影随形。

场部有一间用来开大会的会议室，有五十多平方米。经过打探，阿荣设想与队长商量租下这间房搞个摩托车修理店。因为家里有现成的劳力，高大健壮的阿荣也对摩托车充满喜爱，兄弟仨就可以撑起这个店。按当时摩托车的盛世行情，好好干，的确是个好的选择，至少不会穷。这在当时无疑是个拯救家庭的有效计划。

计划不错变化无情啊！这事遭到当时的生产队长阿海的坚决反对，他自己有私心，就以堆放公用农具为名推诿。打着官腔说：他本人非常理解和支持，但这是公家的财产，不能因为私人的利益损坏公家的利益。因此爱莫能助。这是冠冕堂皇的谎言。这种话对一个思想单纯的年轻人是合乎情理的欺骗。这让豪情万丈的阿荣无法接受梦想破灭的现实。

阿荣不死心，寻找补救的办法。有人提醒阿荣，现在做事情说说没用，要实际点。意思是要阿荣有所表示。阿荣好像得了锦囊妙计似的得令而行，请队长喝酒！

病重乱投医的阿荣搭上了家底，在场部旁边的排挡置办了一桌酒席，宴请队长和队长带来的朋友。队长笑容满面，见面宾主言欢。从未让队长如此开心过的阿荣也是精神抖擞，充满希望。酒过三巡，阿荣借酒壮胆，端着酒杯来到队长面前来给队长敬酒，队长阿海站了起来，以领导的矜持接受着膜拜。阿荣语无伦次地请求队长能否网开一面，体恤一下自己不易的家庭状况，同意出租会议室。听阿荣一说，队长站着没干，把酒杯放了下来。饭局一下就陷入僵局。队长面带不悦，说："阿荣，租会议室的事我早就与你说过了，不行。我今天来喝酒是我把你当兄弟，给你面子！"愣在那儿好一会儿的阿荣，头一仰把一杯酒喝个精光，然后把杯子一甩，发出啪的一声巨响。吼着："我有你这样的兄弟吗？你用房子装着那些没用的锄头铲子，都不愿意租给我！"说完跟跟跄跄一扫阿海的凳子，凳子应声倒地。气急败坏的阿海一把抓住阿荣的

衣领，骂道："你他阿妈的混蛋，你以为我没酒喝没饭吃吗？"说完把阿荣一推顺手拿起饭碗一摔，转身就要走。

　　压在心头的火山就在这种层层挤压下喷发而出了！"吃个屁！"愤怒的阿荣大声一吼，转身把桌子一掀，碗啊，盘啊，杯啊等餐具发出让人心碎的声响。这声音像报警器一般把饭店的食客都唤了过来，倒地的餐桌就成了打斗的舞台，周围挤满了茫然不知的观众。推搡，扭打，拉扯。打架的，劝架的，误伤的，助威的……毫无技能可言的突发性打法：凳子、杯子、饭菜等混合型武器；还发明追击性的炮弹——拖鞋。严重失控的阿荣在打斗中没有占到任何优势，吃了两拳，嘴角渗出了殷红的牙血。穿着拖鞋的脚也被碎玻璃扎伤了。不顾一切的他，抢来了打猎回来路过这里看热闹的秋叔的猎枪，扳动了枪扳手，一场闹剧瞬间转化为悲剧！打斗声，叫喊声，哭声混为一团……

　　一阵混战之后，能让人稍做安慰的是猎枪的沙粒弹打到的是阿海的手臂，没有致命危险！并且猎枪被秋哥强夺了过来，暴力得到了有力的控制。

　　一会儿的功夫，救护车、警车都来了，送医院的，送监狱的，泾渭分明。也就是这一枪，阿荣把整个家陷入不堪，并用六年的青春为自己的躁动买了单，同时被坐实了贫困的位置。

四

　　出狱后，父母都不在世了，最小的弟弟成家了，原来的家不复存在。父母是他唯一可以依靠的亲人啊！他消沉了，觉得什么都看开了，什么都不在乎了。常与几个不安心做事的人聚在一起，在难以为继时去打几个短工，搬搬砖头，下个水泥什么的，挣点钱换点烟酒。很多时候，躺在榕树下的吊床上与三五个人一包槟榔一壶茶，没日没夜地聊天。要么在村里闲逛，蹭饭吃，找酒喝。没有成家，要立业干吗？没有老婆，没有孩子，挣钱又有什么用呢？牢房都坐过，我又怕谁呢？他就用这种我就这样我怕谁的态度面对一切。

　　第一次见面，2016 年的 6 月 5 日，是海南很热的天气。我们几个扶贫工作人员押送着去给南岛几户贫困户盖厨房和厕所的砖头、水泥的货车。来到南岛一队，要卸车时，想叫几个人帮助卸车，连叫几声：村里有人吗？帮忙卸货。没有人应声。我们走下车，对村民说这是用来给村民盖厨房、厕所的，工人没到，先把货卸下来。还是没有人出来帮助。心里隐约有一种无助的失落。过了一会儿，阿荣带着几个人摇晃着走了出来，说的第一句话是："搬砖下水泥给多少钱？"他的话让我们这几个人都愣住了！我们是来给你们盖厨房，你找我们要工钱，这天底下有这样的理吗？双方都僵在那儿，我们觉得无语了，大家眼睛直直地看着我。是的，我是领队，这个时候要出面解决。正因为我是领队，就要挺身稳住局面，就不能意气用事。我这领队充其量就是把锤子，平时在角落里没人瞟你一眼，关键时候都盯着你。我算是都领教了，慢慢走到他身旁，顿了顿，平静地说："我们在这儿做过调查，有六家的厨房需要修建，有四家的厕所要改造。这是我们吃喝拉撒的地方，要干净，要卫生。扶贫工作人员向上级反映后，政府决定出钱买材料，大家有力出力，把厨房厕所修好。你说，你们给自己做事还要工钱啊，当然，我们扶贫的干部来了也不能甩手不管，与大家一起搬，行吗？"我说完后眼睛直直看着他。他回避了我的目光，对一同来的其他三人地说了声："搬吧！"在场的所有人都像霜打过的茄子一样无可奈何地搬砖头和水泥。

总算把砖头和水泥搬了下来，并规整好。阿荣虽说脸无表情，可做事不含糊，速度快，动作利索，不到一个小时就干完了。事后我从车后备厢拿出了一箱矿泉水发给大家喝，既是解渴，也是消除刚才的尴尬。这是与阿荣的第一次相遇，事情没有恶化，我对他还心存感激。事后一想，觉得自己有点居高临下的气势，似乎别人的一句"给多少钱"就让我们无法容忍。后来换位一想，他们到哪里搬砖没有钱呢？这是他们打散工的收入啊！ 他们也把最真实的生活世界呈现给了我们，我们只有在了解和理解的基础上才能观察到他们心里的贫穷。这件事给了我后来的扶贫工作很大的启发。

五

我们每次下乡，最先见到的可能就是阿荣。第二次见面是我们给家有十一口人的阿秋家送五只黑山羊来养。阿秋正抱着羊羔时，阿荣伸手摸摸羊，说："阿秋，这羊很肥哦，都可以当乳羊吃了，肉很嫩的。""这是用来扶贫创收的羊，怎么可以拿来吃！"我们一听，觉得肺都气炸了。简直是不可理喻！扶贫的工作人员有的痛斥他的怪主意，有的嘲笑他的不作为，只会吃！倒是经历广泛的阿荣，没有计较态度和语言什么的，淡淡地说："我只是说吃，没有吃。有什么好生气的。不过乳羊的味道是不错哦。他的话噎得我们瞠目结舌。我只好故作轻松，装着什么事也没有发生似的。其实阿荣的玩笑话真的是捅到了我们心窝子里了。在给村民送羊羔的路上，我们几个人计算的是一只羊长到三十斤、四十斤，一斤羊肉卖二十元钱，一只羊养下来除去本钱也可以挣到好几千元，大家都沉浸在帮扶的成功里。他倒好，一席话把我们的梦想打个粉碎。不过倒是他给我们提了个醒，为了防止有吃羊羔的类似事情发生，我们把送去的羊进行登机注册，羊长大后才能免除其养羊的本钱，没长大的羊自己承担本钱。扶贫还要防陷阱，这也是不打不相识。后来有了这种约束，我们送去的羊成活率比以往高，都养得很好，在某种意义上要感谢阿荣的多嘴。

第三次是我直接去找他的。因为我们组的女干部符珊反映：阿荣在三更半夜给她打电话，说缺老婆，要扶贫！这话像鞭炮震动了众人，成为扶贫干部的谈资笑柄。夜深人静，一个年轻的女孩听一个老光棍说这样的话，把她吓得都不想在这儿工作了。是啊，扶贫再重要，也不能让女孩子奋不顾身，这是犯罪啊！我安慰了惊吓中的符珊，就奔阿荣而去。一路上我在想，这扶贫再精准，也不会预测到这类事的发生。要是让我那男子汉气十足的父亲知道我还要扶助这种贫穷，一定会崩溃的。可是这事又被摊上了，能说不管吗？

就这样，这个率性不羁的阿荣走进了我的视野。我见他独自在榕树下的吊床上躺着，就在树下找了把旧椅子坐了下来，问道："不舒服吗？""怎么会呢？我躺在这里挺舒服啊！"他怪腔怪调地回答。"你的日子过得很好，悠闲自在！"他看了我一眼，装出可怜的样儿说："有什么好呀，没钱花，没老婆。""是的，树上只有树叶，不是钱，更不是老婆！"我的话因受情绪影响，声音中泄露出严厉。他睁开眼睛不满地看了我一眼。我没介意，接着介绍自己："我叫崔志锋，是来这里扶贫的，你有什么困难，都可以找我，包括找老婆的事也可以找我说。我们都是男人，能理解男人的想法。明白吗？"他明白了我话里的意思，有点难为情。但很快又转回原形。我考虑到这事不能掉以轻心。就郑重其事地告诫他："你打电话要扶贫没有错，错的是你在深夜给一个女干部说想老婆要扶贫，这是她能做到的事吗？你知道打这样的电话是什么后果吗？

同情你的人觉得你可怜，如果公安知道了叫犯罪，打骚扰电话！"我话一说完，他就停止了在吊床上的摇摆，眼睛怔怔地看着我。这目光也是触动我心中的柔软。我放低了声音，认真地对他说："如果我想抓你，今天我就不来找你了。来找你是我觉得你不是恶意，是想捉弄一下人，对吗？""是的，我没有别的想法，是前两天听别人说四川有扶贫干部嫁给了贫困户，我觉得好奇，就打了电话。我以后不会再乱打电话了。"说完他有点不好意思地看着我。"我相信你。"我走近他拍了拍他的肩，然后笑了笑说："今后有困难可以找我，可以叫我全名，也可以叫我老崔。"他打量我一会儿，小心地问："叫锋哥行吗？""当然可以！不过你叫我哥，可得听我的话哦。""好嘞，锋哥。"他很高兴地叫道。很快，这称呼淹没了我的大名，当地百姓都是通过阿荣的传播管我叫"锋哥"的。

六

这次还算幸运，阿荣因抢救及时，在住院的第二天，我去看他时，他的气色有很大的改变。我问了正在查房的主治医生，他说，阿荣的病来势凶，但控制了就没有生命危险了。阿荣平时用药少，所以用药的效果不错。我听了之后也就放心了。

住了半个月的医院，阿荣就出院了。我帮助他办理了出院手续。好在他缴纳了医疗保险，报销了百分之八十的医药费。这次住院，阿荣只需掏1000多元药费。出院时医生叮嘱他要注意饮食习惯，按时吃饭，不能喝酒了。我也趁机对他进行心理治疗："要讲卫生，你住院期间，我联系了环卫局的工人对你的家进行了清理和消毒，我看了你的卧室和厨房，都脏得不成样子了。这些都会影响身体你的健康。自己一个人就要把自己照顾好，照顾不好自己，会要了你的命的！连自己都养不好，身体也不好，想成家，想找老婆，谁愿意嫁给你啊？"我边走边说，自己都不相信自己会这么嘴碎，进家时还嘱咐他："这次也是在鬼门关走了一回了，还算命大，大难不死必有后福，要好好珍惜今后的日子啦！"

这位曾以江湖好汉自居的汉子眼眶红了，沉默了好一会儿，认真地说："谢谢你，锋哥！你为我付的药费，我一定要挣钱还你。你相信我，我阿荣是个说话算话的人。"我惊住了，有点小激动。是啊，我们做的这一切不就是要你脱贫吗！

七

为了帮助阿荣脱贫，我们扶贫工作组专门开了会。会上大家担心对他的帮助不靠谱，甚至有人认为是肉包子打狗——有去无回。因为爱酗酒的阿荣的确也是名气在外。他生活的现状确实有种让人怒其不争、悲其不幸的复杂心理。我呢，经过这次的交往，还是多了一些信任，觉得不管怎样，我要作为主要责任人去帮他，不为别的，就为他说的要挣钱还我的住院费这句话，我也要支持到底！我的想法也得到大家的支持。后来我征求他自己的意见，他说自己愿意喂猪酿酒，我一听，就担心他走回酗酒的老路，断然否定了他的想法："你还是考虑其他的吧，你酿酒我担心你被酒淹死哦。"他一听也呵呵傻笑。后来综合考虑了一下，决定帮助他贷款买三头牛来给他养。主要是让牛牵住他别再乱跑，再说牛的成本高，压力相对也大一些，要他担起责任。另外，后山上草料多，是放牛的好地方。他一听很高兴地接受了养牛的建议。

劳动改变性格。放牛后，他与牛相依为命，找最嫩的草地放牛，地里一些落下的玉米、地瓜，都捡起来给牛做营养品吃。三头牛犊被他饲养得毛色油亮。嫩草，小牛，阿荣，成为山岗上的美丽风景。

有一天他在清理牛圈里的牛粪，养鱼的阿立说："你的牛粪不要就留给我，我用来喂鱼。"阿荣一听，很受启发，于是他就在四面环山的牛圈旁一锄一铲地挖出了一口小鱼塘，把山下的小溪水引进鱼塘，很快变成水利自流化了。阿立给了他三百尾鱼苗放进池塘。这样他在清理牛圈时，也给鱼喂了食。由于有水有肥的优势，四周的草长得嫩绿而茂盛，给小牛提供了更优质的嫩草。他看到别人养鹅挣钱快，就从小弟弟家抓了二十只小鹅来养。这曾经走过弯路的他好像病了一场后，脱胎换骨，一门心思在挣钱。村子旁、小店前、榕树下再也没有看到他的身影。

八

突然有一天接到阿荣打来的电话，我的心不由咯噔了一下。他没有说有什么事，而是让我去他牛圈旁的工棚里一趟。他的电话我不敢怠慢，交代了一下工作，就马不停蹄地往他的工棚赶。他的工棚离住房有三华里左右的路程，属于开车太近走路太远的距离。由于走的是不太平坦的山路，车子底盘低，于是选择快步前行。

好在我出生在农村，每天也有散步的习惯，不到半小时就来到他坐落山窝的工棚边。这里四面都是高低不同的山，小溪顺着山势而下。在溪水边的野菜、木瓜、香蕉长得蓬蓬勃勃。唯一让我害怕的是从草地里窜出一条蛇什么的。还没进屋，我就大喊："阿荣，有什么事？"

阿荣面带笑容地迎了出来，着装挺整齐，这让我悬着的心放了下来。阿荣拉着我来到他的房间。房子里支了一个床，有一个小煤气灶，还有就是锅碗瓢盆等生活用品，洗得很干净，摆得很整齐。旁边放了两桶清水，他说是山里的泉水，用来做饭烧水喝的。虽说是工棚，旁边还有点牛大便的臭味，但干净的房子给人一种原生态的自然和清新。我找了个小板凳坐了下来，问他有什么事？他从床边的一个箱子里拿出了 1600 元钱交给我，说："拖了很久了，不好意思。我用卖鱼的钱凑齐还给你。谢谢你，锋哥！你是我的恩人啊！"阿荣这一举动，让我有点手足无措。对于这个钱，对于没有什么人情交往的人，的确应该是亲兄弟明算账的原则，借是借，还是还。可是我今天看到他的变化，知道他这一辈子的不易，对他有同情和内疚的复杂心理，觉得这不仅仅是钱的问题，如果这账一清一切归零，我们就彼此不相欠了，好像不是这么干脆。我接了他的钱，他笑了，有如释重负的喜悦。我问他，鱼塘能养多少鱼？他说由于面积太小，不能养太多，只能每次养三四百条。现在卖得差不多了，要再放鱼苗。

听他这么一说，我突发灵感，因为前两天在给贫困户盖房时启用了挖机，我为什么不帮他联系挖机把鱼塘扩建一下呢？想到这儿，我马上打电话联系施工的小刘，安排他干完后来阿荣这里挖鱼塘。然后告诉阿荣鱼塘扩建的事。阿荣一听很高兴，但又有点面露难色，因为扩建要成本。这是我早料到的。我把钱递了回去，"先拿这钱做本钱，算是我投资，你赚钱了给我提成，好吗？"阿荣接了钱，连连点头说："好，我一定让锋哥和我一起发财！""是啊，发财了，就有女人来找你了，帮你洗衣做饭，你就是老大拉。"我这么一说，发现阿荣竟然还面带羞涩，我一再追问，他不好意思支支吾吾地说：有个广西的妇女，带着个孩子，丈夫不在了，在工地做饭。她常来这儿买鱼认识的，现在还不知道

行不行……

> 走在乡间的小路上，
> 路边的老牛是我同伴，
> 蓝天配朵夕阳在胸膛，
> 缤纷的云彩是晚霞的衣裳。
> ……

返回的路上，我哼着《走在乡间的小路上》的歌曲，走着六亲不认的步子，有点得瑟！

九

不知是得意忘形还是什么，今天我走在山道上边走边琢磨着一些工作上的事情时，一个趔趄，脚崴了。这下还不轻，一下子脚肿了，后来发展到走路困难。没办法，同事把我送回家。第二天我正在家里怨天尤人的时候，阿荣大中午的骑着电动车赶到我家，给我拿了两瓶苗药，说是对治疗筋骨有特效。

一问才知道，他是从我们一同扶贫的刘波那里听到我的情况，并问清了路线，自己特意赶来的。他见到我，不容质疑，就迫不及待地给我把药擦上，还用保鲜膜缠绕着，我感觉到火辣辣的痛。他说这就是药效好。父亲见他半跪在地上给我揉，很是感动。拉住阿荣的手，一定要他留下吃了饭再走。阿荣难为情地拒绝了，给我忙完后，匆匆喝了口水，说家里的牛还栓在后山的树上，要赶回家放牛。我目送他远去，心里升腾起一阵暖意！

　　用了阿荣的药，不知是本身的药效还是心里的感觉，总之疼痛在减弱。原想到是伤筋动骨要百天，心里很是纠结，可是我用药三天后就很轻松了。不到一周，我又出现在南岛……

我家门口那条路

叶海星

我放暑假回家，阿爸就和我谈起一件事："你那做小工程的光叔，前不久悄悄跟我说，据内部消息，国家修建的环岛动车车道，将在我们村旁经过，且还准备建一个中转的停车站呢。"

"这是好事啊！如果动车中转停车站建在我们这儿，到时候客人南来北往的，乡亲们可以在路边摆摊做生意，增加收入。前几天，我看报纸报道，有开发商看中我们福万水库那块宝地，准备搞乡村旅游开发。"

福万水库是 20 世纪 70 年代修建的，距离我们村不远，当年修水库时，我阿爸和阿妈就在水库上认识，一来二往，两人从相识到相爱，最终走到一起。

在跟阿爸说话的时候，我拿颗槟榔，用小刀切成四片，取一片抹着白灰的劳叶，塞进嘴里咀嚼。少顷，我的额头上就渗出丝丝细汗。在城里读书，这槟榔好久没吃了，这一口下去，还是家乡的槟榔味道地道。

阿爸点起水烟筒，吸一口，看着我说："记得十多年前，修高速公路时征地，咱家得到一笔征地赔偿款，就把破旧的茅草屋拆了，盖了现在的砖瓦房。但房子小，不够住。你哥为什么不常回家，就是没有多余的房屋住。说实在的，我这个做爸的，脸上无光，所以我想盖间大房子。"

我阿哥上到高中就辍学了，后来瞒着家人外出打工，阿爸听说后，恨不得抓住他来揍一顿。在我们村，年轻人全都出去打工，他们不想回村，都选择在繁华的都市里生活，村里只剩下老人儿童。

"光叔说，这次征地，咱家那个土地赔偿款，大约赔付 20 万。加上家里的砖瓦房，还有椰子、槟榔、芒果、荔枝等树木，我粗略算了一下，如果不出差错全部赔偿到手中，大概有 40 万元。我想用这本钱盖个三层楼，你们兄弟各一层，我和阿妈手脚不灵便，就住在楼下。"阿爸憨笑地说。

阿爸的话，让我感动，看他年纪大了，还为我们操心。我觉得眼眶有泪水在打滚，慌忙扭过头去，摘下近视眼镜，把泪水擦掉。

阿爸五十刚出头，人却显得格外的苍老，胡子、眉毛、头发都半白了。

"阿爸，你不要那么辛苦，再说我们可以自食其力了。如果征地赔偿款拿回来，你就留着，我们的房子我们自己挣钱盖。

"自己挣钱盖房，固然是好事。不过我这辈子没文化，也没什么出息，能盖间像样的房子给你们，是我和你阿妈的心愿。"稍后，阿爸说，"这样吧，咱们去找光叔，前两天我请他帮忙预算一下，看盖幢三层楼到底要多少钱。"

光叔是村里的能人，组建了一支工程队，自己当工头，专为乡亲们盖房。刚走进院落，只见光叔的箱子、衣柜等物，正往一辆小货车上

装。见我们到访，他放下手中的活儿，招呼我们一起坐在酸豆树下，聊了起来。

一只小狗从一棵莲雾树下跑过来，温顺地蹲在光叔的脚边；远处，几只母鸡，在芒果树下咯咯地叫着觅食……

阿爸给光叔一支烟，问他为何要先搬家。光叔说村子迟早要拆迁，正好娘家有房，可暂时借住，早些搬以免到时手慌脚乱。

阿爸赞赏光叔的超前眼光，两人又谈上拆迁补偿的事。

光叔说："陈哥，咱们村要集体搬迁，这已经是板上钉钉的事实，政府已划出一块地，按户头分给大家盖房，那片地可是咱们二十几户村民的新村子啊。"

"这也好，往后咱们还住在一起做邻居，喝山兰酒、吃肉也有个伴。"阿爸笑着说。

"对，等盖了新房，咱们摆上宴席好好乐上几天，一醉方休嘛！"光叔附合着说道。

在村里，阿爸和光叔是好兄弟，当年在一次狩猎中，是阿爸救了光叔的命。那次狩猎，光叔发现一头老野猪，他在慌乱中开上一枪，子弹射中了，但打不到要害。受伤的野猪激起了野性，瞪着血眼冲向光叔，还好阿爸及时赶到，在一旁补上一枪，才把光叔小命从野猪的尖牙中夺回来。从那以后，阿爸和光叔结成忘年交，有什么好吃的，他会留我家一份，对阿爸之言，他也悉听。早些年封山育林，早已不让上山打猎了，光叔改了行，做起基建小工头，揽些土建工程做，还算做得得心应手。

"阿光，我前段时间让你帮我预算一下，盖个三层楼，每层150平米，要用多少钱啊。"

"陈哥，你大儿子有媳妇孩子，再说阿鹏也大了，早就该谋划建房的事了。"光叔说道，"建房要挖地基、平整地、用工用料等，按时下每平米造价 650 元计算，450 平米约要 30 万元。"

阿爸听了，若有所思地说："用那么多呀，我知道了。"

光叔说："陈哥，这只是盖房子的费用，装修还没计算在内呢。"

阿爸说："哦，那你再帮我算算装修的费用。"

光叔招一招手，把一旁帮忙装货的一个年轻人叫过来，说："小邢，这位是陈哥，他也准备盖新房，你帮他预算一下装修材料和人工费用，不含家电。"

"好咧。"小邢应道，随即掏出手机，问明房子建筑面积、楼层等情况，然后就涂料、铝质门窗、开关插座、水电安装等材料费用，点击手机上的数字键飞快运算，须臾，他抬起头来说："房屋装修可分为三档：低档，中档，高档。我按中档标准来计算，给您优惠价是 14 万元。"

阿爸点点头，表示知道了，就起身离开。回到家天色已晚，家家户户的电灯都亮了，阿妈站在门口，等我们一同吃饭。

在饭桌上，阿爸皱着眉头，心事重重的样子，他看了看我说："其实住老房子，还是舒服的，每天门一开，就看见油绿的稻田，还有坡地上的木棉树，花开时红艳艳一片；你看咱房屋前有条溪，闲时可捞一些小鱼小虾，改善生活，满山长着青草，那可是放羊的好牧场，多美的地方啊，我真舍不得搬走。"

"咱家这砖瓦房，有十几年了，又矮又窄的，光线差。下大雨还会漏水，早该拆了。"我对阿爸说。

"趁时机会，把砖瓦房拆了，盖个小洋楼是必须的。"阿爸说，"我估算一下，楼可以盖起来，但要装修费，要购置家具什等，就没钱了。"

"钱是紧了点，要不向亲戚朋友借？要不然我也去打工，赚一点补一点。"我说。

"去打工挣钱，这是愚人的办法，要等何年何月才凑齐，况且远水救不了近火。我这里倒有条捷径，听光叔话，上面准备派人来清点苗木，一棵槟榔树赔 200 元，许多人都挖苗上山去种，咱家刚好也有几百棵槟榔苗，如可能的话……"阿爸把目光扫向我，欲言又止。

我明白阿爸的心思，也不愿挑明，便顺着他的意思说："你想种就去种呗。"

阿爸脸上闪现出难以置信的表情，他盯着我足足有三秒钟，我也看出他内心的矛盾，只见他扒了几口饭，用手掌抹一下嘴，出门去了。

阿爸拿上锄头，一边走一边嘀咕，不知道在说些什么。我仅依稀听到一句："你到外面读书，有点墨水，想不到思想也变了。"

阿爸的话让人猜不透，我望着他的背影说："阿爸，你想说什么话，尽量说吧，我听着呢。"

"你跟我去一趟，看一看，就明白了。"阿爸似乎下很大决心，提高嗓门说道。

在村外，有一大片空地，据说那是要用来建造动车停车站的。白天，这地上看不见人影，可在夜幕的掩护下，却一片灯火辉煌。我和阿爸来到空地上，见几十号人都在忙碌着，搬运苗木的，挖洞穴的，种树苗的……一片热火朝天的繁忙景象。

眼前的情景，让我什么都明白了。

阿爸看着我，说："阿鹏，我也想跟大家一样，抢种些槟榔苗，多赚些赔偿款，可是想来想去，觉得不该啊。"

阿爸停顿了一下，思良好久，最终狠下心来说："咱不种了，哪怕被人取笑也无所谓。大不了我把房子先盖起来，装修的事搁一搁，等有钱了再装修也不迟，咱靠劳动起家，不钻空子挣昧心钱，心里踏实！"

阿爸说完，就朝空地走去，在众目睽睽下，把前几天刚种下的槟榔苗，一一拔了出来。光叔见这情景，一时发愣了，停下手里的活，走过来问道："陈哥，你这是怎么啦？"

"阿光，国家投资把道路修到我们村，旨在方便咱老百姓进进出出，这是带我们发展、带我们致富，是造福一方的千秋大业啊，咱们不好好地支持国家搞建设，反而昧着良心落井下石，不择手段赚取昧心钱，咱们的这种行为实在不该，你说是不？"阿爸大声对光叔说，又似乎有意对现场的所有人说。

光叔脸上出现了羞愧的神色，他沉思默想一会儿，最终下决心说："陈哥说得在理，我听你的，咱现在就停手。"

光叔转过身去，大步流星地走到熙熙攘攘的人群中，高声说道："乡亲们，国家把路来修到咱们家门口，这是一件功在千秋、利在万代的事情，咱们不能做小人、当耗子，偷偷摸摸昧着良心，骗取国家的钱财，这是不应该的。要知道，人做事，天在看，咱们的行为已让老天爷发怒了，会遭天谴的。乡亲们，咱们收收手吧，给子孙后代积点德！"

光叔的话，令在场的人动容，大家停手，目光如潮水般涌向他。

光叔不再说话了，他走回自家的那片地，把刚刚种下的槟榔苗，连根拔起，丢到地上。人们静静站立着，注视着他的一举一动，有人挺身而出，效仿他拔槟榔苗，一棵，两棵，继而是一大片……坡地顷刻间恢复了原来的样子，只不过地面上，多出一个个坑坑洼洼、深深浅浅的洞穴。

黎家合影照

杨威胜

一

大巴车渐渐驶离市区宽阔的大道，沿着槟榔河谷，向大山深处挺进。

阳光下的槟榔河，弯弯曲曲的河道，泛着粼粼波光的河面，在车窗前一掠而过。山风阵阵，穿窗而入，带来久违的乡野气息，沁入心脾，使人神清气爽。坐在我身边的高海，把半个身子探出窗外，拿着相机胡乱拍一通。

高海年纪小我一轮，大学毕业时来报社实习，是我带的他，实习结束后因表现出色，不仅被报社聘用，还成为我手下的一个兵。在工作中，虽然年龄相差一大截，但我们结下了深厚的友谊，成了莫逆之交。

大巴车在山路上行驶，随着车身的颠簸，我的思绪也在颠簸中，开始活泛起来——

作协举办这次采风活动，目的地是台楼黎村。十二年前，我在报社当记者时，曾到台楼采访，当时拍过一个小女孩的照片，不知小女孩是否还住在那间茅屋？也许那个俊俏的女孩已长大成人嫁人结婚生子了。

我们到达台楼黎村，已近晌午，时值冬种备耕时节，村民们三三两两驮着犁耙，从田地陆续走回。走进村中，只见沿途有几位妇人，在屋檐下席地而坐，边织锦边聊天；农家庭院中，戴眼镜的阿公精心编织着竹篾背篓，陪伴一旁的阿婆，则挥舞着菜刀，剁着猪食料；村中的球场上，半大不小的孩子们奔跑嬉戏着，他们身影背后，几户人家的屋顶，几束袅袅娜娜的炊烟，正缓缓升起。

走在洁净的村道上，我极力搜寻记忆中的印迹，在村头，一棵高大茂密的榕树，吸引了我的目光。这是一棵百年老树，常年枝繁叶茂，遮天蔽日，村里的男女老少，都喜欢聚集到树下纳凉闲聊。老树历经百年岁月的洗礼，便有了神韵。村民就在树枝上缠绕红布带，在树根部供奉土地神像，凡有大事难事农事喜事白事，事主都会前来上香叩拜，祈求土地神保一方平安。

记得十二年前，就是在这棵榕树下，我遇见一个小女孩。

我那次是受报社委派到台楼黎村采访。进村采访时，一个小女孩深深吸引了我们的视线。女孩静静地站在老榕树下，面对树头的土地神像，她双手合掌，微微张合的嘴，似乎在祈祷着什么，俊俏的脸上，还挂着点点滴滴的泪花。

经过问话，我们得知女孩姓董，名叫阿梅，家中有阿爸和阿妈，还有两个弟弟。在交谈中，阿梅告诉我们说，她阿妈体弱多病，全家生活

仅靠阿爸割胶、打零工支撑，可不久前阿爸干活时不幸摔断了腿，日子一下子陷入困境，自己不得不辍学回家，担负起家庭生活重担。

阿梅的处境令人同情。在阿梅的带领下，我们来到她家。她家就建在榕树旁，那是一间低矮破旧的船形茅草屋，屋里昏暗的光线，隐约可见屋内的陈设，没有几件像样的家具，用一贫如洗来形容，也不过分。

在那间破旧的船形茅草屋前，我给阿梅一家拍了张照片，他们身后的背景是破旧的茅草屋，茅屋后面是被雨水冲刷裸露出树根及沙石的小山沟。这张照片一经报纸刊载，在社会上引起了较大的反响，后来，我调离了报社，没能参与后续的跟踪报道工作。

二

古榕树旁，一幢独具特色的农家小楼映入我的眼帘。小楼仿黎族独特的"船形屋"设计建造，屋檐梁柱院墙门楼处处都描绘着"大力神"的图腾。小楼的院落用木条、竹子和山藤扎成篱笆墙，篱笆墙上爬满了"捞叶"。四季豆、葫芦瓜、苦瓜、豆角、五指山野菜等占据了小半个院落，花梨、槟榔、菠萝蜜和杨桃树以及甘蔗、木瓜等作物点缀其中。门楼两侧种植的"三角梅"花儿怒放，艳丽夺目。院落中央有四根木桩架起的一个凉棚，上面纵横着青藤绿叶。一种叫"百香果"的植物，挂满果实。

小楼大门敞开着，门边堆放着几串刚摘的新鲜椰子。我们走进院落，想去看个仔细，突然传来一阵狗叫声，吓得倒退几步。一位身穿运动背心和短裤的小伙子，从里屋走出，制止了狗吠。见到我们，小伙子问道："你们找谁？有事么？"

"没事，我们是作家采风团的，下村来采采风，没打扰你吧！"我应声答道。

"哦，你们是作家呀，欢迎欢迎，请到院中坐，我叫阿龙。"阿龙指着凉棚下的石凳，热情地让我们坐下。

说话间，他进屋拿出一把砍刀，挑了两个椰子，三下五去二就把椰子削去头尾，再用刀尖在椰壳上挖出一个小洞，递到我们面前。"喝吧，中午的椰子水，最清甜。"

"家里就你一个人吗？"我一连灌了几口椰子水，解了渴，就问阿龙。

"哪会呢，我有父母，有兄弟姐妹，不过他们外出干活儿的干活儿，上学的上学，等一会儿就回来了。"阿龙说道。

"你家的房子盖得真漂亮，看样子你们家这几年的发展不错啊。"我笑着说。

"人只要勤劳、肯干，就不愁吃不愁穿的。我家以前穷，原因很多，但近年来，我阿爸阿妈坚持在山里养黑山羊，养'蚂蚁鸡'，养土鸭土鹅的，这些可是你们城里人的稀罕货啊。还有我阿姐在区里开了家网店，专门销售本地热带花卉，销售村民的土特农产品，稍带卖些黎家的黎锦，我家的经济收入是稳定的，且水涨船高，过好日子哪会愁呢，只能是倒着吃甘蔗，越吃越甜啊。"阿龙快言快语地说了一大串。

"家人全都有活儿干，那你呢？衣来伸手，饭来张口？"我笑着说道。

"我嘛，正返璞归真，重新接过我阿爸的犁耙，犁田耕地挖地球，种植些反季节瓜菜。"阿龙说。

"哦，这也不错啊，今年种什么瓜菜，赚钱么？"我问道。

"一般一般啦。"阿龙笑着说。

我记得刚进院子时，发现篱笆底部的地表，铺设些白色塑料管，管子上连接着许多紫色的小软管，不知那些东西有什么用途。

"阿龙，你家篱笆下面那些管子，是做什么用的？"我好奇地问道。

"哦，那个嘛，是滴灌用的塑料管。"阿龙很是得意，"两年前我在外面打工，跟老板种瓜菜，就学到这门技术。今年种菜，我试着用这滴灌技术来浇灌和打药，嘿，既方便又省钱。"

"你真不简单啊！挖地球也用上先进的滴灌技术了。"我说。

"那是必然的，使用了新技术，瓜菜的产量就翻一番。"阿龙得意地说。

"你们全家忙着发家致富，看来年经济收入定然可观，说一说有多少？"我很想知道他家的收入状况。

"现在收入一年比一年多，像我家入账没十万，也有八万吧，要不怎么能盖起这么漂亮的楼房呢。"阿龙避实就虚，没有正面回答我的问题，卖起关子来。

"阿龙，你应该是姓董吧？"我突然想起当年那个小女孩，发现阿龙的相貌跟她有点相似，于是试探性地问道。

"你怎么知道我姓董？"阿龙诧异地问道。

"保密。"我也避实就虚，不给他一个明确的答案。

三

一辆马自达轿车缓缓停在门楼外，车门开了，走下一位面目清秀、体态轻盈的姑娘。她身穿一袭白色连衣裙，细腰间系着红色皮带，脚穿红色高跟鞋，浑身透着一股现代气息。

"阿姐，你回家来也不事先打个招呼。"阿龙迎上前去说道。

"哦，有个客户想买黎锦，店里缺货，我是赶回来取的。"阿姐笑着说。"他们是……"

"他们是作家，城里来的，说是到我们村来采风的。"阿龙边走边说。

我注视着跟阿龙一同走进院落的姑娘，说实在的，他们两人的相貌，简直是在一个模具里打制出来的。当我注视那姑娘的同时，她也同样注视着我，目光闪烁着一丝的惊奇。

"您是不是当年给我拍照片的记者？"阿姐定了定神，看着我，小心翼翼地问道。

"你就是当年那个小阿妹？"我猜想已经八九不离十，但还不敢确定。

"是的是的，我就是那个小阿妹，名字叫董国梅，您就叫我阿梅好了。哎呀太好了，我终于找到您了！"阿梅十分惊异，话语充满喜悦。"时间过得真快，一晃就十二年啦！"

"是呀，一转眼间，你都变成大姑娘了！"我由衷地感叹道。

"是老姑娘了，老到阿爸阿妈总唠叨，催着我赶快嫁人哩。"阿梅大方地说道。

"算起来，你今年应该24岁，还没嫁人？"我问。

"先不说我的事吧，说说你们，你们要采什么样的风？"阿梅转移了话题。

"作协组织这次活动，地点定在你们村，对我来说，想借此机会来看看你们家，哦，说说你这些年的情况。"我急切之情溢于言表。

"真的很感谢您！如果不是您，今天的我还不知是什么样子呢？"阿梅说。"当年您说，知识能改变命运，知识能创造未来。这两句话，对我启发很大。"

阿梅停顿一下，继续说道："您当年给我们拍的照片，在报纸上刊登后，我家在爱心人士的帮助下，顺利渡过了难关。我也重新回到学校读书，并如愿考上西南民族大学，毕业后我决定回家乡干一番事业，用行动报效父老乡亲。现在我和几个大学同学在区里开设了一家叫'紫魅花'的网店，通过互联网向全国各地推介、销售热带花卉和乡村特色农产品，同时还热销黎族妇女用传统技艺编织的黎锦，我们的生意做得红红火火，效益嘛还不错。"

"太好了，你选择的就业方向是正确的，农村正需要大批像你这样的人才做'领头雁'，带领乡亲们发家致富呢。"阿梅的一番话，让我感到欣慰。

四

正当我跟阿梅聊得热乎之际，阿梅的阿爸阿妈回来了。

阿梅爸爸头戴尖顶竹篾斗笠，上身穿着一件白色有绳扣的粗布褂子马甲，下身穿着黑色宽口长裤，腰后系着的小竹篓里别着一把山刀，他身材魁梧、皮肤黝黑，在方正的脸庞上，露出一口洁白的牙齿。

见到家里来了客人，这位纯朴的黎族汉子脸上堆满了笑容，他热情地冲着我们说："欢迎，欢迎你们来我家做客。"

"老董，你还认得我吗？"我站起身子，边向老董伸出双手，边说道。

老董睁大眼睛看着我，一脸茫然，看来他真记不起我是谁了。

阿梅见状，赶忙上前说："阿爸，他就是十二年前给我们照相的记者。"

"哦，是你呀，瞧我这记性，我真的记不起了。你可是我家的恩人啊，一直以来，我们全家都念着你，我们家有今天，可要感谢你啊！"老董快步上前，紧紧握住我的手不放。

"老董，不要感谢我，要感谢就感谢党和政府，感谢社会这个大家庭。当年，我只是做了一点我应该做的事，是分内事，不足为奇。"

"假如没你拍照片在报纸上刊登，让大家来帮助我们，那阿梅的书也读不成，我家的新房也盖不起来。哎，那些年穷怕了，再也不想过那样的穷日子了。"老董一番感慨地说着，突然想到什么，转身进屋，拿出珍藏多年的报纸，指着刊登的照片说："你看看，这是当年你拍的照片，你看这房子，都破烂到什么样了。"

"过去的都过去了，如今农村都在消灭贫困，告别贫穷，这是政府的中心工作。你们村里的变化真大，这次来我都认不出来了。"我感慨地说。

"阿姐，你回来了。"院子突然传来一声叫声，是阿梅小弟阿郎回来了。

阿梅高兴地拉住他的手说："让阿姐看，看长高没有？在学校不打架吧？"

"阿姐你要奖励我，这个学期中考，我语文考试得第一名、数学第三名。"阿郎扬着通红的脸说。

"真的吗？如果是真的，阿姐一定给以重奖！"阿梅说。

"阿姐，将来我考上大学，你可要送我去哦。"阿郎信心满满，憧憬

着美好的未来。

"好，一言为定，只要你加倍努力，阿姐答应你。"阿梅捧住阿郎的脸蛋儿，疼爱地说。

五

看阿梅跟弟弟热乎，那亲情融融的场面，令人感动。

这时，老董把我拉到一边，悄悄说道："记者同志，我有件事想麻烦您，我家阿梅年纪不小了，目前还没有男朋友。在我们农村，像她这把年纪，孩子早该上学读书了。"

"说得也是，但是老董，这事可不能急，要弄清楚才行，说不定阿梅早就名花有主了。"我点了点头说。

"什么有主没主的，这些年来，她总是不温不热的，也没见身边有个人影，我们操尽心也没用，所以想拜托您帮忙，劝劝她，说不定她肯听您的话呢。"老董说。

见老董这么说，我有些为难，婚姻大事，自己做主为好。

这时，我突然想起高海来，这小子这些年来总忙于工作，似乎没时间谈恋爱，我曾经提醒过很多次，可他总用不急不急搪塞，至今还单身一人，看来他和阿梅倒是挺般配的一对。

"喂，你小子一下车就没影了，跑哪去了？赶快到老榕树这边来找我，十万火急，要快。"我拨通高海的电话，转过身来对老董说："我这里倒是有个人选，现在我就叫他过来，等下把他们撮合在一起，你看行不行？"

"您推荐的人，保准行，错不了的。"老董面露喜悦地说。

"你们在嘀咕什么？那么神秘。"阿梅突然出现在我们面前。

"保密，等会儿再揭晓。"我故弄玄虚地说。

阿梅听后，朝我扮个鬼脸，没继续追根溯源。

"杨哥，什么事情那么急？"高海风风火火地从外面冲了进来，人影未到，声音已飘入耳。

突然，高海愣住了，眼睛盯着阿梅看："咦，怎么是你？

"怎么不是我，这是我家啊！"阿梅笑着说。

得，看情况，他们俩早就相识。此时的阿梅，大方地牵住高海的手，走到父母面前说："阿爸阿妈，他叫高海，是我的男朋友，也是当记者的。"

原来两年前，在一个农产品展销会上，跟踪报道展销会实况的高海，邂逅了阿梅，会后，高海对阿梅进行了专访，还专程到阿梅的"紫魅花"网店察看，了解经营状况和互联网销售模式。一去二来通过交往，两个年轻人竟然擦出了爱情的火花，谈起了恋爱，目前已接近谈婚论嫁阶段。高海这小子，谈情说爱的保密工作做得密不透风，连我都给蒙了。

我见老董一家人到齐了，趁机提议道："今天是个特别的日子，我给你们照一张全家合影照吧！"

我的提议得到一家人的赞成，在安排老董家人排位顺序时，我特意把高海推到阿梅身边，阿梅和高海两人的眼光对视了一下，会心地笑了。这时，老董家的大狗小狗闯进了画面，一个劲地用舌头舐着大人小孩的手脚，摇着尾巴向主人示好。无独有偶，一只老母鸡也领着一窝小鸡闯到跟前向主人讨食。阿龙挥着手说："嘘嘘，嘘嘘，出去，出去……"

这是一个难得有趣的瞬间，也是一个充满浓郁生活气息的画面，我对阿龙说："别赶它们走，就让它们在你们跟前吧，毕竟它们也是你们家的家庭成员嘛。"

"哈哈……哈哈……哈哈……"

咔嚓、咔嚓、咔嚓，我一连拍摄了好几张。老董从裤袋里掏出手机，递给我说："麻烦您再用我的手机帮拍一下，我要把全家合影照片发到朋友圈。"

"好的，没问题！"我痛快地答应并招呼道，"大家看着我，西瓜甜不甜？"

"甜……"咔嚓，一张张笑脸，被永远地定格在画面上，这是一幅幸福的黎家合影照。

那个病人

冯泽谕

人，怎么可能，不生病呐。

医院冰冷的时钟，总是敲响到一个又一个人的灵魂深处，然而，终究不能唤醒那些，刻意沉睡的良知。

1959 年，大女儿出生。

1965 年，大儿子出生。

1968 年，二女儿出生。

1971 年，二儿子出生。

1974 年，三女儿出生。

在那个鼓励生育的年代，她总共生了三女二子。在生下小儿子的时候，由于病痛，服用了孕妇禁忌的药物，导致小儿子成为一个聋哑人，终身残疾。根深蒂固的重男轻女思想，也使得这个家庭的全部希望，都寄托在了大儿子的身上。

丈夫是村里的一名赤脚医生，悬壶济世。他有一手非常好的医术，得名医的传承，但是生性却好吃懒做，妻子成为这个家庭的唯一支柱。每天早晨，妻子总会带着聋哑的小儿子，扛着锄头，到田地里，开始干起一天的农活。

"我们要努力干活，这样就可以送你大哥上高中了。"

小儿子一边锄着地，纵然他听不到母亲在说一些什么，但还是点了点头。他似乎能明白，他们这个贫困的家庭，现在唯一要做的，是什么。

傍晚的霞光匆匆地在天边抹上一层红色。在这个南方小镇，九月的阳光格外猛烈，猛烈过后，便又是炊烟袅袅。揭开锅盖，她将冒着热气的红薯汤熟练地盛到几个破旧的陶瓷碗中，随后，用蹩脚的方言，向外面大吼一声："吃饭了。"

"阿妈，今天吃什么？"一阵子过后，二女儿慢吞吞地走进来。她看了一眼放在灶台之上已经盛好了的碗。

"没办法，我们要凑钱送大哥上高中。"

晚饭时间，所有人围坐在一个长长的小木桌旁边。这是这个家唯一的一张桌子。庭院之中，不时传来的狗吠声，在这个不大的土屋之中回荡着。

饭桌上，没有一个人说话。大家都端着碗，喝着只有一点点红薯的汤饭。这是他们全部的晚饭。

夜色清冷时分，往往是孩子们最开心的时候。不大的四合院里，简简单单地住着几户人家，养着几条狗、几只鸡、几只猪。院子的地面上，都是这些动物的排泄物，但孩子们却不以为然，即便是踩到了，也总是无所谓。这个时间的快乐，成为他们童年不可磨灭的记忆。

这个晚上，比较特殊，窗外的细雨在空中不停地飘着。院子里，动物们都睡着了。猪的呼噜声成为除了风声外的唯一声音。

"小妹，睡着没？"二姐的叫声突兀地在空中响起。

小妹揉了揉眼睛，看向眼前昏暗之处："怎么啦，二姐？"

"阿妈叫你过去一下。"二姐指了指门外的另一间房间。那里是父母住的地方，他们几个儿女，则挤在另一间房屋里。

小妹起身，摸着黑拿起放在床脚的一件打满补丁的衣服，裹在了身上，便走了出去。每每门被打开，都会发出一声"嘎吱"的声音。

院子之中，猪的鼾声停顿了一会儿，继而再次响起。

小妹看了看母亲那间亮着灯的房间。她不知道，这么晚了，母亲找自己还有什么重要的事情。

她向着母亲的房间走了过去。几丝雨水拍打在她的身上，她将手藏在口袋之中。

"母亲。"

话音还未落下，房门便被打开。母亲站在门口，看着眼前的小妹，强挤出脸上的笑容："进来吧。"

小妹愣了一下，似乎是那一刹那，她仿佛看到了，母亲从未有过的无奈。

"进来吧。"看着小妹依旧没有动作，母亲紧接着又说了一声。

小妹点了点头，便走了进去。母亲的步履有些蹒跚。这间房屋被分为两个部分，厨房和卧室。母亲带着小妹在厨房坐了下来。灯光闪烁了两下，依旧亮着。

"下学期，就不要去上学了。"母亲伸手将了捋小妹额头上有些杂乱的发丝，"和老师说一下，我们，交不起学费了。"

"好……"

夜深人静。小妹走出房间，门再一次地被关上。她透过窗户，看到了，灯火之下，母亲正用手擦着脸上的什么。

在麻木的生活之中，时光过得很快，一转眼数十年。

大儿子上完高中，在父亲的举荐之下，开了一家诊所。三个女儿纷纷嫁了人。二儿子也娶了一个外地来的媳妇儿，生了两个女儿。

"老头子，没事吧。"依旧是那间破旧的小屋之中，她焦虑地拍了拍身边丈夫的脊背。

丈夫的咳嗽声再次响起。她再次不安地在床上坐了起来。

"我没事。"丈夫翻了个身，背对着她说道。

"要不去医院看看吧。"她试探性地问道。

"我说没事就没事，我是医生还是你是医生。"丈夫不耐烦地说道。

她叹了口气，再度睡下。如今，大儿子也成家了，生养了孩子，只是两个儿子的膝下，都没有儿子，这可怎么办呀……

又过了一段时间。她拄着一个女儿买的拐杖，向着大儿子家走去。这是这座村庄里唯一的诊所。他大儿子的生意很好，闲时还炒炒股，已经进入当地富人的行列。

"你怎么来了？"大儿子将手上刚收的一笔钱塞进抽屉之中，抬头对母亲说道。

"你父亲肚子又有些疼，应该是胃病又犯了。"

"知道了知道了，把他叫过来打一枚消炎针。"大儿子将抽屉推上，转眼便看向旁边的病人，"有哪里不舒服？"

她无奈地摇了摇头，手中的拐杖拄在地上再次发出有规律的声音。

小巷之中，没有什么人，年轻人都去镇上的工厂上班了，只有晚上才会回来。

"老头子，去打针了。"回到家中，她用颤抖的手，摸出口袋里的钥匙，打开了房门。房间里，丈夫正坐在厨房的椅子上，紧锁着眉头，忍着胃中传来的阵阵疼痛。

"老头子。"她再叫了一声，走到丈夫身边。

丈夫吃力地睁开双眼，颤颤巍巍地站了起来。她急忙扶住丈夫，带着丈夫向大儿子诊所的方向走去。

这一路，时间过得好像是异常的慢，许久许久，他们才走到大儿子的诊所。拐杖拄地发出的每一声沉重声响，都让她拼尽全力。

丈夫坐在输液椅上。他脸上的汗不住地流下，即便天气逐渐转凉，凉风飕飕。

大儿子拿着吊瓶，用针扎进了父亲的血管之中，熟练地贴好输液贴，看了父亲一眼，没有说话，便走开了。

她的心里还是有些不安。她看着大儿子与大儿媳说了两句话，便走进药房配药去了。门庭若市，一位又一位因为天气突变而生病的人走进了这间新建的诊所。

"可不可以给你爸加一个加热器。"她走到低着头在写什么的大儿媳身边，声音轻柔地问道。

大儿媳奇怪地看了她一眼："没看到其他人都没加么？有什么好加的，天气又不冷。"

"我出钱。"她即刻说道。

大儿媳看了她一眼，站起身，不耐烦地从旁边的抽屉中拿了一个加热器出来，撕开包装便塞到了她的手里："自己加去。"

她拿着小小的加热器，向着丈夫蹒跚地走了过去。

丈夫捂着肚子，输液的手紧紧地抓着椅子的扶手，眉头紧锁着。

她知道，自己的丈夫，这辈子最不服输，怎么可能说自己很疼呢？她将加热器小心翼翼地装在输液管之上，在丈夫旁边的椅子上坐了下来。

儿媳看到这一幕，即刻站起身来，对着站在自己面前的病人说道："你们稍等一下。"

说罢，她弯腰拿起放在柜子下的一个木质小板凳，走到母亲身前重重地放下："坐这里，那个输液椅人家病人还要坐的。"

儿媳转身走了开去，刚走没几步，转过头："等下记得过来把加热器的钱给结一下。你那些女儿给你的钱，这个时候可以派上用场了。"

母亲没有多说什么。她只是借助着拐杖的力量，站起身来，在一旁的木质小板凳上坐了下来。她看着点滴一点一点地滴下，扶着有些疼痛的腰。年轻时候落下的病根，很是突兀地在她身上表现了出来。

在如此嘈杂的环境之中，她结完加热器的账，看了一眼一直没有病人来坐的输液椅，扶着自己的丈夫走了出去。

接下来的日子，还是如此的稀松平常，只不过，她带丈夫到大儿子那打消炎针的次数频繁了起来。丈夫的身子一日不如一日。

"阿爸，我带你去医院看看。"这一天，小女儿与二女儿都来了。她们看到父亲的脸色无比的蜡黄。

"好。"丈夫终于点了点头。他知道，自己的病痛，已经绝非是胃炎这么简单了。

这一天，大儿子家的晚饭桌上，多了一位中年男子。他是镇上的一名风水先生。

大儿子将酱鸭端到风水先生的面前，在风水先生的杯子中倒上了白酒:"先生,您看,我们怎么样才能生个儿子。"

"你之前说,你家老子的坟地已经建好了?"风水先生端起酒来啧了一口。

大儿子连忙点头:"都按照您的意思,就买了之前选定的那个地方。"

"只要你老子在年前入葬,你将来一定会生子多财。"

大儿子意识到了什么。他连忙点了点头,向风水先生的手中塞了500块钱。

第二天,正当二女儿小女儿叫上其他子女想要将父亲送去医院的时候,大儿子把他们截住了。

大儿子指着躺在床上的父亲,大声吼道:"他得的是绝症,没得治的,现在送到医院去只会浪费钱,你们有钱么?"

"都没有检查过,你怎么就知道阿爸得的是绝症?"

"我就是医生啊,这还用检查?他昨天都吐血了,得的肯定是胃癌,根本就活不了多久。"

大儿子继而看了一眼站在眼前的几个人:"都给我散了!我待会儿再给他打一针,缓解疼痛。"

二女儿刚想说话,却被母亲径直打断。母亲坐在一旁矮矮的沙发上,摇了摇头,用布满皱纹的手抹去了眼角的泪:"就不去医院了,给你阿爸再打一枚止疼针吧。"

腊月二十七,丈夫去世了。她守在灵堂,一夜没睡。她的丈夫,生前曾是赤脚医生,即便在家中甚是严苛,好吃懒做的性子让她吃了不少的苦,但是在村邻中,他的名望却是格外的高。那天,前来祭奠、上香的人,很多很多。

"母亲,去睡一会儿吧。"小女儿也同样是泪眼婆娑。她对着坐在椅

子上发愣的母亲说道。

"我……不去。"母亲看了一眼灵堂，"我想多陪你阿爸一会儿。"

就这样，丈夫入葬了那座坟地。她的腿脚不便，没有再去看过，身体的衰老令她有些吃不消起来。大儿子让所有的兄妹都平摊了之前在阿爸身上的医药费。第二年的冬天，他得了一个儿子。

当了奶奶的她，却怎么也高兴不起来。时间荏苒，她看着孙子在自己眼前乱蹦，却说不上一句话，因为孙子很少唤自己一声奶奶。

以后的事，在她的脑海之中，都模糊不清了起来。

那一天，她摔倒在地上，醒来的时候，已经躺在了医院的病床上。

"阿妈醒了。"看到母亲睁开双眼，陪伴在床边的小女儿急急地叫道。

门立刻便被打开来，二女儿也冲进了病房："阿妈……"

她躺在病床上，身上被插满了管子。她想说什么，却发现自己根本没有力气说话。她只能不断地笑，以宽慰在病床前待着的女儿们，以及那个聋哑的小儿子。

她知道了，自己是脑梗。这已经是第二次了。

医院的病房开着暖空调，但她还是没能感觉到多少的温意。

许久过后，大儿子带着他的媳妇以及儿子过来了。她闭上了双眼。

"阿妈，要是你上手术台，就可能再也下不来了。"

"那我就不上了。"她心中默默说道……

二女儿为她请的保姆到了，为的是能时刻照料她的生活起居。

病房之外，争吵声不断地传了进来。

"你为什么要和阿妈说上手术台就下不来了？阿妈现在都吓得不愿意动手术了。"

"我说错了吗？"大儿子凶巴巴地对二女儿吼道。

这里是乡镇医院。她原本在市里的医院治疗，因为大儿子的坚持，她被转到了这家乡镇医院。

"更何况，像她这样的人，就算动了手术，以后还不是瘫在床上，有意义吗？"

"那阿妈生你有什么意义？你难不成等阿妈好了之后还想让阿妈去打工？"二女儿反问道。她看着这个越来越陌生的男人。从前，自己与家里所有的人，挣钱供这个所谓的大哥读书，父母也只对他好，他不用整日喝红薯汤，整个家中，只有他可以吃得上白米饭，而如今呢……

病房里，她轻轻地闭上了眼睛。心脏检测仪的数据在一旁不断地起伏着。

保姆走出病房，看了一眼还在争吵的两个人，说道："你们声音轻一点，吵到老太太休息了。"

她的泪水，第一次顺着脸上的皱纹流落而下……

"我今年，82岁。"

散　文

血红的长春花

罗灯光

　　长春花只是岛西南一种常见的野花，可我一到梅山老区就被它深深吸引了。无论是芙蓉峰麓，还是角头海滨，长春花都开得格外红艳，像血，像火，像旗帜，不惧贫瘠，不怕烈日，不畏逆境，坚贞顽强，风沙吹过，摇晃着又挺立回来。据说这长春花，巾帼英烈孙亚九生前常常忙里偷闲，摘一朵插在头上，尔后优雅地挽一挽那特显朝气的青青秀发，或者采一束握在胸前，面朝日出方向，轻轻吟唱温婉缠绵的崖州歌谣。

　　我欣赏梅山的长春花，我敬佩长春花一样的孙亚九！刘胡兰式的宁死不屈引起我心灵的震撼。梅山革命史馆盛满珍贵的史料，盛满那些令人肃然起敬的往事，却找不到她的照片，留下我无法排遣的遗憾。松柏环绕的梅山革命烈士陵园，我捧着虔诚和敬重而来，也只看到纪念碑上她的英名。我多么渴望能见识她的音容笑貌。

在史馆负责人黎元福带领，市历史文化协会会长黎月光陪同下，我缓缓走进了梅山老区四村之一的梅东村孙家院子。芒果树寥寥，却枝繁叶茂，精神抖擞；长春花几丛，竟红红火火，分外醒目。因为孤陋寡闻，到此始知孙家一门三烈士：孙维青（原名孙家维）、孙家本、孙亚九。他们仨，父辈是同胞兄弟，他们是同辈兄妹，同住一个院子，同在一个屋檐下。平顶屋厅间门上方悬挂"光荣烈属"牌子，厅里右墙上挂两个人像，一是孙维青妻子，一是孙亚九弟弟，空缺孙维青、孙家本、孙亚九遗像。三位烈士把美好的青春连同宝贵的生命一并奉献了，连张照片也没有给留下。

我的家乡跟梅山只隔一条青岭山脉，口音乃至风俗难分彼此，我坐在空落落的院子里念叨着"亚九"这名字，恍惚听到了邻居大人的叫唤，仿佛她就是那邻家女儿，亲切的感觉瞬时传遍全身。"亚九"，是的，她或许在召开一个支前动员会，或许带着姐妹们在军烈属地里帮耕，我来看望她，默默地等她归来……

理智及时提醒我，已经无法透过历史的烟尘看到亚九年轻的容颜，可是，我分明感受到她的温柔娴淑而又英勇无畏、不屈不挠。

走出孙家院子不远，遇上了梅东村民林元贵，黎元福相约来的，今年88岁了，身体硬朗，口齿清晰，称孙亚九为亚九姑。听到要说亚九姑的话，林元贵老伴也来了。于是大家就近享用一树浓荫，就着一壶清茶，继续着深情的追忆和缅怀。

亚九的成长与堂兄孙维青直接关联。1937年1月，孙维青当选梅山乡第一个党支部梅东党支部第一任书记，参与领导梅山的革命斗争。同年7月抗战爆发，亚九在孙维青的引导下走上革命道路。1940年，梅山乡妇女抗日救国会主任吴华兰为日寇所害，亚九19岁被推举继任妇救会主任，一年之后，稻熟时节，她光荣入党，成为一名妇女党员革命工作骨干。1943年5月的一天，已担任崖县县委组织部部长的孙维青，回家取记事本被日寇追捕，他一边跑一边将记事本撕碎往嘴里塞，一口一口往肚里吞，来不及咀嚼吞咽的记事本碎片就扔散在路边的草丛中，跑到堡垒户黎家明家附近，被赶上来的鬼子挥东洋剑劈倒，年仅26岁。堂兄的牺牲，亚九悲痛万分，而堂兄以生命保护了党员和党组织安全的壮举，又令她备感振奋和骄傲，激励她信念与意志更加坚定。

亚九更起劲地发挥她年轻的活力和特有的聪明伶俐。抗日宣传，夜校学习，动员参军，筹款筹粮，开荒生产，帮耕互助，样样出色，备受称道，故于1944年调入崖县常备队，从此跟着崖县委一道工作。

林元贵侃侃而谈。亚九姑另一堂兄孙家本，比孙维青小一些，时任崖县区署区长。1945年12月，一个寒冷的深夜，"土伦事件"突然发生，崖县区委、区署遭到叛变投敌的土伦村反动地主麦亚尚纠集暴徒包围屠杀，伤亡惨重。孙家本原已突围出去，可他牵挂着尚未脱险的同志，重返土伦村里找村民"同年"（结拜的同一年出生的干兄弟）搭救，竟被这疯狂的背叛者残忍地砍下头颅，换取事件策划者50块光洋和1头黄牛。孙区长刚满25岁，抱憾大山。又一位亲人惨遭杀害，亚九化悲痛为力量，更显成熟。

抗战胜利后，亚九随崖县委撤往崖县西南开辟新区，此后两次被捕。1947年5月，亚九在崖五区抱本村进行清敌建政工作，被国民党反动派抓进崖城监狱，受尽严刑拷打、百般折磨，一年之后，琼崖纵队成功攻下崖城监狱，亚九获得解救。然而，她第二次被捕就没有那么幸运了。

1950年伊始，亚九随崖县委工作队到崖五区黄孔乡开展迎接渡海大

军解放海南的工作，不幸被捕。这一情况，时任琼崖南区地委秘书主任的梅东人孙惠公，以亲历者和见证人的身份撰写了《百载风云》进行追述。当时孙惠公就在黄孔乡，崖县委工作队是他和崖县委委员陈国风、四五联区区长何施仁一起带领的。孙惠公记忆犹新。春节后几天，陈忠坚师残部，溃退海南，窜下黄流，扑向黄孔乡，连夜追踪崖县委工作队，追到一个叫手板坡的地方开枪扫射，工作队牺牲3人，被捕10多人，亚九就在被捕人员当中，被关进黄流监狱，后押赴刑场。

亚九身陷囹圄情形，找不到目击者，只能是推测了，而她被游街直至就义。有目击者，这便是林元贵的"同年"黄国才。这位"同年"原籍广东高州，先住黄流，娶梅东媳妇后定居梅东，在黄流他目睹了亚九就义的经过，林元贵转述了他的亲眼所见。

1950年2月的一天，亚九被国民党军扒光衣服，裸体游街，亚九备受侮辱，宁死不屈！亚九一边走，一边呼喊口号，并大声唱《国际歌》，黄流群众，无不动容，纷纷落泪。亚九最后被绑在黄流中学东边的电线杆上，国民党兵7个人，举7枝枪对亚九射击，开第一次枪，亚九头发还摇动，开第二次枪，她倒下了。这一年春天，梅山的长春花肆意绽放，一丛丛、一片片，如朝霞、似彩虹，英姿飒爽、亲密团结，根巴着根、手挽着手，开上芙蓉峰，连接角头湾，漫山遍野，铺天盖地……

根据林元贵回忆，亚九姑20岁左右，曾与同村一革命者"红纸合命"，但似乎没有办过婚礼，在林元贵夫妇的记忆与印象中，她就是一个姑娘家。她忙于党的工作，忙得顾不上谈一场轰轰烈烈或者缠绵悱恻的恋爱，尽管她梦寐以求。她是把全部的爱，奉献给民族的抗战大业和人民的解放事业。她在漫漫长夜中一直翘首盼望的角头湾壮丽的日出，永远也看不到了。

我擦了擦眼角溢出的泪水，臧克家的诗句竟脱口而出："有的人活着，他已经死了；有的人死了，他还活着。"走，到墓地拜谒去！林元贵、黎元福等心有灵犀，不约而同。

林老领着我们来到了风响涛鸣的梅山海滨。

又见长春花，一组组，一团团，迎向海风怒放，簇拥、环绕亚九坟茔，装点着墓地，长伴着英灵。

林元贵说，当时黄流地下党把烈士遗体抬去掩埋，用三块石头作记号，解放后孙家在知情人的帮助下，把女儿遗体迁回安葬在这里。是啊，她既比邻娘家先人，又独处一隅，背靠家乡，面朝大海，与四季盛开的长春花为伴。我心里慨叹着，采撷来一大把血红的长春花，郑重地敬献墓前，轻轻地说了声："亚九，我来看你……"便哽咽了。

海浪的"哗哗"声愈来愈清晰，长春花的芳香一阵阵扑面而来。

我双手合十，鞠躬三拜，表达了我深深的敬意与情感。

林老扶着三亚市人民政府赠送的墓碑，朗声读着镌刻碑上的简介，竟泣不成声……

骑楼街遐思

高建帮

  我家离崖城很近，登高可望城，一呼能闻声。往天涯海角方向走，上高速到南滨，再去骑楼街，大约40分钟的车程。咫尺之遥，我居然没去过这地方，妻子笑我老宅男，从小宅到老，活动半径只有书房到屋厅的距离。说来也是，如不是这次参加"深入基层、扎根人民"创作实践活动，还真不知道猴年马月，我才能与骑楼街有个真正的"初面"。

  崖城骑楼街到底是怎样的一条街？我确实知之不多，在网上搜索了一番，也看不出什么来。之后我又找到两本书籍查阅，一本是《三亚市文物保护单位概览》，另一本是《崖州古城》，书中文字记载不足300字，但从字里行间，我对骑楼街的前世今生有了大致的了解——原来崖城是海南岛古代四大州城之一，有着2000多年的历史，而骑楼街只是这座历史名城中一个集商贸、居住于一体的中西合璧的老商号建筑群，建于民国年间，骑楼街又叫东关街、铺仔市，据骑楼街一位71岁的老街坊卢业宝说，此街建成之初，商业十分繁荣，各种日常生活用品及生产用具应有尽有。如今由于历史的不断变迁，我看到一栋栋连体骑楼的模样，斑斑驳驳，仿佛一群风霜老人，站立街边，脸上的皱折如刀刻一样，深沟似的，密密麻麻，埋藏着许许多多昨日星辰的故事，一个个深凹的窗洞，就像一双双老花的眼睛，眯眯的望着稀疏的车辆和偶尔穿梭的行人，那冷清的街道，极少看到甚至没有看到导游举旗带团过来游玩的迹象，我的第六感直觉，骑楼街眼前的寂静与从前的喧嚣相比，显得有些落寞，早已风光不再了。可幸运的是，2016 年 10 月，骑楼街被三亚市人民政府公布为第二批文物保护单位。

以政府行为，重点保护现存的骑楼街建筑，从某种意义上说，是卓有远见和明智的。我和采风的其他作协会员，边走边看，并饶有兴趣地聊着骑楼街的话题——

甲说，骑楼街被人为损坏了，越看越心疼，一些新钢筋水泥楼在骑楼街冒了出来。有的在骑楼街的背后挨着建，超高一小截，好像矮人穿起内增高的鞋子，一看就别扭；有的安装铝合金窗，改变了原来的样式风格；有的干脆拆除古楼重建……五花八门。放眼望去，新建楼房如"镶牙式"一样嵌在古老的建筑中间，使骑楼街变成土不土、洋不洋的外形，让人很不舒服，总有一种刺眼的感觉。

乙说，这是发展与保护矛盾体的产物，社会发展日新月异，骑楼街之外的区域不断开发建设，处处高楼林立，马路宽阔，各种大型超市、星级酒店、繁华市场等现代的影子，早已掩盖骑楼街的风光。实言之，骑楼街怎能耐得住社会变迁的寂寞？

我说，骑楼街不应改变原状。有人比喻骑楼街是一窖老酒，越陈越有味道，我赞同这种认知，其实骑楼街的味道缘于其内核的唯一性。当

一目通街的骑楼街映入我的眼帘时，其最吸引眼球的是骑楼街的廊部、楼部、楼顶、外立面的浮雕图案、线角、阳台铸铁栏杆等特有的中国古典元素以及西方的装饰风格。如此中西风貌的有机结合，为骑楼街的厚重底色增添了不少亮度，这些都具有十分重要的保护价值。

不管怎么说，不管谁说，只要说出问题所在和建设性的意见，都是为了骑楼街更好的明天。目前，有政府保护这把上方宝剑震慑着，至少谁也不敢再动骑楼街的奶酪了。

现在，各级政府对古文物、古村落、古宅、古寨等"入古"有价值的东西，均录入保护名目，加大保护力度，而且保护的法律体系更完善，措施更多、更实、更细，海南崖州骑楼街等众多历史古迹也毫不例外地被保护起来。

几年前，我曾到海口参加海南农垦报社举办的通讯员培训班学习，白天没时间出去玩，晚上应朋友相约，专门去海口的骑楼街闲逛，亲身体会省城骑楼的别样风采。出去前，我特别做了些功课，从相关资料获悉，海口骑楼是海口最具特色的街道景观。它初步形成于19世纪20年代至40年代，距今有近100年历史。其中最古老的建筑四牌楼建于南宋，至今已历经了700多年的风风雨雨。逛完之后，给我留下难以磨灭的印记：海口的骑楼街保护得非常完美，执法部门盯着，禁止乱拆乱建，连外墙涂层都不能任意乱涂，使得各种各样的店铺原貌依旧，吸引无数市民和游客，可谓门庭若市，热闹非凡。骑楼街的很多商品都物美价廉，消费者对实用的小商品很是喜欢，都会选购三四件心爱之物带回家。我是三亚人，秉持"游在三亚、吃在海口"的理念，自由任性一次，与朋友一起疯狂找小吃，吃了双皮奶，又尝青果冻，再啃椰子炖乌鸡……细细品尝，触碰舌尖上的味蕾，那些诱人的骑楼街小吃从我的嘴里，一直甜香到我的心里，使我和我的朋友乐得像回家一样。

骑楼街的味道，我无法忘却，总有一种挥之不去的眷恋。在我的潜意识里，同是骑楼格调，怎么崖城的骑楼街的品位就差距这么大呢？想买的物品买不到，想吃的小吃又没有，显然不是个滋味。更出乎人意料的是，传统的东西保留不了，新的东西又跟不上去。如打铁街，由于铁具生产进入机器化时代，没人愿意做手工制作的铁匠了，哪怕还有铁匠艺人，也没人前来光顾，昔日打铁的"叮当"声就自然而然地消失在宁远河畔。又如臭油街，卖的主要是煤油（广东粤语称之为"火水"，点灯用的燃油）或散装的其他工业油品，随着生态能源核电、光伏的发展和工业油品的精装化，现在的臭油街只是有其名而无其实了。至于互联网时代的智能新宠和电商、微商等平台，骑楼街因受条件和地域的叠加限制，弱化了竞争力，根本无法与新城区的规模化发展相提并论，不能不引起人们的思考。

为什么骑楼街的铁打不响？原因是我们没有立足未来最传统的精品。大家都知道，"章丘"铁锅是山东省济南市章丘区传统手工锻造的锅具，据央视《舌尖上的中国》第三季节目介绍，这铁锅来之不易，历经 12 道工序，再过 18 遍火候，1000 度高温锤炼，经受 36000 次锻打，最终成为顾客青睐的精品，上了淘宝网，卖到日本等国家去。当然，"章丘"铁锅也不是一帆风顺的，由于行业的不规范，机器压制的铁锅冲击了手工制作的铁锅，市场销售一度由热变冷。凡事必有因果，相信通过行业整顿，真正的手工制作的"章丘"铁锅，一定能够理性回归正轨，受益广大消费者。说一千道一万，如果崖城骑楼街的铁匠们能锻打出削铁如泥的精品刀具，按标准化生产，以质立市、诚信交易，还是拥有广泛市场的。

　　为什么非遗文化不兴街？原因是我们重视不够。黎锦被列入了非遗名录。据有关资料显示，黎锦历史悠久，已经超过3000年，堪称中国纺织史上的"活化石"。元代杰出的女纺织家黄道婆曾在崖州生活学艺37年，按理说，这里的黎锦非遗文化应发扬光大，与盘皇舞、竹竿舞、崖州民歌融合，彰显骑楼街的特有魅力。可走进骑楼街，我想看一看这些非遗文化亮点，根本就看不到，不能不说是一种文化传承滞后的缺失。七彩云南之旅——白族老村落喝三道茶：一知苦，二知甜，三知回味知感恩。极富戏剧色彩，属于云南省级的非遗文化，他们把喝茶和舞蹈表演搬到舞台上，以其当地特色文化，吸引众多游客前往观赏、体会，悟出人生哲理，从而成为一方旅游业的根和魂。这实实在在的例子，我们大有效仿和创新的必要，对振兴我们的骑楼街、带旺我们的骑楼业，又何尝不是一种有益的启示？

　　为什么残垣断壁修复难？原因是我们的保护意识不够强。到过丽江古城游玩的人，不管你是经过木府小巷，抑或是夜访四方街，留给你的印象就是古城原貌的完整性和古色古香的韵味，看不到半点残垣断壁的凄凉，这和当地的严格保护是密不可分的。反过来再看看我们的骑楼街，多处破旧不堪，却没有及时修复，在雨水的冲刷下，渐渐变成危楼，墙体裂缝的有之，桁条断落的有之，窗口破损的有之……让人叹息不已。如此的骑楼街现状，是难以和三亚国际滨海旅游城市相匹配的。崖城骑楼街在当地独一无二，历史价值弥足珍贵。采访中，一位姓林的先生透露了五大渴望：一是渴望骑楼街重振雄风，再创辉煌；二是渴望相关部门认真查清崖城骑楼街现存底数，对骑楼街古建筑进行综合"体检"鉴定，为整体规划提供依据；三是渴望城管执法人员介入，按文物保护法律法规加强执法，拆除"镶牙式"的违章建筑，恢复原貌；四是渴望骑楼街古建筑经典文化，融入创建全国文明城市软实力当中；五是渴望强化"社会环境、生活环境、人文环境、卫生环境"治理，让骑楼街更加光鲜亮丽。

　　如此深深渴望，我会意地点了点头，兴许这位林先生道出了我的心里话，但愿美好渴望变为现实。

　　骑楼街！风悠悠，人悠悠，情悠悠。别离时，我突然产生一股强烈的骑楼街遐思：他山之石可以攻玉，我们可以借鉴其他省、市地区保护古建筑的经验、做法，创新保护骑楼街方式，提升骑楼街的"颜值"素养，做精做强旅游产业，使骑楼街重现昔日风光，功在当代，利在千秋！

崖城的旧时光

蒙胜国

　　崖城，是古城。有着 2000 多年文字记载历史的古崖州名城，在历史上一直是海南岛南部的政治、经济、文化、教育中心和军事重镇。

　　1954 年，崖县人民政府从崖城迁往三亚镇后，崖城依然还以世代于崖城宁远河两岸居住的城东、城西、水南，为谋稻菽而日出而作、日落而息的农人为主体人口。崖城依然因了宁远河还保留着"东西水抱孤城小"的格局。在崖城人民的物质生活没有如今丰富的年月，在我年幼最初的感觉崖城并不美丽。崖城城内城外的土道上那一早一晚牛群出城回城扬起的泥尘土，与街头弥漫着雾气的晨光和斜阳西下的霞光满天相映成趣，成为这个古城特有的剪影。城内除了木屐"嗒嗒"敲击响街头，还有行人赤足行街。历朝历代修建的城墙早已是断壁残垣，废弃的城墙断砖瓦块全部倾入原先高高的护城墙下的河里。护城河已不成河，日积月累的淤泥杂物填塞满满，留下的是一条浅沟，随着雨水的到来才注满一滩水，古城里人家散养的猪牛就与这滩水为伍。

崖城有一条老街，叫城东关骑楼街。老街左右两旁的三四十余座骑楼参差错落毗连一起，一家一家的店铺前连廊连柱的长廊衔接出一个街区。我站在崖城老街的一端，能将这200多米长的老街望穿。这条如今铺着水泥的路面，整天的汽车与行人行色匆匆的穿梭往来，而与这骑楼老街的过去时光的商业发达、人来人往、摩肩接踵、熙熙攘攘的景况相比，已经让人徒增失落感。

从前的老街崖城人引以为自豪。据说这得益于清康熙二十三年清政府宣布废除海禁，开海贸易。崖城人借助四通八达的海运，出海闯南洋，走外省，用毕生攒集的血汗钱，回乡建起南洋风格的骑楼，让这个边陲小镇从此辉煌起来。崖城人"一铺养三代"的观念，让崖城东关骑楼街急速地发展起来，经营油盐烟酒药材布匹建材打铁这样的铺子应有尽有。还有街上，东西南北来的生意人，已经财路通衢，财源广茂达三江，设会馆，沟通生意往来和联络乡情是必须的……时至今日，崖城老街上还保留着"打铁街"和"臭油街"街道名称。

我年幼时，时常跟着母亲从宁远河对岸的南滨涉水到崖城，买家用的日用品，还能得到一碗汤粉，这碗汤粉充实了我的童年和对那个拮据年代的记忆。后来，少年的我经常约上伙伴，到这个古城里长长的街道，在骑楼下连廊连柱的长廊来回穿梭。这样的鳞次栉比的铺面竟也熟悉于心，即使迷住双眼也不会走岔道。

那时的公私合营和对财主家的财产没收充公，城东关骑楼街的原先店铺纷纷易主，成了公家创办的实体店铺。像邮电局、银行、中药铺、书店、理发店、五金店、茶馆、农具维修部，以及破铁废铜鸡鸭鹅毛药材的杂货品收购站等，一家挨着一家。我的少年伙伴最爱往杂货品收购

站跑，把攒来的鸡鸭鹅毛或者破铁废铜卖出去就有钱。杂货品收购站的一个高个儿男子，长着饭勺般的长脸上扣着一付老花镜，每当我们把一袋子、一袋子的鸡鸭鹅毛递送到柜台上，他把头一低，眼睛从老花眼镜片上，把我们逐个的神态审视了一遍，然后才伸手到每一个袋子里抓抓捏捏一番。倘若不是晒干的鸡鸭鹅毛，他的嘴一努，那只伸向你的长条的铅笔，先就来到脑壳上敲上一记。他一点都没有暴怒的样子，而且像将军般的对他手下的士兵下令，赶紧把鸡鸭鹅毛晒干了再拎过来换钱，惹得同伴们还哈哈大笑。

我年少时爱光顾崖城城东关骑楼街的书店。书店夹在邮局与药材铺当中，是一个往里纵深窄小、采光很差的店面。书店的玻璃罩木柜，是公仔书摆放的地方，公仔书是我的最爱，如《小马倌和大皮鞋叔叔》《鸡毛信》《我要读书》《敌后武工队》《铁道游击队》《杨根思》，还有《红灯记》《智取威虎山》《沙家浜》《白毛女》，这些连环画曾经都给予了我深刻的影响，这个影响至深到如今，书店买书成了我这辈子的一大嗜好。

此时，崖城的旧时光留在我脑海里的只是斑驳陆离又驳杂的碎片，接拼出一个个完整的动感画面。

有一回，我在骑楼街将一个行人拦下来，询问他，街上原来有一家蒸粉的作坊现今在哪一个位置时，那人一脸的茫然。然而我自个儿先就笑了，这个没上五十岁的人怎么识得这家作坊呢？这家作坊有一位老大娘，她是广东阳春人氏，曾经跟随丈夫闯北走南经商，后来在崖城城东骑楼街，置房产立家业，眼下子孙后代也该是满堂的了。当然，这个老人一定是不存世了。可我有着一个迫切而变得强烈的愿望，欲立马重新走入这个骑楼下的作坊，作坊能唤起我对崖城从前旧往的记忆。真的，骑楼下，我仿佛嗅到了来自作坊的烟火气味和熟粉出屉蒸汽腾腾的香味，而且当年我和同伴经常出入作坊内，用大米换取粉皮，由此而结识了一位讲着白话的广东老大娘的情境，竟也变得如此真实起来，挥之不去。

日月如白驹过隙，当年的翩翩少年，已是两鬓斑白的人了，你们生活得好吗？我有了泪目的冲动。

百年过去了，古城这个最后保留着历史意义的商业见证，曾经激荡过崖城人心灵、铭刻着崖城人风骨的民国骑楼，如今在新建筑的夹缝中生存。

然而，面对着日新月异的社会发展，精明的崖城人，已认识到老街、骑楼这方寸之地的重要性，为了继续发挥百年骑楼商住功能，已开始着手对骑楼修复。

老街，骑楼，在沧桑岁月中，犹如窖藏的老酒，愈老愈有味道。

觐见保平

孟允云

　　相传毕兰村地处保平河南岸，后因宁远河水年复一年冲击临高至西园一带河堤，来个大转湾，切断公路，又循河故道泱冲毕兰。《崖州志》中有"水冲毕兰"的记载。无奈，有些毕兰人迁徙他乡，有些搬到保平河北岸居住，久而久之，形成了村子后取名保平，企盼世代平安……

　　时近晌午，我们采风来到了保平，宛如儿女亲近摇篮，一缕温馨袭上心头。走在村路上，第一时间映入眼帘的是高耸入云的酸豆树。这一棵酸豆树上千年，树头硕大，粗皮礧砢，树冠荫宽，默默地守护着保平村。

　　保平的古宅建于清代，经几百年风雨剥落，今存还算完好。那岁月深处浮出的泥尘以及碎砖破瓦一下子攫住了我的心，这既是我要寻觅的，也是我所喜欢的。信步间，我发现不少翘首耸立的门楼在窄窄、直直的小巷里静静地坐落，古老，幽寂，闲散，淡雅。大路连着小路，小巷通向胡同，有东西向的，有南北向的，左拐右折，让你走不到尽头。

　　缓缓浏览，但见路段的入口和出口的墙体钉着小牌子，牌上的张家巷、陈家巷、麦家巷等名字，增添了我的好奇。的确，姓氏巷名，方便了他们自己，更方便了外地人。瞧瞧那旧宅和新宇错落有致，心屏上突如其来地亮出一幅图画：一宅芳园，福墙与屋檐成趣，新宇与旧宅相映，加上院内亭亭的槟榔和挺立的椰树，还有雀鸟剪着艳阳，临着秋风，很贴近，很乡趣，不知可有几人知晓？我拍了许多图片放进微信群，让朋友猜，真的收获了若干点赞！

　　踅足一家门，见三米多高的三角梅开得红红火火，伸出围墙映照宅门第。移步近前一瞥，门楼额上彩绘的蝙蝠、梅花、荷花、仙鹤之类装饰图案，色泽斑斓，栩栩如生。来到庭院中，顿觉恬静、安宁和淡定。我问："这是陈伯爷的家吗？"那光脊梁老者急急忙忙穿上衣服，递上塑料凳子，说："是的，坐，坐。"我问："参观参观你家的古居建筑，可以吗？"伯爷高兴地点头，表示赞同。

　　陈家古宅，坐北朝南呈三合院格局，砖木结构，硬山顶。正屋面阔3间约11米，进深6米，呈抬梁式木构架，分为明间和次间。屋内地墁砖多见一顺一丁或二顺一丁铺设。梁架及建筑木构件均有雕刻和彩绘，工艺精美，内容多见双凤朝阳、鹤松梅竹、喜鹊登枝、石榴荷花、松鹤延年等花纹图案，颇有清代传统民居的建筑风貌。

　　此刻，我仿佛见到屋顶上升腾起一股炊烟，丝丝缕缕，袅袅娜娜，渐次化入苍茫的天际。我对伯爷语重心长地说，我是从乡村里走出来的，老屋和炊烟让我谙熟五谷杂粮、农事稼穑。今天，不论我脚步走向何方，老屋的往事总牵动着游子的思乡情愁。这是一种心灵的寄托，让出门在外的人不会感到孤独。伯爷感叹道，随着炊烟渐行渐远，砖瓦、磨盘、舂臼、水井都老去了，但古宅不会老的，岁月流年，风貌犹存，

其历康熙、雍正、乾隆、嘉庆、道光、咸丰、同治、光绪、宣统九帝以及民国，至今大约350年，古宅旧是旧了，但不会死去，一点儿也不会寂寞、寒碜。我与陈伯爷聊谈，了解到保平村至今还有42处清代的古宅，举着庄严。伯爷兴奋地说，保平人崇尚文化，书香不断，从这古宅里曾经走出了40多名科举考试的贡生，因此，这个小村庄一直有着"保平出贡生"的美誉。

古宅在"呼唤"什么呢？我沉思。古宅呼唤的是传统、本真，还是回归？无论如何，古宅没有城市的喧嚣声，只有远方幽谷的空鸣，门前空地的犬吠。倘若建庐在此，阴阳昏晓之际，躲进古宅书房，听风儿呼呼然掠过椰梢，看雨点滴滴然敲响蕉叶，其淡泊宁静，当为浮世中人朝思暮想、出神入化的境界。

当谈到保平村还是革命老区时，伯爷喜上眉梢，喋喋不休。他沉默片刻，又说，保平从大革命到海南解放，走出了110余名革命志士，其中就有30多位革命烈士。为了革命求解放，当年生于斯、长于斯的热血青年纷纷走出古宅，那古宅之窗是关不住的，古宅之墙是拦不住的。他们干出了一番轰轰烈烈、惊天动地的事业。随后，伯爷讲起了麦宏恩、何绍尧、张六妹为革命抛头颅洒热血的传奇故事。

麦宏恩，1899年出生于保平村一个贫农家庭。1924年，他走出自家老宅，赴广州国民大学读书时加入了中国共产党，任学生会主席。后来，受党组织委派回乡，以任教为名与陈英才、黎茂萱、陈世训等人，在崖县建立了"中共东南支部"，并成立崖县农民协会，他任农会主任。1927年，麦宏恩返广州国民大学续读时，蒋介石发动了"四一二"反革命政变，他被捕入狱，牺牲时年仅28岁。在狱中，他给父母家人写下了一封家书，以铿锵的誓言道出了心声："人生必有一死，死有重于泰山，生有轻于鸿毛……以革命之血换得自由之花，死得其所矣！"

何绍尧，人称神枪手，1908 年出生于保平村。1927 年，经麦宏恩介绍加入中国共产党，不久接替麦宏恩担任党支部书记，1940 年任崖县县委委员、组织部部长。1941 年秋，琼崖抗日独立总队第三支队决定袭击日军三菱公司仓库，以解决当时部队衣食困难。他受命执行侦察绘图任务，回到水南村甘蔗园隐蔽，因被告密而陷日军围困。然而，他沉着应战，击毙日军少尉及 2 名士兵，终因身负重伤而被捕，在崖城日军司令部被杀害。1964 年，崖县人民委员会为他立碑撰联："革命仰前行，想当年，反帝反封建，碧血冲天惊敌寇；精神传后代，看今日，盛歌盛载舞，红花满地慰英魂。"

张六妹，保平村人。抗日时期，她积极参加抗日救亡活动；解放战争时期，她参军入伍成为琼崖纵队第五总队一名战士。1950 年年初，在乐东黄流手板坡遭国民党残军追击中不幸被捕，备受羞辱，但她坚贞不屈，一直高呼着"中国共产党万岁！中国人民解放军万岁！"走上刑场，成为"刘胡兰"式的革命烈士。

听伯爷叙述，我百感交集。我们唱着东方红，当家做主站起来，那是千千万万的革命烈士用鲜血和生命换来的，然后才有了讲着春天的故事，改革开放富起来、强起来的历史性飞跃。

行文至此，我感慨地鼓与呼：保平村 2008 年被评为"海南十大文化名村"，2010 年被国家住建部、国家文物局评为"中国历史文化名村"，2014 年入选"中国传统村落名录"，倘若在这里设立文化旅游景点，建起纪念馆，弘扬红色旅游文化、传统村落文化、"非遗"崖州民歌文化等，实施乡村旅游振兴战略，保平村就会成为海南自贸区建设中的一张亮丽名片，那该多好呀！

思忆宁远河

容艳艳

今年 10 月中旬，我跟随三亚文联组织的采风团，再次踏进崖州古城这片熟悉的土地。从三亚市区到崖州的路程不算长，在众人的谈笑之间，大巴车已不知不觉间下了高速。驰过绿树成荫的大道，转个弯，车开上了崖州大桥。此时宁远河两岸美丽的景色尽收眼底。风从车窗外吹来，带着河水温暖湿润的气味，丝丝缕缕地拨动着我的思绪。凝视着这条曾和我结下深情厚谊的河流，种种美好细微的记忆，不禁在和风中悄然苏醒。于是，我静思、神游，再次拼凑起这条河的轮廓和气息……

母亲常说，生我的那一天下午，阵痛来袭。她急急卷起裤子，孤身一人淌过大腿深的河水，奔向对岸的崖城医院。不久，便生下了我。哗啦啦的宁远河水见证了她第一次当母亲的艰难历程，也化成了她生命中难以抹去的印记。

我想，如同母亲一样，宁远河对于很多老崖州人来说都有着特殊的情感。这条安静沉默的河流，不仅养育了世世代代的崖州人民，也创造着崖州古城的辉煌历史。千百年来，它气态神闲、步履从容地从古老的文明门前流过，轻描淡写地把城区分成了两端。而一座白色的大桥，悠悠地架在河面上，让河两岸的人得以相互往来，也得以通向外面的世界。

我未曾了解过这条河的历史，也未曾了解这条河上曾经发生了多少惊心动魄的故事。我只知道它自岛中的仙安石林南麓一路艰难跋涉而来。穿过幽深莽郁的原始密林，越过三亚北部连绵起伏的丘陵，进入平缓的河谷平原，才流经古城幽幽注入南海之滨。勤劳的崖州人一路沿河引流挖渠，让甘甜清亮的河水在大大小小的田园中纵横穿梭，滋润着万千生灵繁衍生长。

童年记忆里的宁远河，犹如一位清新质朴的少女，散发着芬芳怡人的气质。两岸星罗棋布地分布着平展的原野，密杂的灌木，摇弋的树林，零星的人家。河水看起来是那么的平缓安然，澄碧通透，一切清晰可辨。大大小小的鹅卵石静静地躺在河底，鱼虾不时地嬉戏其间，偶有麻雀和燕子在河面上下翻飞，起落不定……许是因为河水的滋润，河岸的植物都显得分外的盎然夺目、绿意逼人。它们共存共生，若无其事地生长着，带着一种桀骜不驯的气势，日复一日的在这片土地上绵延，傲然地面对炎炎烈日，牢牢地在宁远河边抓住每一寸可以依附的土地。而神态各异的昆虫，则小心地隐藏在河边的灌木丛中，在纠缠交错的枝叶间跳跃。偶有人走过，好奇的红公马和蚂蚱们会探头探脑地张望，然后箭一般隐没在丛林间。蜻蜓和蝴蝶总是煽动着好看的翅膀，在河边的野花丛中忙碌地飞来飞去。有时候它们也会一动不动地停留在枝叶上小憩，看起来安静而乖巧。呆头呆脑的小瓢虫嗡嗡地叫着，不时撞到行人

的衣物上，手一捂它便乖乖地在掌心不再动弹。而被农户们散放的鸡鸭鹅，天天肆无忌惮地和孩子们在野地里追逐鸣叫。若是运气好，还能在河边的杂草丛里发现一两个光滑透亮的蛋，令人惊喜雀跃。

如此灵动鲜活的一条河，自然也就成了沿岸孩子们的乐园。不管是早晨还是黄昏，总能看到他们河岸边奔跑嬉戏的身影。大点的孩子在浅水滩里欢快地追赶着鱼虾，抑或在河边的野地上捕捉红公马和挖地瓜，而后在河滩上燃起小树枝将其慢慢地烤食，若是热了累了就在清凉的河水里泡一会儿。小点的孩子总是喜欢捡拾河边的鹅卵石把玩，或是找寻野草下躲藏的蚯蚓和蚂蚁，扑捉灌木丛里上下翻飞的蜻蜓。这些看似平常的活动，日后成了他们童年回忆里快乐的核心。

在没有自来水的年代，宁远河无疑是当地老百姓们最好的洗浴场。清晨，阳光毫不吝啬地撒在水面上，波光闪烁，淡淡的水雾开始消散，河水渐渐变暖。河两岸的人家开始迎着晨光三三两两地来到河边。妇女们把成桶的衣物放在岸边，耐心地从桶里拿出来一件件放到水里漂洗。年轻的姑娘们把又黑又长的头发垂到水中，发丝随着水流滑出一道道好看的曲线。孩子们跟随在大人左右奔忙，耐心地摸拾浅水区里的香螺。这种在河边生长的小东西，虽然只有瓜子般大小，但味道极其鲜美。回到家放到锅里一煮，再捞起用牙签轻轻一挑，那小小的螺肉便滑入口中，余香满嘴。

尽管宁远河是如此的温情脉脉，但几乎每年都会有人因它而葬身河底。于是，有关这条河的各种鬼魅传说，世世代代在人们口中相传，其中"水鬼"流传尤为甚广。据说那是一种神秘可怕的生物，常年隐没在最黑暗的水底，长相似瘦小的黑猴，狡黠灵敏，力大无穷，能轻而易举地在水中把一米八的壮实汉子瞬间拉入水底。如果人在水里不幸遇到它，必定九死一生。这些绘声绘色的传言，无形间断绝了许多调皮的孩子们跑到深水区游泳的念头。他们对鬼怪一类传说通常是深信不疑。在孩童们的心里，伴随着"水鬼"恐怖般存在的，还有河边年年都可见的"喊魂"仪式。老一辈的人认为，人在河里溺死后，魂魄会一直在河边流连徘徊，如果不喊其回家，他将会成为孤魂野鬼不得善终。因此，每当有人不幸去世，伤心欲绝的家属们总会在当日郑重地举行"喊魂"仪式。一行人从家里打着赤脚，在撕心裂肺般的哭声中互相搀扶，跌跌撞撞地走到河边。这时，直系家属把一枚钱币丢入水中，用陶罐舀起少许河水，之后燃起香火跪拜，呼唤死者的名字，请求魂魄一路跟随回家。最终魂魄是否成功回家安放，孩子们自然不得而知，只觉得那些哀切的喊魂声似乎总在河边浮动如影，让人戚然惊心，于是，对河水无形中又多了一份敬畏。

因为工作的关系，二十年之后我逐渐远离了故土，在四十公里之外的城里奔忙，再也不能时常和宁远河亲近。很多时候，我只能在匆匆的归途中看一眼它的模样，闻一闻它清新怡人的气味，然后怅然所失地离开。

不知从何时开始，我突然发现，澄碧清亮的宁远河逐渐变得浑浊幽深起来，不再一眼能望见底，也不知里头酝酿着些什么。而河边那些翁郁的林木和蓬勃的野地，也陆陆续续地被铲除，取而代之的是一片连一片的经济作物。一座座高矮不一的楼房，开始争先恐后地在河边安营扎寨。许是为了方便，那些沿河而居的村民在河岸边堆放起了垃圾。与此同时，一些不法之徒悄悄地河边疯狂采砂，开起虾塘，导致河滩地面深陷……在人们日复一日的摧残中，宁远河原本清澈见底的浅水滩最终消失殆尽了，河底也日渐变深，水流不断向中间萎缩。再后来，河面慢慢

地拱起了一些小土堆，把偌大的一条河面分割成了几块。土堆上长起了一丛丛杂乱的芦苇，而水浮莲则在狭小的河水间疯狂地蔓延，以致河面远远望去总是呈现出一片瘆人的深绿色。

此时的宁远河，犹如一位伤痕累累、风烛残年的老者，孤独痛苦地在古城里喘息挣扎。望着它，我常独自伤感，却又无能为力。我恍惚觉得，这条给我童年带来无限乐趣和生机的河流已经彻底死去，甚至失去了魂魄。它听不到我呼唤的声音，也找不到灵魂的安放之地。

有道是"山穷水尽疑无路，柳暗花明又一村"。正当我为宁远河悲惨的命运哀叹不已时，却不知它已经悄然苏醒。有日返乡，我又习惯性地从车窗朝桥下的它张望。这时我惊奇地发现，河岸两边原本堆积如山的垃圾，似乎一夜之间凭空蒸发了，而铺满整个河面的水浮莲也难觅身影。河水在阳光下欢快地荡漾流淌着，颜色也貌似干净明亮许多。变化虽不算大，但已足够让我欢喜。和老乡们了解才得知，近年来政府对宁远河流域的治理给予了高度重视，启动了一系列的保护工程，同时也得到了村民们的支持和配合，这才解决了河岸长年来的脏乱差的问题，从而有幸让这条河恢复了些许生机。

采风的归途，我再次凝望着窗外奔流的河水，眼前又浮现出童年时期在河边那喜乐喧闹与天地一体的生活。我想，大自然给予人的美从来都是充沛浓烈的。一个人一生中若能真正拥有一条河流，和它唇齿相依、互相牵挂，将是幸会的际遇。社会在进步，但人与自然的亲密和谐不应随之改变。希望在不久的将来，全面整治与改造后的宁远河，能找到原有地灵动清新气质，幻化为宜居宜景的绿色长廊，永远成为崖州人乡愁的寄托之处。

崖州古韵悠

徐日霖

　　走进今日崖州，触摸历史遗存，感悟风韵魅力；踽步古道故巷，俯听历史足音；探索人文胜迹，抒发思古幽情……这片故邑古城蕴蓄的两千年燦灿历史文化，无不令人心存敬畏，心驰神往。

　　崖州，你传承着海南千古地名文脉，闪烁着光耀中华的历史釉彩。公元前110年，汉武帝拓疆海南，置郡设县，创立开琼大业。此后欲治不能，中央政权放弃对这一"海外大洲"管辖，罢郡废县，扯断了海南粘连中华母体的脐带。隋开皇年间，在海南流离华夏复蹈原始百年之后，深怀国家和民族大义的南北朝百越首领冼夫人，挥师渡琼，举岛慕义归附。冼夫人乘势而为，请命朝廷"置崖州"，重振郡县，率海南回归中华，复续中原文明。从此，"崖州"地名，伴随冼夫人"巾帼伟业"叫响。冼夫人请命设置的"崖州"，是统辖全岛的政区，其历史意义表明，自隋朝冼夫人始，"崖州"即成为海南重归中华文明的里程徽

标，彰显国家统一和民族团结的闪光地名。此后，历代海南政区建置名称多有变易，但凝聚冼夫人德泽的"崖州"地名，在海南岛上得到了千古传承。

唐武德五年（622年），"崖州"易为海南州级政区地名，在岛北琼州大地设置350年。北宋开宝五年（972年），废"振州"地名，将"崖州"地名自岛北移冠岛南，别在古代三亚地域胸襟，掘开今日崖州地名之源，及至清末相沿940年，成了渊源有自的三亚古称。自冼夫人"请置崖州"至今，"崖州"在中华版图根植1400多年，从这一地名沿革历史上看，"崖州"地名，不仅连绵蕴厚的海南历史文脉，而且成了耀古烁今的地名文化遗产。随着撤镇设区，走进新时代的崖州，正依托千古地名和历史文化魅力，打造出更多冠以"崖州"的特色品牌。崖州瓜果四季飘香，崖州小吃招徕游人，崖州珍馐驰名遐迩，崖州民歌乡音悠扬，崖州风情古韵绵长……重焕异彩的"崖州"地名，在历史传承中演绎成魅力诱人的地理商标。

崖州，你以2000年的建置沿革，留下了三亚的历史根基和城市之魂。三亚市历史政区不仅传承"崖州"历史文脉，而且有着与之相伴的载体和地标——崖州古城。崖州古城，在中国城市建置史上有着独特的历史地位。崖州城建伴随着汉武帝开琼肇基，历汉隋唐、宋元明清，这片耸立崖州城池的地域，一直作为汉临振县、隋临振郡、唐振州、宋崖州、元吉阳军、清崖州（直隶州）等历史政区首府治所。以崖州城池为坐标的崖州治地，依托2000多年城建沿革，逐渐拓扩成建置完备、功能齐全、三坊四厢相附、乡都里图密布、汉黎番疍聚居、渔耕商贸兴旺的州级建制城市，在汇蓄多元文明和民族融合进程中，上升与琼州府平行的府级建制直隶州，成为管辖海南岛南部的政治、军事、经济和文化教育中心。纵观以一镇（崖州区）级政区，承载上下两千年的治所历史，在全国绝无仅有，故有"两千年建置史，八朝州郡治所"之誉。古城，是人类历史进程的坐标，是凝固的地方文化史书。新崖州正以其丰富的历史资源和古韵依依的历史风貌，荣登中国历史文化名镇殿堂。饱经历史沧桑的"崖州故城"，修葺一新，重现"南天边城"雄姿胜概，一大批历史文化遗存，得到有效保护和修缮。今日崖州，固守着军话迈话方言岛，厮守着坊厢闾里传统民居格局，在延续古崖州历史文脉中，留下三亚城市的历史记忆。

崖州，在你灵秀山川的怀襟中，我读出了积蕴着国家精神的经典崖州故事。登上崖州故城，极目四望，古貌昂藏。透过历史天空，凝眸山海田畴、灵光闪映之处，依稀可见冼夫人的巾帼英韵，鉴真的睿智伟貌，黄道婆的巧姿倩影……

在隋朝"开皇之治"年间，你曾是隋文帝赐赏冼夫人的"汤沐邑"。冼夫人毕生深怀爱国大义，反对分裂割据，以招抚岭南百越归附朝廷，重开海南文明的军功政德，获朝廷嘉封"谯国夫人"，并将重置古崖州大地的临振县，赐作"汤沐邑"。自此百年间，物华天宝的古崖州，成为了冼夫人世袭食禄的皇家封邑。冯冼家族越海而来，在这蛮荒初开之地，设帐开府，聚民兴村，成了古崖州井邑和农耕文明开拓先驱。深怀感恩的崖州士民，尊崇冼夫人为"崖州郡主"，宋代始在州治衙署旁，筑建富有皇家殿宇气派的"郡主冼太夫人庙"，历代奉祀不绝，并由此演绎成以纪念冼夫人为主题的"庙会""妆军""赛神"等民间节俗文化。冼夫人泽被岭南，功在国家，纪念庙宇遍布海内外，而以"郡主"冠称的，唯崖州仅有，足见其在众多纪念胜地的至尊地位。崖州冼夫人庙毁圮于"文革"，令人扼腕叹息。然而，冼夫人的民间信仰，根植于

崖州大地，濡化成爱国、崇德、尚义的习习乡风。而今，享誉"中国巾帼英雄第一人"的冼夫人，成为爱国主义教育典范，曾作为冼夫人"汤沐邑"的今日崖州，正焕发"冼夫人文化"的历史人文光彩。

在大唐盛世的佛乐梵音中，你曾是鉴真高僧东渡弘法的化泽之地。唐天宝年间，鉴真为赴日本弘扬中华佛法，历11载，6次渡海，矢志初心，百折不挠。天宝七年（748年），鉴真在第五次东渡中海难环生，生死存亡之际泊岸崖州，化险为夷。鉴真视崖州为慈航善地，携中日僧侣在这片海外福地修建佛寺，设坛授法，留下普度天涯的佛智佛德。鉴真在崖州休整年余，砥砺锐志，壮行天涯返扬州，再作第六次扬帆，终获东渡成功。崖州是鉴真第五次东渡海难拯救之地，也是唐代中日文化交流史上的光辉驿站，鉴真留给古崖州的不仅是佛风慧光，更是一片回响鉴真历史足音的纪念胜地。而今，依托鉴真在崖州史迹营建的"南山寺"，妙香钟鼓，依依袅袅，终日接受中外游客顶礼膜拜；耸立在崖州"大小洞天"景区的《鉴真登岸》群雕，展现了鉴真与中日弟子苦海余生的泰然自若、百折不挠的沉勇坚毅，令人肃然崇敬，给人励志感召；鉴真在崖州主持修建的"大云寺"，曾壮扬崖州山川数百年，其湮没千年的遗址现已掘现，一座凝聚中日僧侣与崖州士民患难情谊的"大云寺"，在崖州湾出海口处指日重建。鉴真舍身弘法，开创中日文化交流的历史传奇，将在崖州经久传讲。

在宋末元初海南吉贝繁英年代，你曾是诞育黄道婆的第二故乡。黄道婆在崖州生活37年，撷采黎汉民族创造的棉纺精华，成了身怀绝技的崖州织女。她晚年从古崖州返回上海松江乌泥径，"南艺北传"，在淞沪大地传播与革新崖州绵纺技艺，将源自崖州的棉纺织技术，嬗变成"衣被天下"奇迹，获尊"中国纺神"，升华为体现中华文明与创新进步的精神文化。黄道婆是中国古代勤劳智慧妇女的杰出代表，在崖州与淞沪大地留下迷人故事，美丽传奇。侧耳倾听，抱郭双流的宁远河水，依稀荡漾黄道婆与崖州姊妹浣纱磋艺的盈盈笑语，吉贝葱笼的南山麓下，似犹回响黄道婆日夜巧纺精织的机杼声声。而今，一座光扬地域文化特色的"黄道婆纪念园"，正在崖州南山的美丽乡村肇起。留住记忆，春风化雨。"黄道婆文化"将在她的第二故乡，衍化成激励新时代崖州儿女锐志创新的精神财富。

崖州，在你古韵悠扬的景象中，我听到了"中原与崖州"的历史奇缘佳话。款步水南村，瞻仰"盛德堂"；踏行保平村，沐芳"毕兰溪"；探访旧芳踪，凭吊"五贤祠"……历代"谪宦贬官"从帝京飘零而来，委身天涯，结缘崖州，在这包容厚载的"海外奇甸"，留下宰相风度、大将风采、儒臣风雅，留下了经久回响的历史传奇。

古崖州地处遐荒天涯，"炎州此去更无城"，为"天下第一偏僻"，因之成为封建王朝贬谪相将重臣的流放之地。据文献稽考，唐宋元三朝，被贬谪到古崖州的中国历史文化名人30多位，其中有7位是彪炳史册的当朝宰相：唐代的"忠谏名相"韩瑷、"千古良相"李德裕、"传奇宰相"崔元综，宋代的"开国名相"卢多逊、"爱国名相"赵鼎、"才智宰相"丁谓，元代的"鲁儒汉相"王仕熙。此外还有：唐代为新疆统一大业建立勋功的东厥族"可汗"阿史那献、拥兵反对删立武皇后的唐太宗第九子李灵夔，北宋结交宰相张商英受株连的著名诗僧惠洪，南宋不避钺斧誓与奸佞不共戴天的爱国名臣胡铨、大义凛然壁书斥责秦桧投降卖国的太学生张伯麟，元代受"两都之战"祸及的世袭"云南王"帖木儿不花……崖州历史上"贬官文化"，续写着中国历史大事件，凸现地域人文历史独特光泽。

"唐宋君王非寡德，海南人士有奇缘"，悬挂在海南五公祠的这一楹联，洋溢海南"贬官文化"的历史意义。崖州士民有奇缘。透过历史烟云，你会看到众多走进古崖州的历史名人，以乐观旷达之志，在崖州大地敷扬中原气象，传播儒家文化，开化世风民俗，濡育耕读诗礼，留下华美诗章、芳踪胜迹、传奇佳话。李德裕流落"毕兰村"，肇开保平历史文化名村，以一曲荡气回肠的《望阙亭》，留下"江山似恐人归去"的千古遗爱；赵鼎面对奸佞秦桧胁迫，以死抗争，在水南村裴氏义宅，留下"气作山河壮本朝"的正气忠魂；胡铨寓居崖州八载，以"肯认山家作本源"的心志，传经讲学，礼爱民生，筑"洗兵亭"诱导黎汉民族亲和，辟"逸贤峒"与士民车笠交游，题"盛德堂"褒扬恤忠大义；卢多逊两首深情的《水南村》宰相诗，描摹了"珠崖风景水南村"历史真容，成为歌赋崖州善美风情的千古绝唱；王士熙以台阁诗人的睿智，肇开"崖州八景"，赋予崖州山川风物诗情画意，升华了崖州乡愁意象，其神思妙笔点化的"鳌山"，千百年来成为激励崖州学子鳌里夺尊的吉祥拱向；丁谓在贬所克己思过，以诗教化，启迪民智，遍访名香，写下为崖州沉香立传的中国香文化开山之作《天香传》；惠洪以"天公见我流涎甚，遣到崖州吃荔枝"之禅机妙趣，极赞崖州天珍素封之丰饶……一曲曲"中原与崖州"的奇缘佳话，为崖州注入了谪迹生香的历史文化底蕴。

崖州古韵悠，古城故事多。更多的历史人文幽胜，等待着人们的探觅追寻，掘现升华。而今，披挂两千年历史风采的新崖州，跨入新时代，迎来新机遇，正全域打造面向世界的崖州湾新城。在这一横空出世的自贸区规划建设蓝图中，留住了三亚城市记忆和历史根基的崖州古城核心区域，崖州历史文脉将在城市创新发展中得到传承与升华。

"古韵崖州，自贸新城"，正成为昭示崖州新辉煌的亮丽名片。

梦回古崖州

吴　强

三亚，向西 80 里。

我登上那座古城墙，墙壁斑驳，沧桑依然。我仿佛看到了一个肆意奔跑的身影，渐渐远去，最后消失在光阴流转的纵深里。

无论怎样的姻缘际会，都是生命中一段冥冥之中的约定。那个午后的阳光，我踱着步子，指尖划过斑驳的墙壁，穿越时光隧道，耳畔传来"年华如水，匆匆一瞥，多少岁月，轻描淡写"的词句，用儒雅沉静、气宇轩昂铸就的一方天地，让我感受到的是原始般的自然和淳朴。历经风雨侵蚀，仍旧殷实恢弘，崖州学宫从修建至今朝拜者一直络绎不绝，香火鼎盛。这里遵圣道而振文教，儒风浸润。整座学宫坐北朝南，宫殿式建筑对称组合。学宫取鳌山之鳌头为拱向，沿孔庙"圣殿"中轴线上由南向北直线排列，主体建筑有大成殿、大成门、东西庑、崇圣祠、明伦堂、棂星门、泮池泮桥、名宦祠、乡贤祠、忠孝祠、节义祠、尊经阁

及万仞宫墙等，造型富丽堂皇，庄严肃穆。祀典释奠完备，学制学规健全，是实行国家祀典礼制的中国最南的州级孔庙，为明清两朝海南岛南部的最高学府。儒家的文化几乎影响到了所有华人所在的地方，甚至有了"无礼不成中国，无祭不成华夏"的风俗。崖州古城历代士民依托崖城孔庙，尊孔崇儒，兴学敷教，仁风和畅，善俗日兴，贤才辈出，古崖州因之享"海外邹鲁"之美。2013年，经国务院批准，崖城学宫列入第七批全国重点文物保护单位。这是一座可以让人遇见缘分的建筑。我只知道，那个洒满阳光的午后，透过古朴的白墙青瓦，我读懂了它的心思，独自站在泮桥上，邂逅午后斜阳的一剪流光，这便是我梦境中的古崖州。

一座建筑便是一座城。崖州之于孔庙学宫，如儋耳之于东坡书院。于我而言，因为结识了东坡书院，我爱上了那个"书声琅琅、弦歌四起"的琼西名城；因为爱上堪称"天涯第一圣殿"的孔庙学宫，我走近了崖州古城。崖城在古时是一座规模较大的坚固城池，而现在则是中国最南端的古城。崖州古城世称"诗礼之乡，文化重镇"，是目前三亚唯一的历史文化名镇，现存的历史文化遗产包括省级文物保护单位——中国最南端的孔庙崖城学宫，市级文物保护单位盛德堂、广济桥、迎旺塔等13个，以及书院、公馆、会馆、庙宇、名人故居和主要明清民居50多座，如鳌山书院、三姓义学堂、何秉礼故居、廖永瑜故居、孙氏宗祠堂。这些历史久远，只存在于记忆中的建筑，却被崖州古城保留了下来，实属不易，让人感慨岁月变迁，世事沧桑。

走进崖州城内，那来自俗世的烟火气息弥漫在古城的清风中。随处可见的是古民居建筑群，那建筑外墙的颜色分明诉说着经历过的历史和故事。每一个街口转角，那丝丝缕缕的感觉也在发生着微妙的转变。崖城有着深厚的文化底蕴、丰富的文物资源和淳朴的民俗民风，历代的文人墨客、圣贤学者、达官名流的流配谪居，为崖州古城的兴盛，注入了浓郁的文化氛围。

那是一条深邃悠远的巷弄，古城人亲切地称它为"臭油街"，所谓的"臭油"其实是由当地的海棠树上的海棠籽提炼而成的海棠油，主要用来点灯和给各种轴承作润滑用的。在出售的时候，会飘出一股臭臭的味道。这眼前的巷弄，不悲亦不喜，静静地沿续千年不变的味道，到今生依旧让人津津乐道，变的是年轮，不变的永远是古城人传承的情怀。

远处传来富有节奏的打铁声，随声而至，一位老铁匠挥汗如雨，用那双布满茧子的大手去铸写过往时光。如今，很多年轻人都去城市里打工了，一些民间的手工艺渐渐消失，可老铁匠痴心不改，用余生去拯救传承。那一刻，我们静默相对，眼前这一幅动人的画卷渐次展开，仿佛在诉说着属于它的寂寞，而我愿意成为那个用心读懂它的过客。

这是一渚弯弯流淌的河，古城人谓之"宁远河"，一方水土养育一方人，古城人的母亲河用千年的爱哺育这片土地。阳光下，河水缓缓流淌，滋润万亩良田，四季瓜果飘香。河的两岸，是古城人的心灵家园，前庭、后院、菜园、农田和果林构成古城人的"庭院园田"。站在露台上，凭栏俯瞰，一派田园风光尽收眼底：从脚下的农家小院、蔬菜花园到老树下的休憩区，还有令人舒服的空气。

每一个季节，有不同颜色的花果蔬菜。一年四季，也有不同时令的色彩搭配。耳边有鸟啼、蛙鸣、蝉噪，蜜蜂的嗡嗡声，还有飘香的菜花……呵，还可以到小溪里摸螺蛳，到水田里捉泥鳅，童年的记忆，不论对大人、小孩或老人，都散发出生命的光芒与活力。

回到梦中的古崖州，站在宁远河边，看天空飘浮着朵朵流云，槟

椰树随风摆动，静静地走进稻花丛中，蜂蝶在我的眼前轻舞飞扬。那瞬间，我恍惚看到了那双如河水般清澈的眸子，我们相视而笑，沉默不语。这不是梦境，古城的深处，在满墙斑驳的痕迹中，可以让人感受到岁月的真实。我来了，崖州古城，因你的往世，我读懂了你的今生。

三亚向西 80 里，那就是崖州城。

崖州印象

陈妹女

　　清晨，阳光明媚，走进崖州古城，仿佛穿越了时空隧道回到了崖城的过去。这里有古老的街道，参差不齐的宅子，高耸的迎旺塔，斑驳的城门，还有居住在古镇里朴素的人民，路边五颜六色的小花朵，这里看起来破旧不堪，但也遮掩不住它过去的繁华。

　　第一次走进古城，走进骑楼街，便让人陷入往事之中，无法自拔。骑楼的建筑具有独特的南洋风格，楼层不高，都是两层或三层的楼房，正面一楼都有一道宽敞的走廊，可避风雨，防日晒。古城的面积不大，但是路边有很多指示的路牌，比如说"东门街""臭油街"，是不是觉得这个"臭油"的名字听起来很有趣？

　　看到如此朴实的名字，勾起了我一丝的乡愁，记得老家那边也是有一些古怪的村落名称。因为觉得有趣，还特意去了解"臭油街"这个名字的由来。所谓的"臭油"其实是当地海棠树上的海棠籽提炼而成的海

棠油，这种油主要用来点灯用的。记得小时候家里穷没有钱装电灯，一到晚上，阿爸阿妈就会点起煤油灯，当火燃起的时候空气中会弥漫着一股臭臭的味道，难闻得很。古镇的居民说，以前有很多卖海棠油的商家聚集在这条街出售油，每天这条街都飘出臭臭的味道，久而久之，人们就给这条街命名为"臭油街"。一张路牌都有它的历史由来，更何况古镇里的一砖一瓦。

古镇里的街道不长，走在这里，穿过一条条街道，可看到高高低低的老宅子，参差不齐，杂草丛生，幽暗凄迷。有的宅子已经坍塌荒废，有的残垣断壁，早已人去楼空。现保留下来的民国时期的建筑物基本看不到中国传统建筑的元素，基本上都是具有古朴典雅风格的西方建筑，看着这些曾经无比精致的建筑，不得不让人感慨岁月的变迁、世事沧桑。古镇里有些屋子看起来并没有人住，但是门前依然贴着福字，还有门神，左右两边的柱子还贴有东成西就的贴纸，不止一家，古镇里家家户户门前都有这样贴，我想这应该是古镇里的风俗吧！还有很多老宅子的一层都作为商业店铺，卖吃的，修车的，卖食用油的，还有摆在家门前卖旧杂志和录音带的……许多小店铺前的牌匾上的繁体字迹早已模糊不清，但老板也没有换掉，我想老板也是个怀旧的人吧。经过岁月的洗礼，这些古老的建筑早已失去了昔日的辉煌，但每一栋建筑，一砖一瓦都记载着过去每一个家族的故事，它们是无言的历史，成为人们心中永不磨灭的历史。漫步在古城的街道上，静静地用心去体会，方能真正感受到这里的风土人情。小猫小狗在家门前嬉戏，看到过往的陌生人还会摇摇尾巴打招呼，可热情了，感觉特别亲切，就连那路边的花朵都让人着迷，忍不住想摘一朵，感受它的芳香。看着古镇的那些充满记忆的旧物，想象着过去行人和街道上车水马龙的样子，让我难免产生时光倒流的错觉。崖州古镇，这个让人流连忘返的地方，值得每一个有怀旧情结的人来探索、发现、感悟。

午后的古城街巷相对安静，三三两两的阿婆拿着蒲扇坐在家门前有说有笑地聊天，仿佛在诉说着旧时的往事；也有拿着旧音响的老爷爷，躺在自家的木椅上翘着二郎腿哼着小曲，悠然自得。我想这应该是他们现在的生活常态吧！爷爷在世的时候也总是喜欢随身带着他的小音响，偶尔和他的那些老友坐在树荫底下对唱，一唱就是一下午，我们那边管它叫"山歌"。我虽然听不懂，但我却看到爷爷和他老友脸上露出洋溢的笑容，是快乐的、无忧无虑的。古镇街道里还有在家门前下象棋、在树荫底下边喝茶边打牌的叔叔，感觉他们并不是很富裕，但他们享受当下的生活，似乎这样的生活方式早已是他们的生活常态，悠然自得。

古镇的街道随处可见电动摩托，两个轮的、三个轮的，男女老少都会行驶。这里貌似没有出租车，我想电瓶车应该是他们最普遍的交通工具了。据说价格也不便宜，起步价5块钱，路途远的价格也就更高一些。不过这也是为了生活，他们也没有办法，载客也算是一份不少的收入。

走在大街小巷中，除了看到那老去的房屋，我还发现房屋门上挂有历史悠久的老物件——八卦镜、大花镜。这些东西早就远离我们现在的生活，但在崖城古镇却随处可见，实属难得。徘徊在古道里，心想这座小城到底还有多少不为人知的过往。

在崖州的大街上，可以望到镶嵌在城门上方的"文明门"的匾额。穿过斑驳的城门，便是崖城学宫所在。学宫又称"孔庙"，中国很多地方都有仿曲阜孔庙而建的学宫作为文教场所，但这里却是中国最南端的孔庙。几经迁移、重修，至今已有几百年的历史，岁月的风雨洗礼

之后，学宫依然显得那么严肃端庄，容颜不改。学宫的主体建筑有大成殿、大成门、棂星门、东西庑、崇圣祠、名宦祠、乡贤祠、尊经阁，还有照壁墙性质的万仞宫墙等。学宫庄严肃静，造型富丽堂皇，规模宏大，环境幽雅。它是崖州人文气息和古老文化最好的见证。

感受了骑楼独特的风格，目睹了学宫的华丽，我们也顺便去看看崖州古镇唯一保留下来的宝塔——迎旺塔。

在崖城城西小学，从学校边的一条小路进去，前行大约100多米，就可以看到一座7层八角的砖塔。走近细看，会发现塔身有些倾斜，所以迎旺塔也被人们称为"崖州斜塔"。据说崖州原本有3座塔，但其中2座早已被毁，唯独这迎旺塔尚存。迎旺塔高有7层，每层楼檐都是呈八角形。塔形往上逐渐由大到小，塔里中空心，不见登塔所用的梯台之物。因为常年缺乏管理，无人打扫，塔内已浸水下陷，塔外则青苔层积，显得暮气沉沉。迎旺塔虽有倾斜，但整体结构还算坚固。想想看，海南每年都有强烈的台风登陆，历经多年风雨的考验，迎旺塔依然能够高耸不倒，是不是有些神奇？真不愧为"海南第一塔"啊！

崖州古城的每一处都有它独有的风情。这里，我不想过多渲染崖州古城有多美，只想去表达自己的见闻与感受。当然，也希望你将来有机会来崖州了，不妨带着一颗好奇的心去感受它的独特魅力。

一次穿越灵魂的对话

诸葛莹莹

　　即使在 2018 年的 10 月，我有幸参加了三亚市作协组织的采风活动，目的地是中国最南端的孔庙——崖州学宫，它是赫赫有名的"天涯第一圣殿"。

　　在采风之前，在老师的提醒下，我查阅了有关崖州的一些资料。采风活动，假如只是走马观花地浏览一遍，未必留下什么印象，更不要奢求什么春风化雨、发人深省的"动心"效果。

　　从喧闹繁华的市区出发，沿着环岛高速，西行不到一个小时，我们便到达绮丽古朴的崖州学宫。虽然只有一个小时的距离，我却仿佛落入了另一个时空，进入到另一个世界。久远的文化遗传因子忽然被点亮了，古代文化那种金碧辉煌的想象仿佛闪烁了一下。但，也仅仅是微弱的光茫。我们一行人进入学宫，仔细地探寻这个古代文教圣地的遗存，穿行在这座古代宫殿，仿佛展开了一场灵魂的洗礼。

宫外的下马碑看起来只是拙朴的石碑，上面一句提醒的话"文武官员至此下马"看似平淡，但这简单的一句话却将无声的威严感传来，想象中——仿佛看见宫殿外排着长队的文臣武吏，他们敛着呼吸正冠振衣、缓缓行来；仿佛看见意气风发的学子褒衣缓带，郑重其事地穿过棂星门，驻足泮桥，压抑住"思乐泮水，薄采其芹"的欣喜，他们正寂然虔诚地注目着大成殿。

大成殿内依然遵行旧制陈列着孔子和"四配"之子的圣像，还有十二哲人的牌位。香炉中青烟袅袅，供台上烛火明灭，却已物是人非。昔日热闹不再，如今门庭冷落，来参拜的人寥寥可数，来问礼的人已经不见。佾台空空，似乎还有华丽庄严的佾舞飘渺在虚空。祭器祭乐还在，却再也难以奏响那春风化雨的清音。

东西庑廊环绕着大成殿，祀祠祀堂左右对称分布在庑廊上。行走其中，就像走在历史的画卷里，辉煌的篇章一一展现在眼前：唐代高僧鉴真留下珍贵的佛教经典，圣僧东去了，却将他求取真经、普度众生的慈悲留在了岭南，留在了崖州学宫这曾最具教化之力的圣殿里；布业始祖黄道婆回归故乡了，却将崖州所学融汇于纺织技艺之中，用她的巧手，结合黎族人民的智慧，创造出"乌泥泾被"的光彩；更有智勇兼备的冼夫人；博学守志的钟芳……他们传奇的人生故事就描绘在布画石偈之上。他们中有能臣，有巧将；有大儒，有高僧；有巾帼英雄，还有襟怀丈夫。他们的故事向我们述说着何谓传承、何谓发扬：即使是在最偏远最荒芜的地方，我们的传统文化和民族精神也曾深深传递、璨然绽放。他们的故事给这刻满风土景观图谱的庑廊增添了亮度和色度，使得历史的印记鲜活起来，见证着崖州学宫尊孔崇儒、兴学敷教的作用，也见证着崖州古城仁风和畅、"海外邹鲁"的历史风光。

从崖州学宫出来，我们坐在返程的车上。我讶然不已：原来仅仅花费了一个小时就走遍了整个宫殿，在穿越想象中与古先贤默语了几句对话、对视了几眼学问。

晃晃悠悠，车子启动了；恍恍惚惚，我的心却留在了学宫的重檐庑顶之上。只有站在那九脊的高端，我才能看清：现代崖城的古朴典雅已被新潮激进渲染，一半是庙宇寂寞，一半是商铺繁华；只有站在那历史的角度，我才能发现，古代崖州学宫的邹鲁之音已嘎然而止，我们这一代的大学学子与传统文化的联系岌岌可危。就像脐带是婴儿与母亲之间的联系，它的每一个细胞都将母子的血肉相联。传统文化就是祖国母亲与我们这些新一代学子之间的精神脐带之一，它的一端维系着民族昌盛、自强不息的国家命脉，它的另一端滋养着中华儿女厚积薄发、鸿途大展的赤子心怀。

离开崖州学宫，从绮丽古朴的庙宇宫殿到喧闹繁华的市区，返回去的车行也只有一个小时，这是一次短暂穿越的灵魂对话，穿越的两边——被它分隔成不同的场景，一边是古代崖州的文化昌盛，一边是现代崖城的物质繁华。这同一个地方，驳接了不同的意志和场景，从原来的政教文化中心到现在偶尔怀古的休闲小镇：被它分隔开的，不是寰宇的内外，而是华夏九州对儒家文化的容纳与推崇，是当今时代孔庙学宫的淡然与疏远；被它分隔开的，有我们浮躁生活与宁静心灵的背离。

骑楼，记忆深处的似水年华

黄跃艺

穿行在崖州古城的大街小巷，形形色色的古民居总能让游人驻足。作为中外结合的产物——骑楼，其独特的南洋建筑风格不仅承载着崖州人的心情往事，更以其深厚的文化积淀，承载着一代又一代崖州商人的家族记忆。

骑楼作为一种典型的外廊式建筑，其历史渊源最早可追溯至大约2500年前的古希腊"帕特农神庙"的柱式外廊。那种两层以上出挑、下面以立柱支撑、多幢房子连缀而成人行长廊的南洋风格，以其能避风雨挡炎阳，被下洋人带回故里。因其实用性强且美观，得到大力发展，一座座骑楼相连，逐渐联成一条骑楼街——崖州的骑楼街。

徜徉于骑楼街不太宽阔的街道，你会瞧见小商铺门口摆放着的茶具，有赤着上膊的阿公，手摇蒲扇，坐在街边饮茶，旁边的阿嬷蹲坐在石门槛上，低头分拣菜叶与菜梗。透过门廊，可以看到店铺中琳琅满目的小物件，而对面不时传来的几声吆喝，则共同勾画出了一幅崖州街市生活的淳朴闲适。

看着这悠闲质朴的生活，一股乡思在心头涌动。遥想故乡闽南的骑楼，小时候的生活图景仿佛昨日般历历在目。白天，在骑楼门廊之下的地板上和三五玩伴弹弹珠；晚上，三五成群的玩伴，利用柱子玩玩捉迷藏。当然，小小的恶作剧是难免的，比如偶尔在柱子下撒泡尿。这种美好的童年让人沉醉，久久不能回到现实。

来来往往的行人和各种车辆的响声，让我从回忆中回到现实中来。临近中午的崖州骑楼街，商铺热闹的吆喝声已变得稀疏，取而代之的是楼上妇人手中刀在砧板上游走的嘭嘭嘭响声，不久锅铲的碰撞声响起了。循声抬头看，阵阵饭菜香从富有年代感的木窗中溢出，直达你的味蕾，那种感觉令人回味。哇，这是要吃午饭的节奏了！

离开这里的诱人香味，我移步前行，转个弯，又是一条南北走向的骑楼街。虽相隔只是一个转弯，可是这条街的风格却与前不同。首先映入眼帘的是大小各异的广告牌，花俏的颜色遮蔽了古建筑的窗栏镂刻。现代元素的装修也使古骑楼出现了新的变异，原有的那种朴实风气，被浓重的商业色彩替代。店铺里面各种服装、饮食等，代替了原先琳琅满目的小物件。甚至，有些破旧的骑楼已被拆除改建成时新的欧式建筑。我很不解，这究竟该算是古骑楼的与时俱进，还是历史建筑的日渐没落。带着心中的疑惑，我忐忑地继续前行。

在另一条古街前，我看到街旁立了块石碑，刻着"民国骑楼建筑"。但是，所谓的民国风似乎已经消逝，遗留下的仅仅是一些未被拆除的民国骑楼建筑躯壳。看着那些遗留的几座骑楼，它们大多斑驳残损，墙面剥落，花饰残缺。崖州古骑楼的没落衰败，昭示着此地文化传承的断

裂，或许还有传统历史的消失湮灭。

太阳带着余晖向西坠下，古老的街道慢慢镀上了一层光辉。这里骑楼的古旧，不仅承载了遥远的时光印记，也给后人留下了几许古老而质朴的海派风味。夕阳西下了，这历经百年沧桑的骑楼街道，继续喧嚣的是市井人气，而历史则仿佛在傍晚昏黄的路灯下渐渐褪去曾经的华彩。

天空渐渐被夕阳染成了金橙色，余晖映照在一位老人沧桑的脸庞上。那老去的皮肤不再平整，沟壑中流淌过的是岁月的长河，他那泛黄的皮肤上一定是积攒了数十年的光热。他静静地注视着自己从小生活的这条老街：在这条街上，他曾经见证了岁月的繁华，也曾目睹过苦难沧桑。老人眼神空洞，仿佛在寻找着记忆里熟悉的热闹与繁华，那些洋溢幸福与快乐的似水年华。

思绪，如前尘往事般穿越崖州

蔡贝贝

题记：历史并不是一个轮回，即使有惊人的相似之处，也不是过往的拷贝或翻版。

2018 年的 11 月，北方已经是萧瑟秋天的季节，我却在三亚的艳阳里、在崖州的大街小巷、在一个特定的时空里，穿越心情往事。

当我小心翼翼地踏上这块向往已久的土地，崖城，就像是尘封已久的古旧往事，从雪藏在岁月厚重的氤氲下冒出来与我相遇。

那些攻城拔寨战火硝烟味儿仿佛在低矮的树梢萦绕，而不知是因为眼前仅存的岩岩铁壁、深濠高墙的文明门，还是大成殿外已经有些残破的宫墙，使我无法自由前行，只得驻足观望。

穿梭在文明门廊道的微风轻拂起我的眼帘。眼前，老百姓为生活辛苦奔波排着队出城劳作；耳畔，百姓们在市集摊贩吆喝声的此起彼伏中

穿梭。

文明门的不远处，即是大成殿。殿中，屋宇华美森严；殿侧，铜像威严站列。在阳光下，大成殿的门像个黑洞，它把我吸引进到了殿内。殿内的东南侧，一角木架上的编钟正静伴着殿正中的至圣孔子。我轻轻地抚摸它们，仿佛看到了几位轻盈的小侍女，手拿小木槌敲打着乐器，而悠扬悦耳的编钟乐声盈耳，令天子诸侯圣贤沉迷其中……

哎呀！肚子"咕噜"响，风儿席卷着我的小心思悠悠地来到了骑楼街。来往的三轮车和摩托车使狭窄的十字路口显得更加拥挤，我不得不后退到各商铺门口。那些打赤脚坐在自家门口择菜的阿婆，一壶小茶就能下一天棋的伯伯们，让这些写着"打铁街"和"臭油街"的字牌有了灵性，而岁月的往事在这些特殊的字牌上浮光掠影，乍然惊现。我徘徊其中，仿佛流连在历史曾经的岁月。孩子们阵阵铃铛般响的笑声传来，让历史的回忆如梦初醒。

我像一个刚出生的娃娃乐此不疲地东瞧瞧西看看。拐了个弯，又见一条骑楼街。一股浓郁又熟悉的香味，猛然冲进我的鼻腔。我四处观望寻找着嘉肴美馔香味的来路，入眼的是一栋栋多半腐朽的临街小洋楼。那孤独地矗立着的岁月雕饰，朴素无华；身旁刚建的新式楼房，极尽华美。古旧的骑楼、新建的洋房和绚丽多彩的广告牌，混杂交错在一起，色调显得格格不入，可它们竟然就这样存在了，而且亲密地肩并肩，像一对相互依偎着的不般配的情侣。呆呆地凝望着仅剩的几栋被人们用铁皮保护着的小洋楼，那墙体廊柱斑驳残破，木门板受潮而腐蚀发黑，完全没有谁来修缮粉饰，朴素无奈中尽显沧桑。看到此情此景，我仿佛看到海南人在闯南洋发达之后，携带着血汗钱和南洋新思想衣锦荣归，带着乡邻们一起改造家园的热闹场景。如今，穿街而过的行人和车辆，几乎没有人停下或者缓缓驶过望一眼，时不时给我一种空落落的感觉。现实，历史，仿佛就在一瞬间接通了。

在崖州，我没有想到自己的心情变得沉重起来。抬眼望，街尾是斑驳陆离的光影，而另一端则是来来往往的车水马龙。历史的沧桑，现实的凝重，让我有恍如隔世之感。

且不说这仅剩的毫无粉饰的骑楼多么富有陈旧感，单是想到它即将被现代化元素湮没，就已足令我心彷徨了。现在，旁观前尘往事一般的我，在这渐渐褪去历史尘埃的街道感慨万千。怀念是没有什么用的，可我又能做点什么呢？

怀着小小的失落，我的思绪进入下一站——保平村。

此时，阳光格外明媚，均匀地撒落在保平村落幽深的古宅。如迷宫般的小巷，左转右拐；灰砖瓦房，各种热带果树时时伸出院墙，仿佛是在向人们诉说着什么。最显眼的是芭蕉叶和诺丽果树，在青砖灰瓦的古村落衬托下，青翠欲滴。骑着三轮车和摩托车的村民，是古村一道流动的风景，他们偶尔向我们投来好奇的目光，正如我看古村落的目光一样好奇。这片明清民居周边新建的楼房，正以迅猛的趋势遍布古村落。新老建筑竞相出现在我的镜头中，让我的视觉因失去寂静的原始画面而疲倦。

一日长于百年。昔日文化繁荣的崖城，一步步牵引着我的向往，在前尘往事中吟唱着同样的歌。

岁月，继续繁衍着它的不朽梦想；崖城，被历史穿越成一个经久不息的符号。

沉默的保平村

郝晓宇

　　他们都去海边了，我大概也想去。想去乘一朵浪花，让思绪在大海上飞洒；想去借一缕海风，让诗情扶摇直上奔腾在云汀里。可思绪的鳞爪还没有张舞、诗情的宣纸还没有铺展，我便被老冯头揪着耳朵拖到了泥泞的小路上颠簸。

　　他们都去海边了，大概都见到了拂过海平面的风了吧？那风是什么味道的呢？也许是甜的吧。不！此刻一定是涩的，一定是带着一股子鱼腥味，一定……

　　"乓！"我这闪着明光的脑门狠狠撞在了同样闪着明光的玻璃窗上。这恼人的小路，无情的铁盒子！硬生生剪断了我的思绪。

　　为了躲避老冯头玩味的目光，我轻轻揉了揉脑门儿，急忙把目光偏向了窗子。可谁想到这一声轻响不但引来了老冯头的嘲笑，居然还惊起了路旁几只不知名的小鸟儿！正当我尴尬的不知道要将自己藏到哪儿时，一片云海从天上跑进了玻璃里，那洁白如婚纱的颜色让我不禁陷入幻想：我幻想着这铁盒子生出了一双垂天的翅膀，化而为鲲鹏，飞驰在云汀里，那时一定能溅我一身的云泥；那时的我会不会在云泥里打滚呢？又会不会用云泥给老冯头编一双马尾呢？

"小朋友，下车了！"我转过头来，对着老冯头笑了笑，并在他默默摸脸的时候，下了车。

这可能是我这辈子见过的最平坦、最笔直、最宽阔的一条水泥路了。笔直到让我想起了梁任公先生的几句话："顷在罗马，与古为徒；现代之意大利，熟视若无睹。"这浅白色的水泥，承载得住几分古韵脚呢？也许可以吧！也许1000多年前，李德裕就是走在这条水泥路上行吟的也未可知。正当我穿梭在唐朝时，远处，小贩几声若有若无的吆喝声把我的思绪拉了回来。

于是我沿着横斜的树影，继续踩着李德裕曾走过的水泥路走进了民歌传习所。可它真是安静啊，静的我十分不适应，静的我仿佛可以听到自己的呼吸声。看着传习所大厅里两边遗留的用古文字记载的民歌，我缓缓闭上眼。我看见了两三个扎着小辫儿的孩子在草地上奔跑，我听见了他们用那不知名的语言传唱着民歌。我虽然听不懂，但是却隐约看见了那一个个音符化作了一只只鸟儿漫出了天际。

它真的好安静，安静得让我忘记了自己在这片草地上究竟走了多久。直到我听到了一句"保平村人特别重视文化"，我才从民歌声中醒来。"据说保平村古代的读书人写完的纸都不随手丢弃，而是会把它们收集起来为他们举行一场'葬礼'。那烧纸处，他们称它为'书纸塔'。"作为一名假文人，我被他们虔诚的信仰震撼了。敬仰之情驱使着我急忙问道："那'书纸塔'现在在哪儿？"我忘记了他对我说了什么，我想要

是我早来海南早来保平村五百年，那时我一定会正襟而立，面对着"书纸塔"缓缓做一个天揖。

当我们再一次踏上了那条平坦的、宽阔的、笔直的、十分扎脚的水泥路时，我知道我们又将要跟着它去惊扰另一方天地了。

"砰！砰！砰！"我轻叩着历史的年轮，惊醒了这一方天地的精灵。那年老的狮头还像一块顽石一样执迷不悟，看守在那破旧的泛着霉味儿的木门上；它的牙齿上满是斑驳的铜锈，岁月的留痕让它再也没有了百年前的那种呼啸天地的威慑力。我静静地听着自己的呼吸声，悄悄地走进了张家宅。

在海南，我们从来没有经历过秋冬，可在这空旷的院子里，我却看见了满地的秋色。我站在门口，看着无言的屋脊兽默默注视着破碎的青瓦，几百年的陪伴啊，却被秋色斩于马下。可屋脊兽依然无言，不是它薄情，而是它也在害怕，它也畏惧那所向披靡的秋色啊！所以，它缄默。柱底的青苔也早已耐不住了这萧瑟的秋风，它努力着、执着着这方天地外的春景，可它实在是脆弱，爬了两步却流下了一片青色的鲜血。这倒好，又给秋色平添了几分战果。

忽然，一股强烈的不适席卷了我全身，我急忙丢下所有人跑出了门外。我不敢走远，失魂落魄地瘫坐在张家宅的门口。一朵火红的云黏在了我的眼角，如果在平时，我一定会想："那光与影的错落与交融是哪位印象派大师的手笔？"而今天，我却抱着双臂在春天里残喘。

微风拂过树影，我轻轻地打了个冷颤，空荡的街道上，还有几只不知名的鸟儿在喧嚣。此时，一丝丝后悔的情绪在我的心里蠕动，我低头问青石板："你说此刻海边会是什么光景呢？是浪花在红藻里嬉闹，还是小情侣们在夕阳下拥抱？"它没有回答。

　　云海低垂，斜晖洒在了那古旧的木门上。这时门上的兽面衔环却不见了，我没有恐惧反倒是微微笑了笑——因为作为一个新青年，兽面衔环有和没有与我又有什么区别呢？

　　黑色的巨兽缓缓吞没夕阳，我忘却了水泥路上的斜影，忘却了民歌传习所里的歌声，忘却了"书纸塔"前的天揖，忘却了古旧木门上的执念，也忘却了天地甚至忘却了自己。

　　忽然，"嘶"的一声响起。只见远处那一点火光悄然飞起，整个保平村在我的眼里一寸寸断了生息。

美丽农民的玫瑰谷

徐国良

　　三亚乃至海南本无种植月季和玫瑰的历史。有个叫杨莹的企业家在三亚市委、市政府的大力支持下，带领一班人马从 2007 年 10 月开始，历经千辛万苦，试种千殊万苗，终于培育成功了适合三亚这一热带地理气候生长、种植成本较低、无须配套设施的系列玫瑰产品，并由公司给农民垫付生产成本，提供种植技术、花苗和肥料，首先鼓励吉阳镇大茅村农民种植了 60 亩，采花时扣除成本，每亩年均纯收入达到了两万元。该村农民高正才种了 8.5 亩玫瑰，一年收入 21 万元，平均每亩24700 元。这对于过去每亩地年收入不到 500 元的农户来说，真乃天大的喜事！

　　农民看到种植玫瑰的实在利益后，既坚定了种植玫瑰的决心，也坚定了发展美丽产业的信心——这种产业不消耗传统资源，不破坏生态环境，还能美化农民的生活，美丽农民的日子，是个物质、精神双赢的产业。于是，三亚农民自发成立了 10 个玫瑰生产合作社，在公司＋合作社＋农户的生产模式推动下，成功种植了黑丝绒、卡罗拉、戴安娜、影星、坦尼克、金奖章、芬达拉等十几个玫瑰鲜切花品种，100 多种盆栽和用于路政、街景等场所美化的丰花系列、藤本系列品种，彻底改写了三亚乃至海南从不生产玫瑰的历史。

经过不断实践创新，三亚农民热带玫瑰露地栽培技术达到了国内领先水平，受到中国月季、玫瑰界专家和国际玫瑰联合会梅兰主席的高度赞扬。他说，在三亚这样的热带地区能种出玫瑰花，是对世界月季、玫瑰种植技术的一大贡献。

当标示着三亚农民品牌的上等玫瑰花以每枝 3 元的价格，源源不断地销往上海及长三角地区花卉市场时，农民从广阔的财源中看到了种植玫瑰的光明前景，坚定了发展玫瑰产业的决心。亚龙湾博后村农民拿出2000 亩水渍地，通过抽沟、排涝、滤水、改良土壤等系列改造工程，建立了国内最大的玫瑰风情产业园。博后村农民除得到每亩地每年 2500元租金和年终利润分红之外，还有 300 人安排在玫瑰园上班，农民成了自己土地上的产业工人。

该园汇集了全世界 1200 多个精品玫瑰和玫瑰之王，农民无须走出国门就能看到法国、英国、美国、匈牙利、荷兰、日本等世界主要玫瑰生产国的精品玫瑰。每当村民走进玫瑰园采花时，那些大红、金红、紫红、枣红、桃红、水红、大黄、金黄、淡黄、乳白等夺目耀眼的玫瑰花，在他们眼前展现出一个色彩斑斓、千红万紫、美丽绝伦的玫瑰天地。仿佛天上的云、大海的浪，全都幻化成亿万朵玫瑰，簇拥、包裹着他们，使他们置身于玫瑰的仙境和天堂。农民在自己种植的玫瑰花的海

洋里放牧心灵，让生活与美丽共舞，让心灵与梦想欢歌，心中升腾一种从未有过的和谐、美丽、幸福之感，令原本满足于温饱、陶醉于小康的农民，渐渐萌生了建设美丽家园、美好生活新的自觉和自信。他们不再认为一日三餐吃饱吃好就是生活的目标，不再把目光放在眼前的土地上，不再把劳动单纯当作自我生存的事情。他们认为，能让自己生活得更加美丽，能用自己的双手为世界生产美丽，是比赚钱更快乐的事儿，不仅所有的玫瑰都会成为他们对世界和人类的微笑，而且全世界所有的微笑都会美丽成他们心中的玫瑰。当全球游人都能得到三亚农民献上的玫瑰芬芳和美丽时，三亚农民的心里美得像亚龙湾的大海，天天涛歌浪舞。

最早享受这种美丽生活的是青年农民情侣。他们发现，在自己的玫瑰园拍婚纱照，不用出远门，不要打车，不必花钱，用自己的劳动成果美丽自己，是最划算最爽心的事儿。后来，婚庆、广告公司，摄影、画家、自驾游者更是纷至沓来，热闹得玫瑰风情园天天像婆媳妇办喜酒一般。

玫瑰园的人们敏锐地捕捉到了创新产业的新途经。他们很快决策并报请政府和有关部门批准，把农民的玫瑰园打造成一个集玫瑰种植、玫瑰产品深加工、玫瑰文化展示、玫瑰婚庆、玫瑰餐饮、玫瑰旅游休闲度假等多种功能于一体的中国乃至亚洲最大的玫瑰生产基地和玫瑰文化主题景区。既使三亚农民用自己的劳动成果美丽了中国和世界，又让中国和世界看到了三亚农民发展玫瑰产业、建设美丽生活的精神风貌。游客来到亚龙湾兰德玫瑰风情园，在赏玫瑰景、采玫瑰花、拍玫瑰照、喝玫瑰茶、饮玫瑰酒、洗玫瑰澡、观看玫瑰书法绘画摄影展，采购玫瑰特色产品和工艺品时，不仅享受了万紫千红美丽玫瑰的浸润，还经受了绚丽多彩的玫瑰文化熏陶。

大美亚龙湾

孙令辉

赵朴初先生来过亚龙湾，那时的亚龙湾刚刚开发建设，大面积的坡地和沙滩长满荒草、荆棘和仙人掌，但诗人眼里的亚龙湾即是"桃源"："……层叠峰峦三面抱，沧海远，浅深蓝。杂花蔬果满田园，任君看，供君餐。且住为佳，此即是桃源。"

赵朴老是高人，先知先觉。如今的亚龙湾，远胜当年的"桃源"。光是那条进入湾区的林荫大道，让人恍若穿越时空隧道，走进一个斑斓的世界。

亚龙湾给人印象很深的是绿与蓝。三面叠翠的山峦，常年葱绿的树木，有了四季盛开的鲜花点缀，有了风格各异的宾馆酒店的映衬，亚龙湾因此更加生动与妩媚。亚龙湾的蓝是最有品质的。只要出太阳，亚龙湾的天永远是蓝的，海也永远是蓝的。在这里，"海天一色"不需要更多的旁注。有时候，海平面也会出现不同颜色，一半是海水，一半是火

焰，那是日出和日落时分的景象。而大多数的时候则是由近及远、层次分明的浅蓝、深蓝和墨蓝。绿与蓝相接相抱的海岸，一条长长的半月形海湾，细细的沙滩，暖暖的海水，轻轻的波涛，那是住店游客最喜欢去的地方。

我喜欢的亚龙湾，时光应该是懒散的、碎片化的。随心随性最好，莫负了一份闲情、一片初心。

找一个酒店住下，一杯茶，一本书，一张靠椅，一不留神一个半日就过去了。若不想待在屋里，海边是最理想的去处。脱掉鞋子在沙滩上随意走走，让脚板感受细软沙粒的抚摸，无波潮水的温润；穿着泳衣在清澈见底的海水里尽情嬉闹，让欢悦如浪花般在你身边绽放。白天，可以平躺在沙滩上晒晒太阳，闭着眼睛什么也不去想，让世间变得空无，让健康涂满你的肌肤。夜里，可以坐在深邃的苍穹之下，任海风抚慰，让心绪平静，聆听一夜的潮起潮落，遥望满天若稳若现的星辉。如果喜欢运动，可以去亚龙湾海底世界潜水、冲浪，在水上和沙滩上开摩托，领略海上激情带来的惊喜。

亚龙湾是三亚旅游景区最密集的区域，闲暇时间多了，适当在湾区内走走看看，愉悦一下闲情逸致，也能猎取书斋里不曾有过的一些收获。

探寻大海的秘密，就到亚龙湾中心广场贝壳馆。据说以贝壳为主题，集科普、展览等为一体的贝壳馆，国内独此一家。展出300多种贝壳，如被誉为活化石的鹦鹉螺、红翁螺，洁白如天使之翼的大西洋海鸥蛤，色彩绚丽的澳洲海扇蛤，酷似老人般负重的蚯蚓丛螺，南中国海的巨蛇螺等，皆为贝中之"宝"。视频循环播放着海洋鱼类、贝类和珊瑚等，给人展示了海底陌生世界。

　　与贝壳馆不同，蝴蝶谷则是一个陆地生态文化公园。一条山溪经年不断地从山上流淌而下，流出一个蜿蜒的溪谷，蝴蝶谷就建在两山之间。一张不锈钢式的大网盖过树冠，盖出一个偌大的蝴蝶园，成千上万只色彩艳丽的蝴蝶翩迁起舞，令人叹为观止。园内小桥、流水、古藤、老树、幽谷、鲜花，偶尔也会有蝴蝶飞到游人的头顶，停在游人的掌心。多可爱的小精灵啊！

　　喜欢浪漫际遇的，那就到玫瑰谷，到热带森林公园。在玫瑰花丛前留个影，在玫瑰园拍婚纱照，为至亲的人带上一盒玫瑰面膜、一瓶玫瑰精油、一包玫瑰饼，将玫瑰的娇媚通过微信与朋友分享，难道不是一种浪漫？《非诚勿扰》电影在此取了景，那横跨峡谷的吊桥，那建在山中的鸟巢，那山顶蓝晶晶的泳池，成了热带森林公园标志性景点，成了年轻人向往的地方。

　　亚龙湾诱人的地方还有美丽乡村。湾区内原有几个村子，都是纯黎族村庄。亚龙湾开发后，龙坡村整体搬迁至湾外，六盘村则就近搬迁安置在湾口，而原定也是要整村搬迁的博后村却没搬成，成了湾内唯一保存下来的原始村落，绿树成荫，生态宜居，乡风淳朴。但湾区内彩虹般建成的酒店和景区，让人们习惯仰望天空，而漠视了天底下还有一些村子的存在。

　　以前的亚龙湾，十年九旱，周边几个村子的农田遇到台风海水倒灌大都成了盐碱地，能种稻谷、番薯等农作物，但收成都不好，村民生活极其艰苦。亚龙湾有两个水塘，分别叫大龙塘和小龙塘，水面差不多有两个足球场那么大，即便旱灾水塘也不干枯。久旱了，村民便自发牵着自家的牛，拿着自家的祭品，来到大小龙塘，一边踩塘，一齐欢呼，面向龙山、面向山顶的大佛石祈求风调雨顺、五谷丰登。这就是博后村之

前名叫求雨村的由来。这种习俗一直延续到解放以后被当作封建迷信才废止。

故事是村里一位 70 多岁老人兰德光讲的。兰德光为本村解放后出去的干部，在工商局工作直到退休。他个头不高，满面红光，精神矍铄，虽然离开农桑几十年，如梭岁月却抹不掉镌刻在他脸上的农人印痕，相反愈老愈显十足地道。他跟我们讲了村里一些往事，末了还领着我们去现场指看大小龙塘。

面朝大海，春暖花开。这句诗用在这里特别妥帖，感觉就是诗人海子专门为亚龙湾写的。推进美丽乡村建设，湾区内两个黎村变化巨大，一些外出打工的村民返乡创业，或合作或独自搞民宿、开商铺、办农家乐，在家门口吃上旅游饭，日子过得有滋有味。湾区的旅游业态多了新内容、新服务、新保障。如今，一些住惯了大城市的，就想到乡村走走，在民宿住上数日，放慢一下脚步，放松一下心情，尝尝农家饭的味道。这叫返璞归真，回归自然，健康生活，共享亚龙湾的美景，乐享田园般的轻慢时光！

忆乡人

杜 光 华

　　三亚这座国际热带滨海旅游城市，早以蓝天白云、海水沙滩、椰风海韵、海岸风光著称于世。这些年来中外游客、老板和演员，百姓和公司职员，都拥到这里旅游和休闲度假。三亚湾、亚龙湾、海棠湾几十家星级酒店，都是他们的好去处。但是近两年来，又有很多人却厌倦了大城市和高级酒店式的休闲，他们去寻找一些乡野山村，农家山庄等回归自然的地方，找回年轻和儿时的感觉。在下塌的地方泡上一壶好茶，仰望蓝天白云、看着树林花草，回忆起自己的故乡和自己的童年。

　　前不久我们三亚作家协会组织采风活动，会员们大多是久居三亚的。我们也像外地游客一样，不去国际豪华大酒店、不去 5A 级风景区，而专程去三亚的乡村采风。当我们来到三亚市吉阳区博后村时，看到了这里一片美丽而幽静的民宿风情。其中一家叫"忆乡人"的客栈，给我留下了难忘的印象。

　　博后村在亚龙湾旅游度假区的西北角，沿着亚龙湾路进入到大转盘处右转行驶两公里，便看到了镌刻着"博后村"三个红色大字的石头。村中间一条马路，路南边是正在开发中的新农村合作社项目，一派美丽的田园风光和花草芳香扑面而来。路北边映入眼帘的便是一座座别致的民宿小庭院，每座院内都是姹紫嫣红、芳香浸人肺腑。

　　我们来到"忆乡人客栈"大门外，只见庭院是由花草墙围起来的，红色的大木门头上写着"异乡人客栈"五个大字格外醒目。进入院内，正面是一个非常漂亮的鱼塘，鱼塘边有一块大石头上，刻有红色醒目的"异乡人"三个红色大字。碧清的塘水里面养了很多金鱼，鱼塘面还有小木桥，给人特别幽静的感觉。放眼望四周，这座庭院占地约2000平方米，这么大的面积正适合做民宿客栈。

　　大门的左侧是一栋别墅式的三层小楼，我们进入一楼的接待总台，一位叫史文龙的负责人接待了我们。这个身高1.8米多、20多岁的帅哥，是个北京哥们儿，他便带着我们参观。在客栈总台的二楼外有一个露天大平台，那像个欧式风情小花园。阳光下的坪上摆着休闲的藤桌椅，还有辆别致的小滑车，几张摇摇椅、吊兰，四周的矮花墙上鸟语花香。这个小花园是白天可晒太阳、晚上可看星空月亮。

　　大门的右侧是一栋框形的三层楼房，高大的椰子树耸立在框形楼中的草坪上。有几个年轻服务员穿行在楼间打扫卫生，还有几个人在草坪上修剪花草。我们分头进入各楼层的房间，见客房内布置雅致、床铺干净整洁，毛巾被子叠放整齐且很有艺术感。卫生间内的大浴缸和喷头，看上去都是品牌产品。由此看出史文龙他们当初装修时，是精心设计并投入了大量资金的。

　　参观快结束时，我把史文龙拉到一边笑着问道："小史，你当初在北京怎么想到要来三亚呢？"他说："我是来疗伤的。"当时我一愣，他哪儿受伤了？一看这北京小伙，身材高大，帅哥一个，好像没有伤呀。但我马上就想到，是心灵上受伤了吧。我就笑着问他："你是失恋了才来三亚的吧？"他不好意思地抓了抓头皮没有正面回答我，我也就不再问了。但他给我讲起了他们创业的故事……

他们是一支来自北京平均年龄只有 28 岁的团队。2015 年底启动的第一个项目就是忆乡人亚龙湾博后村店，员工 21 人。首先，"忆乡人"这个名字有双重意义，代表他们主创团队，不论何时何地都不能忘了北京和家乡。其次，也希望天南海北的游客，到三亚后也能在此找到"家"的感觉。正所谓"同在异乡为异客，今时今日忆乡人"。他们之所以选定三亚市吉阳区亚龙湾，主要是三亚四季气候宜人，水果水产丰富，很多国际品牌大酒店都在亚龙湾，适合各层次的人们来这儿。这些年来，很多人已经不喜欢住大酒店，而喜欢接近自然又清静的乡村客栈。而普通百姓也因为酒店消费太高，而选择民宿客栈。民宿就是用亲民的价格，星级的服务与硬件和原生态的环境，可以给人以家的感觉。其三，海南国际旅游岛的建设步伐很快，每年来三亚的游客成递增式上升，亚龙湾又是中国最好的沙滩之一，从博后村驱车到海边只需要十几分钟。其四，做客栈就要做出自己的文化主线和特色，让它贯穿于布局、装修风格以及客人的直观感受。中国建筑文化博大精深，源远流长，他们只是选取当地主要的黎族文化要素，并加入中国的庭院文化，突出"自然"和"天人合一"。

他们与博后村签订合同后，史文龙带着他的这帮"90 后"哥们儿，配合装修公司，有时还自己当起了工人，流出了不少汗水，用了 8 个月的时间装修，按照四星级酒店标准配备，终于打造出了这座民宿客栈。

客栈运营了两年，没有亏损，还有点利润。他们当时在投资分析时，就考虑了利润与成本的关系，他们是从长远的观点考虑去做事业。现在他们的单间房价，在淡季可以卖到 300 至 500 元之间，在冬季可以卖到 2000 元，这帮年轻人看重的是事业的发展。

博后村是黎族聚居的村庄，这个村不到千户人家，总人口 3000 多人，土地总面积 7000 多亩，青山绿水，是个留得住乡愁的好地方。以前村民主要经济来源以租地、外出打工以及种养业为主。博后村委会结合自己的实际，充分利用独天得厚的优势，先后引进了亚龙湾风景高尔夫文化公园有限公司和兰德国际玫瑰谷发展有限公司，又带动了博后村民宿客栈的发展。

当我离开博后村，看到村前的玫瑰谷千亩花海时，心中便荡漾起浪漫的情怀。美丽亚龙湾海岸边的阳光海水沙滩和豪华酒店，与博后村这片花海和乡土田园风情民宿，构成了亚龙湾现在这幅浪漫与宁静、绚丽而多彩的风景画。"忆乡人客栈"是三亚吉阳区博后村美丽乡村建设和发展的一个典型和缩影，而博后村现在的建设和发展蓝图，又让我们看到了海南自由贸易区建设发展的未来和希望！

亚龙湾路口的潮汕村庄

萧　烟

　　这个村落如此地不起眼，以致人们走过路过，也只当作新移民占地乱建而拼凑起来的聚落，没有年代感。在三亚，这样的聚落其实也不少。历史上的三亚也往往是这样，不经意就在哪个当道的地方拼凑起一个个这样的村庄。

　　新红村，我以前确实没怎么听人说起过，但这个村庄的存在也确实超过了半个世纪。在三亚市吉阳区，传统村落绝大多数以黎村为主，新红村是吉阳区仅有的两三个纯汉族村落之一，见证了又一拨移民来到三亚荒郊，在筚路蓝缕中建造家园的历史。

　　1966年，亚龙湾内外人口密度小，传统农业相对落后。为了附近城镇和驻军的蔬菜供应，当时的海南岛隶属广东省，政府在潮汕地区动员一些农民过来种蔬菜，新红村的老一辈便成群结队迁徙而来。有的是年轻人独自过来闯荡，有的是全家一起过来安居，他们都来自当时广东省

潮阳县司马浦公社和两英公社。

初来乍到，也有人不安心，回迁了两三户，但大多村民恋上了这里。前党支部书记钟耀周说：即来之则安之，大家有了新的希望，开始新的生活。毕竟老家那边人多地少，迁过来，老家的宅基地还在自己名下。

刚过来时，政府帮建好了房子，是那种先打好梁柱撑架，然后用黄泥巴糊墙、茅草盖顶的房子。当时一共盖了三栋，都是平房结构，一栋九间，排列整齐，跟农场的连队差不多。一切都是全新的，村民的心也是红的，于是就有了"新红"这么一个绝对时髦的名字。

刚来时，整村不到300人，但房子更少，每个家庭只能分到一间房，即使一家有五六口人也如此。在当时的荒野，大家居住起来也肯定是相当拥挤。于是，大家的首要任务就是盖房子。这荒郊野坡不缺宅基地，大家上山砍来木料、割来茅草，依葫芦画瓢，房子就开建了。盖房子是家庭大事，又都是外乡人，都到异地讨生活，大家会互帮互助，何况以前就是乡邻。这样，潮汕人的传统，又在异地得以传承。

依照传统，正堂内墙安置神龛，摆上祖宗牌位，日常起居都在先人的注视中。大多的家庭，在神龛旁边还设置招财爷……当然这是后来的事。当时，生产是大事，且看重纪律，排斥传统。大家在盖房子的同时，生产绝不得有丝毫耽搁。

当时新红村就一个大队，分成三个生产队，大家都分到了土地。但这里都是坡地，没有水田；只种菜，不产粮。大家虽然都属农村户口，粮食却由国家供应，一个成年人每月口粮是33斤。当时地里所产蔬菜，都由收购站统购统销，价格归政府制定。直到1978年改革开放，田土逐步包产到户，就基本走上了市场化道路。

我所采访到的钟耀周，当年是年方15岁的青涩少年，到现在已经是 67 岁的老者。那时他正是中学生，由潮汕老家转学到崖县中学，在校寄宿，印象中的日子也过得清苦。当时村里的小学生则要跑去田独公社上学，后来有了村办小学，到三四年级都可以在村里上学。

但村里人少，一个年级也就 10 多个学生。那时的田独公社，就在东面山脚下的颂和水库旁，即现在的田独村三队。但那时也不是很热闹，只有一个公社委员会，一个供销社，大家有时也会走去那边玩一玩。大约 1970 年，田独公社辖区内的新村因为处在交通要道，人口慢慢密集起来，公社办公点就搬去那边了，现在已成为吉阳区的核心地带。

以前，村里种出来的蔬菜，供应到了亚龙湾、榆林、安游等基地，也供应到三亚镇。随着人员的发展，后来又分出了一批人去了通什镇，另一批人去了罗蓬村，都是依傍部队或者部队医院而生。

如今，土地早已经私营，新红村在以前生产队的基础上，形成了三个村小组。经济自由了，村民也很少种蔬菜了，但还会种上果树，或者热带经济作物。大多的农地已经转租，很多村民从传统土地中解放出来，而投身到一些小买卖中去，继承了潮汕人经商的传统。

村民的生意做得不是很大，但也比较扎实，整村经济水平没有落下来。看村中都是一大栋拔地而起的民居，就可见一斑。只是这些建筑缺少规划，过于密集，颜色也是灰头土脸，很难跟什么"乡愁"挂上钩。或许都是外乡人，经济骤然有了转机，便更多空间最大化的利用，而不是传统。当然，三亚其他乡村在告别茅草屋改建楼房时，也都面临这样的尴尬，中国当代的民间设计师很少有经过培养的。

每一个村庄，都有自己的发展轨迹。即使年轻村庄，也都有独特历史，都有民俗积累……尤其三亚市，这个移民和族群最为丰富的地区，每一个村庄都值得打造一部属于自己的乡村志。

大有希望

亚　根

　　清朗的秋日，我们回到了阔别多年的曾经扶贫的山村——昔日的育才乡那会村委会什盆村，今日的育才生态区那会村委会后靠小组。

　　在一处叮咚作响的民宿工地上，第一个遇见的熟人竟然是村委会委员陈明雄。他还是那种微黑的肤色，壮实的身材，灵巧的举止，一脸灿烂的笑容，一口流利的普通话。在交谈中，除了回忆彼此之间的往事，就是对村庄和人的今昔对比。令人欣喜的是，再也没有等、靠、要的懒惰农户，再也没有大白天闲聊或木讷于村道边上的人，再也没有荒芜的沙地和丢弃的菜园，再也没有无益的砍烧和收成不大的盲目耕作。环视四周，只见一蔸蔸排列开去的香蕉，一丛丛铺成大片的益智，一株株硕果累累的槟榔，一棵棵杆粗叶茂的沉香，一垄垄藤蔓横竖的火龙果。举目眺望，只见一条泱泱大河在和煦阳光下呈现出透亮而灵性的碧水，一处处青山连成硕大无朋、连成望不到边的苍茫绿海。仔细聆听，此时的远处河段上正传来捕捞人爽朗的笑声，还有那古朴而欢愉的随船儿渐渐隐去的歌谣。

在交谈中，老陈透露，11年前，因大隆水库建设的需要，什盆村的绝大多数人家搬迁，剩下的少数人整合为现今的后靠小组。重组后，他们面临着大片田地被淹没、大河阻碍生产去路和橡胶产品大跌价的严峻考验。好在市委、市政府和育才生态区予以大力支持和帮扶，好在驻村扶贫工作队的模范牵头和挂帅，他们方才摆脱困境，乘胜前行。针对大河，他们购买浮力大的泡沫塑料，制成运载人、车和货的大渡船；针对地少，他们到大河对面更高的山上，极力扩展原有的水田旱地；针对山高路窄，他们集中人力物力财力，历经一个多月的投工投劳，终于拓出车辆自由穿行的无险山路。既然橡胶没了指望，那就在山角旮旯、河岸陡坡和房前屋后栽种经济作物；既然掌握传统的苗绣、酿酒、养蜂和五彩粽子等手工艺，那就在重整旗鼓、发挥解数的同时，组建产、供、销一体化专业合作社；既然拥有美丽无比的绿水青山和独特风情，那就外引内联，拉动资金，切实开发"村集体公司＋企业＋农户"的民宿产业，着手兴建旅游度假区、农业休闲体验区等项目。只有千方百计、全心全意，方能成就脱贫致富之大业。

"真是士别三日，当刮目相看，你们真是了不起呀！"我竖起大拇指。

"不敢当，我们只是出力，这些成绩都是在上级的英明领导下取得的。"老陈谦虚一番，又说，"我只是如实说出，真是盼望能够借助你的生花妙笔，表示对上级精准扶贫的感激之情……"

边走边聊，无意中，我们进入了大河岸边的一片开阔的山兰园地。老陈指着山兰稻，富有意味地说，栽种它们不仅是为了酿酒和制作五彩

粽子，而且是为了保护和传承民族传统的稻作文化，这一文化历史悠久，永远具有它所能具有的人文意义和社会价值。我伫足凝视，辗转思索。再熟悉不过的古老稻种，那苗条的秆儿让人想到女性婀娜的身姿，弯垂的穗儿业已泛出金黄色泽和浓郁的芳香。在麻雀鸟儿闻香而来的欢鸣声中，在送爽秋风的痴情吹拂下，她们盘腕翘足，荡荡漾漾，边歌边舞，曼妙的倩影投射于明镜一般的河面，激荡起层叠小波和圈圈涟漪。仿佛旷古的苗家部落木鼓已然铿锵响彻，一种裸足的舞步腾跳得愈发粗犷、猛烈；仿佛身着亮丽裙裾的仙女，乘风迤逦而过，发髻、颈项和手腕上的金银玉佩正映射出熠熠光彩；仿佛千里之海随风鼓荡而跃上天穹，然后徐徐地向大地撒下一路欢笑的浪花。

"欢迎，五朵金花欢迎远方的来客！"

委实清亮的声音带出一位动作优雅、相貌端庄的女士。她就是山兰园之主、五朵金花种养农民专业合作社的领头人卢学玉。

"你们真能干，短短几年，就让自家的产品远销省内外，值得广大创业人士学习！"我夸口称赞。

"这是姐妹们的共同努力，还有扶贫工作队的支持，不然的话，'五朵金花'还是走不出去的。"她做出略带羞涩的微笑，一面把我们引到工艺作坊侧门的茶座上。

还没坐定，作坊里就散发出久违的香味。我不禁转头探去，哎哟，一批五彩粽子刚刚出锅，一位师傅正把它们码放在几张大圆桌上，等晾凉后就套袋包装，送给那些预订的各方客户。与大圆桌隔离的一间屋子里堆满了用大坛小坛装置的山兰酒，呈现出原始的金黄和紫色的质感液态。再走过去，就发现了妇女们酿酒的专用空间。从表面看，仅有竹木结构的架子、大片的芭蕉叶和盛酒大坛；掀开来看，芭蕉叶包裹着兑了适量酒饼的一窝山兰米，已经过了七八天的酝酿、发酵，其下方的缝隙处正不断溜出成品的酒水，咚咚地往酒坛里滴落，一派繁忙而欢快的流程态势。如此简易的工序，如此看似平凡的手艺，却饱含着劳动人民几千年的生活经验和生产智慧！

饮了几小杯茶水后，话题如同山泉般涌现。对着面前美丽的山水景色，我们谈起了习近平总书记的至理名言——绿水青山就是金山银山，内心掀动着道不尽的感激、钦佩和敬仰；对着业已规划完毕并注入前期资金的"吖啦咪"（苗语，意为：我爱你）乡村旅游开发项目，我们漫话了描绘了后靠村的美好未来，也预测了想象了海南乡村的"产业兴旺、生态宜居、乡风文明、治理有效、生活富裕"的振兴前景。每一句话语都是不失为活泼、风趣之所在，每一个话题都是撩拨心弦寄意美妙之所在。

"机遇难得，要倍加珍惜。也只有这样，咱们全村才会脱贫以至于富裕、吉祥、幸福……"我致以深情的祝愿和祝福。

"道路曲折，前途光明，我们奔向辉煌的明天是大有希望的！"如此决然的回答，业已表明了后靠村人民的坚强意志和诚实心声。

磅礴的海湾，美丽的村庄

孙春花

第一次与亚龙湾邂逅，是 1986 年的暑假。荣升为军嫂第一次来三亚探亲，去亚龙湾看望同来的另一位军嫂。坐中巴车到当时的田独后再坐带着雨篷的三轮车。三轮车喘着粗气爬上一个长坡后，换了口气，借着惯性滑了一个长坡，我们摇摇晃晃着来到当时叫牙龙湾的旷远的地段。

这是三面环山的巨大海湾，留在我记忆深处的是豁然开朗后的静寂和荒凉。远远望去，只有现在森林公园的山脚下散落着几座矮小的房子，像搭在森林中的鸟巢，也像挂在树林里的一个个大菠萝蜜。房子的前面有为数不多的水田，三三两两的人群在田间劳作，体型不大的黄牛在缓缓耕耘，田边有两头小黑牛在田埂上走走停停，挑剔地吃着草。在这里所看到的所有生命都好像处于静音状态，看到的每一个镜头都是悄然无声的。走近海岸，那长长的海岸线涌起的浪花发出孤独而沉闷的巨响，唤醒了我长时间的惊异。我们坐的柴油机动力三轮车发出轰隆隆的声响，岸边涛声发出强劲有力的节奏，我们在人与自然的组合声中高调前行。在离部队营区两三里路远的地方又下三轮，改坐带斗的三轮摩托。一路上人不多、话不多，只是惊奇地注视着这个巨大海湾，那沿着山流淌下来的绿色，就像披在海湾上的头巾，银光闪闪的海岸线是束在海湾上的腰带，海面这一袭长裙舒展而平滑地伸向天边……

驻足观望，心潮澎湃，让人顿生一种眺望宇宙的豪迈！返回的时候遇到了打鱼上岸的渔民，两块钱买了一大桶螃蟹，渔民还极大地满足我们贪婪的眼神，慷慨地送给我们一大把螃蟹螯。回到所住的部队招待所，我们把螃蟹煮熟了邀请很多来部队探亲的军嫂来吃，一起分享亚龙湾的味道。对亚龙湾的一切感受，通过感官而成为生命中的真切而具体的回味。

后来的多次相见是在 20 世纪 90 年代，我已是部队驻地子弟学校的老师了。我带领学生来湾里参观，仰望广场那与神对话象征着七星高照的七根柱子，观看贝壳馆千奇百怪的贝壳，屏息凝视蝴蝶谷蝴蝶的曼舞飘摇。亚龙湾就像揭开面纱的美女，清纯大方地呈现在眼前。

2000 年后的亚龙湾，带给我们的是世界级的震撼！这里是东方的夏威夷，各具特色的世界名牌酒店、度假村错落有致地分布在海湾，并拥有滨海公园、海上运动中心、潜水游艇俱乐部、高尔夫球场等，是我国唯一具有热带风情的国家级旅游度假区。三亚归来不看海，除去亚龙不是湾！

是的，亚龙湾有 8 公里的海岸线，有 66 平方公里的海滩面积，可以同时容纳 10 万人嬉水畅游。脚踏如玉一般光洁的细沙，远望碧海蓝天，近听涛声鸣唱，任凭椰风轻拂，享受水碧霞光。在这里可以潜入明

澈的海底观看奇异的海底世界；在这里可以追逐浪花，绽放活力的光芒；在这里卷了累了，可以蜷缩亚龙湾森林公园的鸟巢，身栖树丫，面朝大海，演绎人与自然的共存和美好。

亚龙湾走进了国际的舞台。入住这里的有倾国倾城的各国佳丽，有主宰世界命运共同体的达官政要，有运筹帷幄的商业大佬。30多年后的我已是早生华发，30多年后的亚龙湾却是青春年少，载誉"天下第一湾"，名扬天下。

退休后的一天，我来到了亚龙湾的农村，亚龙湾森林公园山脚下的六盘村已是名副其实的美丽乡村，那曾经勉强称为村庄里的仅仅一些农家小土屋，现在在森林公园山脚下盖的是朱红色琉璃瓦的一排排白色小洋楼，是村中城！村里有宾馆、商店、学校，各种设施都很健全。远远传来孩童朗朗的读书声。村前矗立着高大的村牌，显示出村落的体面和尊严，告知我们：这是城里人难以抵达的户籍。现在看来，真正的乡愁在农村，真正的富人在农村。有曾经、有现在、有未来的农村才会有悠悠的乡愁。有过了苟且，才会有诗和远方。

博后村的因村制宜的方式，让我眼前一亮。

博后村是黎族村落，保存着传统的黎族文化、黎族语言、黎族习俗。黎锦的制作、竹竿舞的声响，是村民生活的养料。村子坐落亚龙湾滩涂，拥有大片的土地资源，是亚龙湾区的后花园。

玫瑰花在亚龙湾玫瑰谷里绽放！这千亩花田都是原来的荒芜盐碱地改良过来的。这些种地的农民的手能种庄稼，也能种花、种玫瑰！这是以前为温饱奔波的农村想都不敢想的事情，可是我们站在博后村见证了这一奇迹。这种"公司＋合作社＋农户"的经营模式，让村里的农民有了稳定的收益，结束了农村靠天吃饭为温饱奔波的历史。现在的玫瑰谷花团锦簇，红的，粉的，紫的，白的，蓝色妖姬，路易十四，海洋之歌……玫瑰花迎来了各地的宾朋，鲜艳的花朵开放在周围的酒店中，玫瑰香料弥漫在游客的肌肤上。在蓝天碧海的纯色世界里，浓艳的色，浓郁的香，的确让人流连忘返！这海誓山盟的海湾，这姹紫嫣红的玫瑰，也是拍婚纱照的佳境。恋人们在这成千上万的玫瑰花中尽情表达爱情的美好和坚贞。

原生态的博后村的民宿，颠覆我们的常规思维。常常以奢华程度来论档次的宾馆，在黎族村庄、在农家小院也办得风生水起。这些办民宿的创业者，有的是来自一线城市，有见识；有的是企业的开发人员，有企业家的头脑；有的是离乡又返乡的黎族青年。他们带回城市建设的理念，带着企业的运作模式和资本，不忘初心，共同致富。他们成立博后村农民种养殖合作社，组织村民出钱、出房，统一管理，带着村民一道从事新农村的建设和发展。

这里远离了城市的喧嚣，追求的是朴实自然和随心雅兴。这是焦躁的城市人想要的宁静。民宿是为下乡的城里人准备的。"博厚人家""忆乡人""远方有个家""小船儿渔家"等民宿的名字中流露出来的是乡情，弥漫的是农家的醇香，营造的是自由和轻松。院子里种着不同的蔬菜。这些蔬菜有的像棋子一样排列在院子这个大棋盘里。每片菜叶都带着油亮的绿色，散发诱人的清香。勤劳的村民用锄头书写着美色可餐。院子端头的百香果更是长得蓬蓬勃勃，枣红的、土黄的、果绿的果子透过绿叶，露出圆嘟嘟的脸蛋。每个房间都营造出私人订制的专属感。一间房一个价，让游客寻找心中的愉悦。在这里吃着刚刚从海里游上来的海鲜，尝着和蓝天白云互动过的青菜，看海阔天空，听鸟声虫鸣，抿一口红酒，品一杯香茗，生活就是这样富足而美好！我想，包括我在内的

很多人愿意为这种心灵的安逸买单。

离开亚龙湾的好一段时间，我有一种重温故里的美好感觉。设想退休后的生活方式，想约几个好友去办个民宿。我作为一个从教 40 年的退休教师，把城市的文化带到乡下去，把乡下的传统文化、农耕文化传播给城里的孩子，是职业的延伸，是生命的价值。让孩子们来这里感受插一把秧苗的艰辛、挥锄种地的劳累、放养家畜家禽的苦乐，知道生活中的物质不能仅局限于超市和商场，而是来自于劳动和付出。对孩子而言"纸上得来终觉浅，绝知此事要躬行"。这是宋代诗人陆游对孩子的教育理念，对于今天宅在家里玩着游戏叫着外卖的孩子们来说，更是雪中送炭！如果我们的民宿能继承这古老的教育理念，创设孩子们节假日劳作的场景和方式，那么一定会推动农村的美好未来！总之，把农村建设成产业兴旺、生态宜居、乡风文明、治理有效、生活富裕的乡村，是我对博后村以及所有乡村的祝福！

亚龙湾，三十年的传奇相遇，默默欣赏，是情话；三十年的沧海桑田，凤凰涅槃，是佳话。今天，我用拙笔叙真话！

博后村纪事

陆　小　华

三亚市作协组织去吉阳区采风，看看新农村建设。

我们最先被领去看的是亚龙湾玫瑰谷。这景区也不是第一次去了。那是亚龙湾旅游圈内的一个景区。在 9 月这个季节，已经过了玫瑰花的盛开期，景区内的玫瑰花开得稀稀落落，园区内其他可供观赏的东西并不多，但仍然可见到游客络绎不绝。尽管不是盛花期，顺道前来玫瑰谷参观的人也不少。

想来，玫瑰谷的热闹，得益于亚龙湾这个著名的国家级旅游度假区。这应该就是所谓的区位优势了，这优势惠泽了亚龙湾区域相关的旅游产业。

在玫瑰谷，得知因为靠海，这里的土地皆是盐碱地，不适合种庄稼。投资方决定创建玫瑰谷之后，附近村落的农民就把土地入股流转给了玫瑰谷管理公司统一经营。土地流转之后，经过土壤改良，成了专门

种植玫瑰花的基地。基地的工作需要工人，于是，很多村民都在玫瑰谷打工。这大概就是所谓的公司加农户的模式吧。

我们参观采风的主要目的地是博后村。这个村子紧邻玫瑰谷，为亚龙湾区域内现存的原始村落。之前，博后村的经济收入主要靠种养。种植水稻、番薯，但收成都不太好。养则以养猪业为主，据说此一项年收入几百万元。但在亚龙湾旅游区域内，养猪会造成污染，许多养猪场建在这里，显然是不合适的。按照国家名胜风景区的规划标准和要求，这个村子是要整体搬迁的，搬迁后的土地腾出来，用于搞旅游开发。但整体搬迁后，村民的生产生活及如何致富则是个大问题。市委主要领导对亚龙湾进行调研后，认为这样一刀切的做法不妥，留不住乡愁，也不符合实际，于是建议根据博后村自身优势搞美丽乡村建设，博后村因此得以保留下来。

博后村的美丽乡村建设，坚持不搞大拆大迁，也不搞大拆大建，着力整治村容环境、道路硬化等，在利用原有民居的基础上，引导村民搞特色民宿。博后村的区位刚好在亚龙湾区域内，一些低端的游客住不起亚龙湾的高端酒店，又想在这个地方待上一段时间，这样的中低端价位的风情民宿和高端酒店之间就形成了一种互补的关系，这和玫瑰谷在淡季也有游客的道理是一样的。

博后村的环境面貌发生了翻天覆地的变化，特色民宿也如火如荼地进行。这些年来，其民宿旅业已经有了各种资本合作投资成功的经验。有外来投资的，有本村人自己投资的，也有混合股份投资的。在这里住宿，平时是一间客房一晚一两百块钱，旅游旺季每间客房每晚也能到上千元。

我们为此特别去参观了早期建成的四五家民宿旅馆。在旅馆的留言壁上，密密麻麻贴满了各种游客的留言纸片，一看就知道很多都是些年轻驴友们的留言。游客喜欢在此居住，这也从一个侧面证明建设民宿风情村的策划是非常合理的。

按照这样的思路，如果树立成样板非常简单，就是一种顺势而为。我们看到，政府对这里并没有太多的投入，主要还是依靠民间的投入。这里的民宿业实际上已经运作起来了，接下来是如何扩大和提升了。有了可持续的产业，就有了造血功能，就能让村民成功致富，也解决了村民和政府的后顾之忧，是一种双赢的局面。在政策的框架内，让外来的资本去尝试。政府虽然没有投入多少资金，但取得的效果却很不错。总之，政府主要定政策、给指导。

因为有政府的政策支持，博后村的村民和那些外来的投资者们信心十足。我们看到，沿着入村的公路，有几家民居正在装修改造。有的是农户兄弟姐妹自己集资入股建设，有的是村民和外来的投资者一起合建，采用股份制，也有的是出租房屋。村民用自家的房屋及住宅周边自家的土地出租，租金也很可观的。当然，房屋出租之后，他们也可以在旅馆打工（当服务员、保洁员、保安等）。这样，村民无论是自己经营或出租房屋或打工，都能获得长久的可靠的收入。

我们所看到的民宿旅馆，都设计得美观而有特色。据介绍，他们为了把民宿搞得有档次、有品位，很多人家的民宿旅馆都是请专业设计师精心设计的。据介绍，他们也请了著名的设计莫干山民宿的设计师。

在博后村，给我们介绍民宿产业发展情况的是一个叫苏洪武的年轻人。小苏是村里的致富能人，土生土长，早几年携妻出去深圳打工，最先做烧烤，在挣到第一桶金之后，正好赶上了家乡民宿业开发的好时机，村里的乡亲们希望他回来发展。小苏回来之后，利用自身优势，与

外来的投资者合作，建起村里的民宿协会，负责指导管理和统一定价，目的防止同业之间的恶性竞争。同时，他们还把民宿村打造成旅游集散点、康养点。有了这些设施，对游客就更有吸引力了。

有能人的示范效应，村民们也愿意入股各种经济合作社。在他们的带动下，一些富裕了的村民还集资搞起了景观果树种植合作社和海产捕捞合作社。午宴时，博后村民宿业业主老板们用于招待我们作协一干人等的，几乎都是海鲜菜。有鱼有螺有虾有蟹，点数了一下，居然有 12 种之多。据他们说，因为合作社有打鱼的船只，宴席中的一部分海鲜，还是他们合作社的渔船出海自己打的。这对博后村的村民来说，前景是美好的。我们也由衷地替他们高兴。

茅屋岁月的印迹

高照清

这是一瓣久远的记忆，一段刻骨铭心的人生记怀，一个终身无法磨灭的灵魂印迹……

雨来了，淅淅沥沥的雨，一下就是几天几夜。在雨水渗透下，住了有些年头的茅屋，开始漏雨。雨水，渗过霉烂的茅草，汇聚，积攒成水珠，一滴滴往下落。一时间，家里的锅碗瓢盆，反正能用上盛水的器皿，全派上用场，哪儿漏，往哪儿接，哪儿滴水，往哪儿摆放。嘀嗒，嘀嗒嘀，嘀嘀嗒嗒……滴水声飘荡而起，荡满简朴的茅屋。父亲环视四周，对母亲说，这漏风漏雨的屋子，泥墙该修修补，茅草该换换新了。母亲点头说，等雨停，日头出来了，就下地割茅草。

那时候的乡村，尚没用草甘膦灭茅，也没这种农药卖，这使得野地里的茅草，得以大片大片疯狂生长。茅草多，只要人勤，低头往地里

钻，镰刀一挥，就可信手拈来，盖房子用茅草不愁。雨后，天空变得晴朗，母亲背上腰篓，拿着镰刀，下地去，割茅草。几天下来，她割下一大片，够一大屋子用量。新鲜茅草要先铺在地里，让阳光暴晒，三五天后，当颜色由绿变黄时，便可收扎成捆，挑回家存放。

母亲下地割茅草，父亲也没闲着，他进山砍竹子。山中竹子多，竹林茂盛，有的竹子手臂般粗，七八米长，此竹破成篾片，编织茅草，既坚实又耐用。还有的山竹像红藤条，喜欢四处蔓延生长，乡下人称之为松鼠竹。松鼠竹韧性好，不易折断，把竹子破成30公分长，带皮的篾片，盖房时捆扎茅草和桁条，牢固得很，那些年盖茅屋，即使不用铁线捆绑，亦经得起风雨的考验。父亲破竹子做篾片，把大竹子破半再破半，破成手指头大小，带着皮的竹片，然后削成篾片，用来编织茅草；松鼠竹也要破开，削成筷子般大小，带着带皮，用这种篾片来扎绑茅草。茅草编织成片，要用五六条竹篾，人一边翻开篾片，一边把茅草均匀地塞进去，篾片夹上层又夹下层，一寸寸向前延伸。编织成片的茅草，约10厘米厚、1米来宽、两米半见长，用这样的茅草盖屋顶，严严实实的，挡风又遮雨。父亲用尽空闲时间，日赶夜赶编茅草，茅屋翻新改造计划，有条不紊，一步步实施着。母亲也挖了两担木薯，剥尽薯皮，上锅煮熟，撒上酒饼封缸，蒸了一大坛酒。

稻熟了，谷黄了，田野上，一派繁忙的景象。割稻，脱粒，翻晒……历经十天半月的忙碌，黄灿灿的新谷子，终于在喜悦的微笑中，颗粒归仓。农闲时节，不显山不露水地来了，父亲定下茅屋翻新的日子，挨家挨户约请帮手。到了动工之日，帮手陆陆续续来了，他们或蹲或坐，围成个圈子抽烟。那杆水烟筒，在人群中传递轮上一圈，人人都抽到一口水烟，解了烟瘾的乏。人就到齐了，大家有说有笑，捋起袖子见活儿就干。有人上了屋顶,拆下霉烂的茅草,往地下丢;地上的人,把旧茅草搬到远处去放。有人在屋旁挖坑,把土挖松,然后往坑里灌水,当土被泡软时,一帮人就跳下坑去,用力踩踏,不久便踏出一摊烂泥。这时抱来稻草,均匀撒在泥面上,再踩,直至稻草和泥巴粘糊在一起。旧墙翻新,先把破损的墙拆下,重新糊上新泥,再把老鼠打的墙洞用泥封住,然后一人一面墙,从里到外往墙壁上涂抹新泥。这种与稻草混合,经踩踏出来的泥巴,黏性好,糊上墙后,即使墙壁陡直,也不易脱落。翻新过的墙体坚实耐用,再过十年八年光景,只要不是人为破坏,也不容易损坏。

抹完墙,大家停下歇口气,抽口烟,嚼口槟榔,又接着干。有几个人爬上屋,坐在裸露的桁条上,刚拉开距离,地上的人,就把卷成喇叭筒状的茅草片,奋力往上扔。屋顶上的人顿时手忙脚乱,他们用牙齿咬着扎茅草的篾片,腾出手来接住茅草,在桁条上铺展开,然后用篾片穿扎缠绕,跟桁条紧紧勒在一起。茅草一片片你压我、我盖你,行距之间约10公分,层层叠叠相互遮盖,慢慢往屋顶上移。当扔茅草的人,感到力气吃不消时,他们找来竹竿,用削尖的一头,叉住茅草往上一举,就顺利送上屋顶的人手中。茅草很快盖上屋脊,顺利合了拢封了顶,当最后一位能工巧匠,用最后一条篾片,把茅草与桁条固定勒紧,一幢散发着泥土馨香,既能挡风又能遮雨的茅屋落成了。为感谢大家的帮忙,父亲准备晚饭,热情款待,主菜是肉炖木瓜,酒是母亲酿的木薯酒。

我们与茅屋朝夕相处,茅屋就像一部厚厚的家族史,承载太多的记忆,装载太多的故事,记载太多的传奇,同时也见证了家族的繁荣与兴衰。不久前,我与沉默寡言的三叔闲聊,他深情讲述一段久远的鲜为人知的事情:60多年前,为了父亲的婚事,我的祖父祖母历经一年辛劳,

把酒蒸满缸，把米舂满篓，把猪养肥在圈里，然后派人去下订亲槟榔，定下办酒日子……然而，天有不测风云，正当全家翘首以待，盼望着喜庆日子快快到来之际，一场放牛娃烧木薯引发的大火，把我家简陋的茅屋给烧了。在熊熊燃烧的大火中，家瞬间化为灰烬，酒缸破了，酒没了；藤篓着火了，米烧没了；大肥猪也跳出猪圈，一溜烟跑没了。遭此劫难，全家陷入困境，一眨眼工夫就变得一无所有，连吃的穿的住的都无法保证，婚事自然办不成了。情深意重的母亲，没有因父亲一贫如洗而离去，反而悄悄送来一担稻谷，帮助一家人暂渡难关。几年后，在一个春暖花开的日子里，父亲把迟缓的婚礼补上，而母亲也在众姐妹的护送下，走进"峒达吾"部落一个名叫"抱逸"的村寨，成为一间新茅屋的女主人。从此，她与父亲风雨同舟、甘苦与共，一直在"峒达吾"部落生活半个多世纪，直至魂归这片厚土。

20个世纪80年代，我的家境逐渐殷实，父亲盘算着心思，盖一幢大瓦房。他带着两个哥哥进山，吃在山里住在山，辛辛苦苦忙碌了半个多月，砍回一批盖房所需的横梁与木料，所幸那时还没有封山育林。1986年春，父亲把旧茅屋拆了，在原址上拓宽地基，盖起一幢近百平方米砖瓦结构的房子，我家率先搬离茅屋，成为村寨数十户村民中第一家住进砖瓦结构房屋的人家。到90年代，早已成家立户的大哥，拆掉破旧的茅屋，盖上一幢钢筋混凝土结构的平顶房，搬进新家时大哥又刷村寨新纪录，首户住进钢筋混凝土结构的房屋。时过境迁，那千百年来陪伴黎家人度过洪荒岁月的茅屋，已渐渐地淡出人们的视线，最终悄然无声地消失在岁月的尘埃中。

今日的黎山，富裕起来的父老乡亲们，盖起了新的楼房，大家安居乐业，日子越过越红火。两年前，我也回黎山居住，身置乡村，朝闻清风，暮观雾岚，品春华秋实，尝五谷杂粮，心更贴近大自然了。在老家抱逸村寨，我也盖一栋房，不知是上苍有意眷顾，还是纯粹的巧合，我的房子就建在 60 多年前，被那场大火无情吞噬的祖屋的遗址上，这让我在冥冥之中有了反璞归真之感，也圆了一个落叶归根的梦。

三亚渔火

陈运康

一艘渔船，开足马力，"突突"响着机器的声音，犁开三亚湾的蓝色海面，船尾卷起一簇簇白色的浪花，向远方的三亚渔场驶去。紧接着，一艘艘渔船鱼贯般驶出渔港码头，簇拥着向渔场驶去，船头船尾挂满小红旗，迎着海风猎猎飘动，在蓝色的海天里蔚为壮观，展示着渔家豪壮飘逸的风姿，祈愿红红火火的日子。

三亚的海，辽阔、湛蓝而深邃；三亚的渔业资源，那样丰饶，蕴藏着对渔家无私的赠与和厚爱。每当海风习习、渔舟唱晚时，三亚的海面上渔火点点，映照海天。悠悠的渔歌，在海面上飘荡；渔火，映着渔家人的笑靥；敞开胸襟的渔汉子，拉起一网网活蹦的海鲜，拉出一个个殷实的日子。清早，渔船归岸，一艘艘汇集在渔港码头，一筐筐鱼货堆满码头，人头攒动，笑声阵阵，买卖的吆喝声迭落回荡，装着鲜鱼虾的冷藏车一辆辆驶进驶出，给三亚这座滨海城市增添一道独特风景。

　　记得小时候，时常听父亲念叨说，在三亚湾往西南辽远的海面上，有一个物产丰富的大渔场。我的家乡在崖州西里，莺歌海边上的一个渔村。家乡的夏夜，月儿高挂，月光皎洁，星光闪烁，玩耍嬉闹够了的我们，就聚在父亲身旁，一边听着海浪拍岸的涛声，一边听父亲讲故事。父亲摇着蒲扇，帮我们赶拍蚊子，他总是一往情深地讲三亚港，讲崖州古城，讲三亚渔场打鱼的故事，令我们十分神往。每年接近冬季，父亲和乡亲们解开缆绳，扬帆出海，行船前往三亚渔场打鱼。他们总在三亚港、崖州湾、崖城、港门等地之间来回，他说一上岸，就能听到集市的喧闹声，人声鼎沸，市面繁荣，瓜果飘香，还能听到熟悉的飘散乡间巷里的崖州民歌。

　　父亲爱跟我们讲出海捕鱼的奇闻轶事。他说在三亚、崖城一带海域，海产品十分丰富，鱼虾螺贝繁多，特别是冬季里的马鲛鱼又肥又多，还有西刀鱼、鲳鱼、带鱼、金鲢鱼、白虾、肥蟹，等等。每年接近冬天的季节，村里的渔船齐集扬帆远航，到三亚渔场去，在三亚辽阔的海面上撒放渔网，抛下鱼钩。当时打渔网具简陋，除了麻丝织的流刺网捕杂鱼，还用鱼钩钓马鲛鱼，以鲜虾作诱饵引鱼上钩。父亲说钓马鲛鱼要有劲头，当渔民们把马鲛鱼从水里往船上拉时，那一条条肥大鲜亮的马鲛鱼小的有十几斤，大的有20多斤，好重哟，闪着鲜亮的光，肥得流油的鱼儿要很费力才拉上船……渔民把打到的鲜鱼，一筐筐往岸上搬，抬到城里集市上卖，卖得好价钱哟。年关近时，又买了满舱的年货，行船回家过大年。父亲兴奋地说着，他神情飞扬，语气里透出一股满足，脸上流露出一股惬意。父亲排行第四，在兄弟中最小，从少年起就跟父兄闯海，常年驾船到三亚湾、崖州湾一带打鱼讨生活，不仅练就了一身强壮的筋骨，也算见过世面。

渔家靠海谋生活，他们根据季节来看潮水，随着潮水的变化奔走在不同的渔场之间。又要到冬季了，我和小伙伴成群来到海边，目送父辈们扬帆到三亚去打鱼。渔船一出海岸，就要走三四个月，等年关将近时才归来。父辈们一出海，小伙伴们就扳着指头算起日子，猜测着，争辩着，心里焦躁，三天两头就跑到海边，举目眺望东头那片三亚的海，看是否有熟悉的帆影出现，可把眼都望穿了，海天蔚蓝，却见不到一片帆影，心里头不免怅然。有时，我们会跳入大海，光着小屁股在浪涛里喊，嬉弄浪花，打水仗，在沙滩上追逐抛沙土，用嬉闹的笑声消除心头焦虑的情绪。

腊月里，爆竹在天空中炸响，散发出一股火药味，渔村开始弥漫着过年的气息。渔娘们忙碌着过年的清扫，按捺不住内心的烦乱，偶尔也到海边翘首远望归帆。年关就到了，熟悉的帆影，终于在东边水天连接处的海面上出现，一张又一张，愈来愈大，向我们驶来。我和小伙伴们舞动着双手，跳跃在滩头，欢呼归帆，一头扑向靠岸的渔船，扑进亲人的怀抱。人们举手招呼，高喊，又忙着卸下一筐筐海鱼，卸下一包包年货，笑声、喊声、吆喝声汇集滩头，飘荡在海岸边，飘向渔村的上空。

当我长大一些后，就嚷着要跟大人出海打渔，一天夜里，我终于跟父亲出海了。渔船立起粗大的桅杆，挂上硕大的帆，风鼓满满的，驶向无边无际的海。渔场里，只见一盏盏渔火闪耀在黑暗的海面上，浪摇着船，流刺网头两个小海螺敲打大公鸡碗，很有节奏地发出叮叮响的声音，在寂静的夜晚，宛如一曲悠长动听的渔谣，诉说着大海美妙的故事，令人无限遐想。我望着漆黑一团的海面上闪烁的渔火问父亲："三亚港、崖州湾远吗？"父亲指着大海东头："好远呢，在东头啰！"父亲紧接着又说："那里好风水，物产又多，市面人来人往，是个大世面！"我望着东头，黑黝黝的，眼前一片茫茫，只见远处斑斑点点的渔火在天边闪烁，不知怎的，却牵扯着我的一份情思。

怀着那一份情思，三十几年前我有幸分配来到三亚工作，来到父亲念叨的地方。那天，我情不自禁地跑到三亚湾边，寻觅父亲的渔火，寻觅儿时的梦。我行走在三亚湾边，置身在那片蓝色天地里，看着夜晚的海面上，渔火一片，映照海天，与三亚城市华丽的灯光交相辉映，构成三亚一道迷离醉人的夜景。渔歌唱晚，一网网生猛海鲜，一筐筐海产品，在晨光里堆满渔港码头，集聚渔家的喜悦与兴奋。是啊，大海坦荡无私，惠赠奉献，她养育我的祖祖辈辈，我怎能忘怀？！

三亚渔火，永远点亮在我的心头。

翠映山湖

王隆伟

　　福万水库是三亚供水工程的蓄水水库，水源近流三亚榆林，远送西沙群岛。这里原是三亚河槟榔水林家支流上游的一个盆谷水泊，聚集着云雨涧流，仅够滋润周围的山树花草，造化不成诗情画意之境。20 世纪 70 年代初工程建设竣工，一条大坝巍然屹立，连接起南面东西对峙的悬崖峭壁，浅浅水泊变成了泱泱平湖。天工人工，使这里的景色清幽而又明丽，隽雅而又雄浑，像一位"养在深闺人未识"的温婉淑女，生活在现代时髦气氛中，飘逸潇洒，活泼动人。

　　水库周围是百匝千回的青山，一条溪流从西山中蜿蜒而来，南面是横贯岭峡的大坝，大坝身后是高崖深壑的河谷，湖水就是沿着这条河谷朝南滔滔奔流出去。四面山临水，山青水也青。站在大坝上纵目环顾，只见山边水缘，九曲十弯，缠绕千亩山湖；青障翠屏似的群山卓然亭立，姿影倒蘸在湖面上；山湖清平如镜，波心凝碧，水面拖蓝。大坝上空，高高地悬挂着"福万水库"四个丹红大字，字迹娟秀，气韵清华，屏山镜水因之增添了明亮的色彩。

在祖国众多的湖泊中，福万山湖并不出名，然而它有独特的姿容和情调。

它爱绿，四季都着青衫绿裳，有时淡抹，有时浓妆。春天是翡翠的，夏天是碧绿的，秋天是黛青的，冬天是靛蓝的。木槿花、芦鼓花、五色菊、金钱花等十几种山花野朵，在山麓水缘四时争艳斗奇，轮番为山湖编织色彩斑斓的花边。也许是因为迷恋山湖的曼美吧，山鹰常在它的头顶盘旋，黄猄坡鹿爱在它的身边徘徊，鹦鹉、绿鸠、黄莺、鹧鸪和黎母雀，终日在这里唱着婉啭动人的歌，山鸡和俺雉则闻歌映水而舞。而那些胆大的凫鸟，时而拍着翅膀站在水面，时而钻下去投入它的怀抱。说不定，九天仙子也会慕名翩然而至，在山湖里尽情地裸浴。

山湖的翠色绿态极有意思。它翠得轻灵，翠得沉稳，又翠得浪漫。晨光熹微，白雾濛濛，山湖将翠色轻轻地施染在白雾上，白雾呈现出浅青的调子，薄明中，可以透见山湖淡淡的身影，白雾、山湖是一挂月白蓝的罗纱。太阳东升，雾气慢慢消散，山湖又将它的翠色收回波心，均匀地抹在水面上，任凭阳光蒸晒，始终保持着它的绿态。一俟山风吹拂，满湖的翠色流荡波动，浮跃着烁烁金光；它还驾着山风飘进幽谷，飞上峰头，为群山增添色彩。山湖没有瘴岚暑气，空气四时清凉新鲜。当你贪婪地深深呼吸，一份淡淡的绿素就伴着一丝淡淡的幽香进入你的五脏六腑。人常说，绿色是希望，是生命。蕴涵着绿意的清新空气，会使你的肌体焕发出青春的朝气和活力，这真是一种莫大的享受。山湖的翠色，竟是如此富于灵性。

　　山湖爱静也爱动。春和景明之日，山是静静的，水是静静的，云彩也是静静的。鸟儿的掠影和啼鸣，激不起湖水的半丝涟漪；鱼儿偶尔跳破水面，但一瞬间又复归平静。因为静，湖水也就清得特别出奇，一切物象的倒影异常清晰。群山像在水里长出来似的，树上的叶子不但一片片能数得出来，连脉络也一根根看得见；白云落在湖面上，衬出一片蓝莹莹的天；鸟儿不在天上，是在水里飞翔；而鱼儿也不是游在水里，它游在山上，并且穿过白云，游到蓝天深处；丽日在水里却是一轮圆月了，发出幽幽的光。身临其境，即使你全身躁动着千种烦扰，也会被山湖处子般的静态美所感染，自觉心境也是如此的清静、如此的剔透。热风吹雨，似乎也干扰不了山湖的宁静，它隐在雨丝织成的轻纱里，悄悄然，格外安祥。这个时候，你如果穿戴上竹笠蓑衣，垂钓湖畔或是划着独木舟或木筏竹排荡向湖心，这番意境，该是怎样的令人消魂！金风萧瑟之日便是山湖动情之时。雨下久了，水涨湖满，山风来得勤，频频地吹动一泓绿意，湖心的涟漪，山边的水波，使天地间能够倒映在湖面上的景物都一一夸张变形。山形云状和树姿花影，不断地扭曲、幻化、显现、碰撞、叠合。丽日蓝天、朝晖夕照、晚霞暮云也各各被揉进了山湖，变动着千奇百怪、斑驳陆离的图案。大自然神来之笔，挥洒出抽象派大写意的画幅，令人眼忙心动而产生奇特的幻想。山湖这种天纵之趣，一直延续到夜幕降临。这时，附近黎寨的男女青年，离开隆闺寮房，开始夜游在山麓湖畔，对唱山歌，吹响清亮的哩咧和委婉的鼻萧，互相倾诉心曲。山湖泛着星光，轻轻地拍着山麓，发出轻微的响声，仿佛依偎着青山窃窃私语，商量着怎样继续创造山湖胜景、人间乐园——不用说，山湖别具一格的浓郁风情会撩拨你的心思。来兮归去，山湖会捎给你一个圆圆的甜甜的梦。

　　山湖有浪漫风韵和婉约情怀，也有飒爽英姿和阳刚气概，这便是在大坝开闸放水、瀑布飞泻之时。它的瀑身宽阔，落差大。闸门一启开，湖水分别渲泄而出，一瞬间连成一片，呈弧形飞泻而下，远远地跌落在山谷之下，腾起一片烟雾。闸板可以调节，瀑布的形态也就各不相同。当闸板微微一动，湖里只泄出涓涓细水，像千万根银纱从坝上轻盈飘飞而下，显得柔美灵动。当闸门稍稍开个口子，瀑布又像薄纱轻垂入谷，显得飘逸优雅。一旦闸口大开，湖水顿时涌动，瀑布飞泻而下，宛若云翻天崩，银河决口，满眼是五彩缤纷的虹霓霞雾，满耳是九天雷鸣似的瀑声泉韵，十分雄浑壮观。在天地六合山峰四围的绿色纱幕中，瀑布飞流化作了一个蓝色的梦。这个蓝色的梦，日日夜夜萦绕山湖。梦中的山若翡翠，湖如碧玉。这个蓝色的梦，年年岁岁飘荡在辽阔无垠的天地之间。梦中的江河碧透，山林叠翠，风烟俱净，万里澄清。

暖爱·乡愁

符正发

　　2006 年，我背着简单行囊，怀着美好憧憬，踏上了三亚这片温润的土地，至今已整整 10 年。10 年来，我看着三亚一天天在拔节成长，山海河城正孕育着一场美丽"蝶变"；10 年来，我从一个外地人，渐渐地融入这座小城，成了新三亚人之一。三亚也成了我的第二故乡。她是爱，是暖，是希望，凝成了一抹令人眷恋的"乡愁"。

在希望的百果园

　　午后时分，暑气渐退。我带着孩子来到市民百果园游玩。徜徉在弯弯曲曲的栈道上，孩子饶有兴致地认读树上挂着的一块块牌子，上面写着每种果树的名字：龙眼、杨桃、石榴……杨桃树已经挂了很多果实，有的面皮青涩，有的已经成熟。这真是一个对孩子进行科普教育的好地

184

方。孩子如同进入儿童乐园一般，显得特别开心快乐。园里的果树枝杈上，鸟儿在唧啾鸣叫，甚至还有调皮的松鼠从这根枝杈倏地跳到那根枝杈。孩子难得一见松鼠，感到很是诧异，好奇地问："爸爸，我们是在探险吗？"

忆起两年前，这里还是一片挖山地，黄土裸露，尘土飞扬，据说有人将在此建设两栋20层以上的房地产项目。如果建起了房地产，就会挡住紧邻的临春岭局部山体。试想，在这样的十字路口，眼前出现这么突兀的高楼，那该有多不协调呀？！中心城区的土地寸土寸金，但三亚最终选择置换这块土地，用于建设市民共享的百果园，可见决策层的远见卓识、敢于担当和为民情怀。百果园的建设体现了三亚要走一条"科学发展、绿色崛起"的希望之路。

临春河上白鹭飞

一个周日的下午，亲戚邀请我们去她的新居吃饭。亲戚的新居位于临春河路旁，房子带有一个10平方米见方的阳台。坐在阳台上，远望可见青翠如黛的临春岭和凤凰岭，俯瞰可见一汪碧绿的临春河、长势葳蕤的红树林和翩飞起舞的白鹭鸟。习习清风拂面而来，令人心旷神怡。我在想，如果是我，一定在阳台摆上茶几，闲时，可以一边品着清冽的茶香，一边翻看优美的散文；累了，可以远眺青山，近赏白鹭。那会是多么清新雅致的生活呀！

见我很享受这样的碧水青山，亲戚说："这个阳台的朝向是好，但要换在以前，那可是遭罪呢！"见我疑惑，亲戚说："以前临春河污染严重，在河畔散步都臭不可闻。"我说："这可真要感谢政府呢！近两年

来，政府花了不少钱，下大气力进行生态修复，治理内河污染，堵住了排污口，疏通了排污管，扩建了污水处理厂，实施雨污分流，才有今天的'河清引来白鹭飞'。"亲戚若有所思地说："三亚就是要保护好绿水青山，这才是暖民生。"

会害羞的爱心树

一个双休日，我带孩子去书店购书，骑车来到春光路与凤凰路交叉路口，恰好遇上红灯。此时烈日当空，我们赶忙钻到路口已成荫的雨树下。女儿开心地赞道："好凉快，好舒服呀！"我问女儿："你知道这是什么树吗？"她摇摇头，反问我："爸爸，是爱心树吧？"我摸摸她的头，说："这是雨树，它给我们带来了阴凉，让我们不被太阳暴晒，它是爱心树呢！"此后，每逢看到路旁种的雨树，她都迫不及待地叫道："这是雨树，也是爱心树。"

一天下午，我到幼儿园接孩子。回家途中，她看到路旁那身姿摇曳的雨树，忧伤地说："爸爸，雨树的叶子枯萎了，它是不是渴了呢？"我一看，雨树的叶片合拢起来了，便夸她会观察植物的变化，并告诉她："雨树就像含羞草一样，傍晚时分，它的叶片就会合拢起来。""爸爸，那我就叫它'会害羞的爱心树'吧。"女儿高兴地说。

高兴的何止是孩子？这一年多来，三亚坚持"民生第一，景观第二"，在凤凰路、迎宾路、榆亚路等主干道景观提升和海绵化改造中，种上了一排排成势的雨树。这"会害羞的爱心树"，适合三亚的气候特点。它成荫快、树冠大，未来将像一把把绿色的大伞遮住阳光，让市民游客免受烈日的炙烤，在树阴下尽享清凉、体验快乐。

　　10 年前，我是三亚乡镇小学的一名语文教师；如今，我已成了党委政研部门的一名普通干部。这一年多来，因为工作关系，我从一开始就亲历了三亚开展"双修"（生态修复、城市修补），建设"双城"（海绵城市、综合管廊城市），真正走上了精品化建设、内涵式发展的城市转型升级之路。这不，昔日光秃秃的抱坡岭废弃矿山重新披上了绿衣裳；过去泥化的三亚湾沙滩已补上了细软软的银沙、爬满了绿油油的沙生植被；解放路部分杂乱无序的街道外立面已凸现南洋骑楼的魅力街景。我家附近的另一块地产项目用地亦置换建成了红树林生态公园，不远处还有东岸湿地公园、丰兴隆生态公园等初露芳颜，月川生态绿道犹如一条绿色项链从我家所在小区的门前逶迤穿过……小城的变化日新月异，路变美了，街变靓了，山变绿了，水变清了，白鹭多了，中华白海豚也来了，生态环境越来越好，可谓"理念一变天地新，'双修'妆扮小城幽。以人为本爱暖柔，绿水青山寄乡愁"。

　　我多么希望，无论是市民还是游客，都能够支持"双修"工作，共同建设美丽三亚，共享清水绿地蓝天；我多么期待，这个肇始于三亚的"双修"理念，能够风行神州、润泽城乡，吹绿每一座山川、每一寸土地，澄清每一条河流、每一个湖泊，扮靓每一座城市、每一个乡村，让每一个国人都能"望得见山，看得见水，记得住乡愁"。

流淌乡愁的三亚河

杨威胜

三亚的景观何其之多，何其之美，足令天下之人向往。

天涯海角的浪漫，大东海的写意，鹿回头的缠绵，南山寺的幽静，大小洞天的神奇，热带雨林天堂的灵动仙境，蜈支洲岛的自然天成，足以让游人勾魂摄魄。但我却以为，婀娜曼妙的三亚河，更是一处绝妙的景致，她融自然的古朴和现代的妩媚于一身，恰似独具魅力的"天涯女"，宛如历历在目的乡愁。如果你不是熟视无睹，或者你不再漫不经心，你一定能够发现她的与众不同之处。

在我的心中，流经门前的三亚河是故乡人的河，是悠悠流淌的乡愁河，是看不够赏不完的乡情河。

寻常难得夜出，这一天忽来雅兴，约几位好友到河里乘船，巡游观赏三亚河的夜景。

三亚河之夜果真缤纷诱人，往日低矮陈旧单调的建筑，已被沿河两岸崛起的摩天楼宇取代。创业大厦、黎客大酒店、中亚大酒店、双大国际公馆、天山大厦、银河公寓、企业家大厦、麒麟大酒店、国宾商厦、金润阳光超市、埃德瑞大酒店，一幢幢高楼鳞次栉比、错落有致地排列在三亚河两岸。再有那后来搭建的两岸亲水楼台，更是如画龙点睛之笔——把景观和城市、人和水的关系推向了极致。不久前竣工的城市雨污分流工程，把往日生活污水排放产生的令人不快的气味消除干净，把三亚河治理得有模有样，仿佛一幅美丽的画卷。

　　然而，最惹人注目的，还数那颇具现代化气息和商业味的各式各样的霓虹灯光和 LED 广告视频，俨然是商家竞争的延续，夜里也在自强不息地塑造和张扬企业形象，莫非这就是市场经济的缩影？三亚河因此被渲染得五光十色，斑驳璀璨。沿河两岸的现代化楼宇像身披镶嵌珠宝的服饰，打扮得亭亭玉立楚楚迷人，一条条热闹的街市也都变成了星光闪耀的银河。

　　我们乘坐的游艇从三亚大桥沿河穿行，河面上看到的灯火，有的结成一团，形成了一个巨大的灯球；有的联成一串，像一条细长的丝线；有的若断若续，似明似暗地闪现着、飘荡着，忽然刮来一阵晚风，大家如沐春风，如饮甘露一般。夜风摇碎了满河的"彩币"，摇荡得人神清气爽，飘然若仙。

　　顺着河道前行，夜幕中的三亚河更是美轮美奂。不知是谁的发明，把步行天桥称作"情人桥"，把鹿回头山叫"爱情山"，从情人桥到爱情山正好是三亚河夜晚最为美妙动人的河段，此处不知相约过多少恋人，也不知缔造了多少爱情的故事。皎洁的夜色，迷人的夜晚，傍水的楼台，微风送清爽，游人情人伴侣侠客，双双对对情爱绵绵，耳鬓厮摩，相依相偎，窃窃私语，风情万种，妙不可言。这分明就是为有情有爱的

男女准备好的天然约会平台。回眸三亚河东西两岸，正可谓一川碧流联璀璨，一汪碧水现辉煌！

曾记得，在河堤岸边的榕树下，当年有一处阿婆经营的风味小吃档，每天清早抱罗粉、酸粉、海南粉飘散着诱人的香味，我和几个伙伴是光顾它的常客，现在想起还能回味出它的家乡味道。还有那三亚大桥边的茶坊，每到夜晚坐满了品茗休闲侃山纳凉的人们，幽香清淡的茶味能把炎热高温忙碌劳累驱散。河对岸边的城市乐园里，星疏的街灯，婆娑的树影掩映着河栏，隐约听到由远而近传来阵阵悦耳的笛声："哎啰……西沙……我可爱的家乡……"此刻，一种莫名的南国情怀、南海乡音、古镇乡愁涌上心头。

清晨看三亚河，却又是另一种诗情画意。当大地和海天景色没有绝然分开之时，河面上飘荡着轻烟似的晓雾，十分轻柔缥缈，一个渔翁老汉踏着河心上晃晃悠悠的竹桥，用网兜卷起在大网中的鱼虾。老一辈的三亚人依然记得，三亚河畔经常看见成群结队的大小鱼群，在清澈见底的水中追逐嬉戏，不时还飞跃跳出水面，闪露出银白色的点点鳞光。假若夜晚你点亮一盏胶灯，带上一只竹篓罩筒，不待两个时辰工夫就能在三亚河中捞起大半筐的螃蟹……

宁静的三亚河还是白鹭候鸟的栖息地，每当冬季来临就会有成群结队的白鹭鸟飞来此地觅食嬉戏产卵繁殖。此情此景吸引着众多的市民游客在河提上驻足观看，人鸟和谐共处，一派生态祥和的景象。晨练慢跑的人们伴随着清脆悦耳的鸟叫声不时从堤岸栏栅处掠过，马路上间或传来生意人赶集车水马龙招摇过市的吆喝声。

当黎明的霞光驱散了晨雾，三亚城市又展现出引人注目的亮丽风景，宽阔平坦的道路，绿树扶持，高楼夹道，人流车流川流不息，繁华的喧笑、时装的炫彩，标志着昔日滨海渔港小镇发生的巨变。市场经济、商业文化、天涯文化、海洋文化和旅游文化的日益交融兴起，昭示着国际旅游岛滨海旅游城的生机和活力。

自古静静流淌的三亚河，如今终于一改旧貌，有了崭新的色彩，有了迷幻的光影，有了新兴城市的活力，三亚河亦成为装扮城市的点缀，新旧变化的对比，沧桑巨变的见证，成为三亚发展历史的物化记忆。

三亚河是一条历史的河，积淀无数天涯过客的史迹；

三亚河是一条美丽的河，吸引着世界小姐和情侣来相聚；

三亚河是一条文明的河，昭示着旅游新城日新月异融入国际的变化。

虽然，三亚河昔日被人们所忽略，但她却从不计较而是默默地变得更加美丽、更加动人。每当走近三亚河就会撩起我无数的回忆和唤起淡淡的乡愁记忆。不管今后走到哪我都会记住三亚河，因为三亚河是我脑海深处的映像，是一种思乡的情结和乡土文化的印记，我眷恋着三亚河，情系着三亚河，呼唤着三亚河，祝福着三亚河，希望留住那往日的文化印记，因为只有留住文化才能记得住乡愁！

不管三亚城市今后如何发展，三亚河，你都是三亚现代化城市建设中一条流光溢彩的风景线，你永远绵绵不绝、源源不断汇入浩瀚的南海。

我愿为你走遍天涯

——记三亚天涯区住建局危房改造办公室主任方程的扶贫之路

王　娜

　　2017 年 3 月，方程告别自己曾参加过世纪阅兵、担任过副舰长的 18 年军旅生涯，来到三亚市天涯区住房和城乡建设管理局的危房改造岗位。他迅速调整心态，积极投入新的工作，在近两年的时间里，走遍了天涯辖区内的 150 多个自然村，前后探访了 800 多户涉及危改房的家庭。经过持续不懈的努力，天涯区的危改房目前已整修重建完毕，进入到了提升危改户居住品质的升级改造阶段。

开　局

　　方程所在的危房改造办公室，负责的是全天涯区贫困户的老旧危房拆除改造工作。住房安全保障是扶贫攻坚的难点所在，初到危改办的方程，自研究生毕业后一直在海军舰艇和机关从事军事管理，面对着危改、扶贫这样责任重大又完全陌生的工作内容，内心还是有一丝忐忑。

第一个月，从省道到县道、乡道和村道，他走了天涯区的妙林、抱前、抱龙、扎南、岭曲、华丽、羊栏、回新等 20 个村庄。之前的多年时间里都处在军营中的方程，这一个个乡村走下来，心底涌出的满是没想到，没想到美丽的海岛城市还有这么多贫困户，没想到城市的高楼外还有人住着茅草屋，没想到还有人的住所不能遮风挡雨……

这是自己到地方工作的又一个人生开篇，面对着这样的重担，是该迎难而上，还是知难而退？方程的思绪回到了多年前自己参加 1999 年世纪大阅兵时的难忘经历。

18 岁时，方程和大连舰艇学院的同学经过层层选拔，成为参阅方阵队员。他们顶着零下十几度的温度在学校的千人大操场训练了 3 个月。次年 3 月，他离开象牙塔第一次踏进位于北京昌平的沙河阅兵村，面对着阅兵村里呼啸的北风、只铺着红砖的板房和遍布着的寂静的空地，心底涌上了一丝小小的失落。刚刚完工的阅兵村，与自己的想象完全不同，但随着阅兵训练的展开，最初的失落迅速被阅兵的荣誉和责任驱散，方程和同学们全心投入到火热的训练中。

想到这里，和那时的自己一样，方程最初的忐忑迅速被满满的责任感代替。因为他看到百岁阿婆住着的破旧老屋，看到一家几兄弟都是五六十岁的单身，看到拿着蒲扇的老人住在不到 10 平米的小房，看到满树的成熟椰子村民却不知所措，看到满村槟榔因为虫害全无收入……就觉得自己即将展开的扶贫路就像 18 岁时一步一步走出来的阅兵路，"每一步都坚定而务实，每一小步都很有意义"。

困　难

　　扶贫第一个月的寻常一天，方程和同事检测了 46 家建档立卡贫困户的房屋。要搞好危改，首先得摸清每家每户的真实情况，这就要求他们必须到每一个相关的村子进行实地调研。

　　去许多村落的路往往崎岖曲折，车常常陷入路边沟壑。有的村居四处分散，从一家到另一家往往还要翻一个山头。有时遇上大雨，路也格外难走。这些，对方程和同事来说，可以克服。

　　人手不足，车辆紧缺，在规定的有限时间内，要理清辖区内贫困人群的危房情况，这些，对方程他们来说，加班加点去干，四处招募义工，也能克服。

　　组织监督施工方的工程进展，会面临许多突发状况。在为一户精神残疾家庭修建新房时，户主突然发病拿起砍刀吓跑了施工队伍。为扎南修房时，由于交通不便，工人忍受不住寂寞走了大半。方程还得去施工方安抚工人情绪，确保及时完工。这些，也能克服。

　　但是，当方程第一次来到村里，由于一些遗留原因，有的村民对有关房屋的项目存在强烈的敌意，现场气氛格外紧张；有的村民直接将工作队打出门，拒绝危改……这，是方程和同事面临的最大困难。

　　困难，从来都不会缺席任何人的人生，对方程来说，尤其如是。

　　在他的上一个人生阶段里，刚刚迈入军旅，他就投入了以全军最严标准进行的阅兵训练。白天高强度重复着站军姿、齐步走、踢正步的枯燥动作。晚上，躺在铁皮房里，把军大衣盖在棉被上，用棉衣包住头，才能勉强在寒冷中入睡。对这些困难，他们能克服。营区没有电话，和亲人朋友联系只能靠通常要周转两三周的信件，这种精神上的孤寂，他们也能克服。最大的困难是，在352人的大连舰院方阵最终确定之前，每一排都有两名最后一定会被淘汰下来的队员。

那时的方程几乎吃了所有能吃的苦，流了这辈子能流的最多的汗，以后也没什么可怕的了。所以，无论是后来在基层带兵，还是上舰艇出海远航，以及如今这样走村串户的日子，方程都并不觉得身体上的苦和累。他和同事们努力再努力，一次又一次克服困难，想的是肩头的责任，想的是不再有百姓住危房，正如他在某一天的雨后探访心得中写下的："今天踩过的这泥泞，是天涯扶贫路最真实的写照，每一步都有意义"。

破　局

坚持，才能想出办法来破局。

19年前。转瞬就到了盛夏，阅兵训练进行得正酣。方程和战友在队列中练着不间断行进，也叫"拉圈"，来回走一圈1334米，一上午十几圈下来就是十几公里，再加上每天几个小时的军姿练习，衣服上结满了汗渍，许多战友还得了静脉曲张。轻伤不下火线，只有这样的坚持，才能让自己的步伐日趋完美，才能不成为那被淘汰的二分之一。而宿舍里的红砖地，在他们每天人手一块红砖的持续打磨下，也变得光滑无比，以致手中砖块到最后都变成了小册子一样薄厚。后来的军旅岁月里，他一直感受着坚持的力量。

到了如今面临的工作难题，一些危改户不接受危改，怎么办？数月的扶贫行走坚持中，方程灵光乍现，为什么不试试自己在部队常用的工作方法？他想起带兵时行之有效的"四个靠上去"，在部队是通过全方

位"包围"来做通战士工作，放在危改工作中，就是危改工作人员靠上去宣讲政策，村委会工作人员靠上去消除顾虑，施工队靠上去提供省钱保质施工方案，包点单位靠上去，政府娘家人点对点沟通。

从 2017 年 6 月到 8 月，经过两个月的努力，最开始因为种种原因将危改工作队打出门的那户人家，终于主动接受了帮扶。

有一些贫困户转变不了思想，迈不出脱贫的第一步，怎么办？2017 年下半年开始，方程包干帮扶了 4 个建档立卡户和 1 个低保户。其中黄良辉家给他印象最深，一家四口原来靠妻子在外帮后厨的 1900 元生活，黄良辉感觉自己总找不到合适的活儿干。在村里的危改修缮中，方程安排他在建筑队干小工，他适应不了挖地基的工作强度放弃了，接下来安排他做递砖头这样强度小一些的活儿，又帮他买了槟榔苗，鼓励他养鸡。慢慢适应下来的黄良辉干活儿越来越有劲、越来越积极，家中生活如今也有了很大改观。

现成经验少，各村涉及危改的实际情况繁杂多样，许多相关部门的情况互不相通，针对这些实际困难，又该如何破局？

方程一边带着鉴定公司各村各户走访解决问题，一边坚持记录扶贫日记和整理扶贫经验。他逐步规范起危改办工作制度，从内政、流程、报建、开工、质监、验收、财务等方面编写出 1 万多字的《三亚天涯区危房改造实战经验指南》，建立并不断完善了天涯区独有的危改数据库。这个数据库根据低保户、建档立卡户等类别，全面记录了天涯区每一个贫困户乃至边缘户的基本数据和情况，至今还在不断根据情况变化进行更新完善。

方程的这些努力，让危改办工作又上了一个新台阶，得到了各级的肯定。

收　获

　　在一次走村回访时，一位危改户的阿叔急着给方程砍椰子喝，椰子喝起来是甜的，他感受到的还有阿叔的心里甜。当他多次来到之前敌意最强的村子时，开始吼声最响的村民后来给他做起了向导，他们一起钻草丛、走沼泽、聊天，"现在已是好朋友"，还表示愿意接受整改加固后的房子。每次到"山上的亲戚"家，也就是包干扶贫户家，他们摘小米蕉拔青菜非要让他带上，其中都是满满的情意。走到一户未曾谋面的人家，一听说他负责危改，居然准确无误地叫出了他的名字。频繁下村的方程，在许多村落已成了名人。

　　危改至今，无论是百岁阿婆还是残疾家庭，天涯区的危改户已全都住上了安全房。方程和同事在区里的统一组织下，已开始着手提升 800 多户村民的居住品质，帮他们改造厨卫、帮农民自建房修缮补漏，让他们的生活在安全的基础上更宜居。

　　有时走过自己一步一步走过的山路，看着村里阿婆阿叔充满信任的笑脸，还有他们崭新的房子，方程心中充满了一种难以言说的愉悦感和幸福感。

　　恍惚间似乎回到了那场大阅兵的方阵中，他站在第六排第四名的位置，和战友们激动地在天安门广场候场。有媒体采访时，他们的总教练手拿扩音器大声介绍他们："他们都是未来的舰长！"那一刻，充溢在心中的，是无以复加的荣誉感和自豪感。他们走过阅兵台、走过人群、走过世界的目光，在很久以后，幸福的心情都久久难以平复。

　　对 20 年后已近不惑之年的方程来说，扶贫行走中带来的幸福和愉

悦，不再是当年青春年少时澎湃的激动，而是一种宁静的充实，是一种切切实实帮助了他人之后的踏实感，是"赠人玫瑰，手有余香"的幸福。

在危改工作中，方程和团队因着共同的目标和责任，而结下了深厚的情谊，也得到了许多的支持和认可。这是他人生的崭新阶段，是一个充满汗水和温暖的开端。在他人生的前一阶段，他来到了祖国的天涯，真的如总教练所说的那样，当上了副舰长，行驶在大海上。如今，他开始用脚步丈量天涯，正在努力走遍每个需要自己的地方，正在收获自己心中的天涯。

回乡是最好的礼物

——记致富带头人苏洪武和他的旅游民宿专业合作社

张　莉

建省伊始，亚龙湾就以"三亚归来不看海，除却亚龙不是湾"响誉全球。2007 年，兰德有限公司在盐碱地上种出千亩玫瑰横空出世。然而，与之比邻的博后村像一个粗衣素服的村姑，羞答答地躲在一旁，怯生生地打量着这个新奇的世界。博后村，困在深闺人未识。

博后村是一个有 3000 多人的黎族村庄，自然风景优美，但以往的生活并不如意。以前主要是种水稻和瓜菜，因为村里的土地是盐碱地，收成不好，自家年收入也就三四千元，除此之外，就是养殖，以养猪为主要经济来源。

贫穷，让村民忍饥挨饿；贫穷，让人们经济发展举步维艰；贫穷，限制了人们的想象力。然而，苏洪武，这个纯朴的黎家小伙儿，他有一股不服输的精神，他要到外面的世界看一看。凭着自己的勇气和干劲，

硬是走出了一条不同寻常的创业路。

从亚龙湾到博后村，短短几公里，苏洪武走了28年。2008年以前，苏洪武在博后村以种田为生，家中6口人：父母和大姐，3个兄弟，一家人拼死拼活，早出晚归，依然生活得紧巴巴的。到了娶亲之时，家里拿不出像样的聘礼，也没个像样的住房。痛苦中的苏洪武在苦苦思考人生的出路。"再也不能这样过，再也不能这样活……"歌声仿佛在对他诉说，最终，倔强的洪武决定，走出去，闯一闯，也许能改变命运。2008年，苏洪武带着妻子去深圳"捞世界"。

"当火车开入这座陌生的城市，那是从来就没有见过的霓虹，我打开离别时你送我的信件，忽然感到无比的思念"。深圳，这个霓虹闪烁的花花世界，带给苏洪武的是兴奋、陌生、迷茫，各种情感交织在一起，冷静下来之后，想到的首先要填饱肚子，吃过苦的苏洪武不挑职业，只要有活儿干就行，后来在朋友胡先生的帮助下，苏洪武和他一起做起了烧烤生意。烤肉串，烤海鲜，烤蔬菜，在南方这个迅速崛起的经济特区，人们白天行色匆匆，挥汗如雨，到了晚上才是属于自己的休闲时光。所以，晚上喝酒、唱歌、泡吧，烧烤生意很火爆。没过几年，苏洪武的腰包鼓了起来。富起来后的苏洪武始终在想一个问题：难道一辈子就这样打工下去，忙忙碌碌却像大海中的船只，飘摇不定？我的归宿在哪里？这一连串的问题一直在困扰着苏洪武。

2018年，一个历史性的时刻终于到来，海南省被国务院批准建立自由贸易港。海南，这颗南海明珠，终于绽放出自己的熠熠光芒。三亚不能坐等，三亚市人民政府、吉阳区人民政府出台了打造美丽乡村的政策。"一万年太久，只争朝夕"。博后村美丽乡村的建设要因地制宜、因势利导，要坚决按照中央和省委的要求，学习琼海"不砍树、不占田、不拆房、就地城镇化"的"三不一就"做法，不搞大拆大建，就地改造提升；要大力开展环境卫生大整治，对外立面进行改造，改善乡村环境面貌；要积极引导村民转产，确保农民收入持续提升，发展特色餐饮、精品民宿、农业生态观光。博后村迎来了前所未有的历史机遇，"乘长风破万里浪"。博后村首次撩开了神秘的面纱。

苏洪武听到这个消息，彻夜难眠，这无异于给自己插上理想的翅膀，回报自己家乡的时候到了，现在不回，更待何时？2018年1月，苏洪武携妻毅然决然回到自己的家乡博后村。

天蓝水碧，花红树绿，自然风光一如既往的美好，上天赋予三亚这样一个得天独厚的地理条件，三亚人民一定要做足文章，决不能坐吃山空。苏洪武根据政策，与蒋欣等人一起，投资近1亿元，成立了民宿合作社、农业生态观光园。民宿合作社是与村民合作，用村民的房屋进行联营，请专业人士设计、装修，形成了别具风格的民宿风情村。那天参观"博后故事""忆乡人"我们看到非常有诗意的留言条："在博后人家找一处客栈，听秋蝉呢喃，看依依炊烟，岁月静好，喝茶读书，共享一晌时光。""我的心，寸草荒凉，你来了，奇迹般地万物生长。"好感人。如今，"忆乡人""博后故事"等餐饮、民宿都已开张迎客。农业生态观光园也在创建中，占地120亩，以种植瓜果、蔬菜、花卉为主，以后不断扩大规模，形成观光、采摘、休闲、娱乐为一体的示范基地。近期，听说苏洪武将资源整合，成立了旅游民宿专业合作社，现在苏洪武已是响当当的社长了。

由于长年的辛劳奔波，38岁的苏社长面色黝黑，发梢已有星星点点的白发，但他眉宇间透出的坚毅、执着，还是很有感染力。我与他谈及对未来发展的评估，因为三亚的气候条件，注意旺淡冰火两重天，淡季

客源是一个软肋，我问他担不担心，他说："不担心，一是有亚龙湾的影响力，二是靠自己贴心的服务能力，三是别致的民宿餐饮，让客人有宾至如归的感觉。"的确，有了天时地利人和，哪有做不好的事？

2018年9月，博后村被评为海南省五星级美丽乡村，是三亚唯一上榜的美丽乡村。影响力大了，苏社长也更忙了，我当然希望博后村做大做强，但又觉得苏洪武太累、太忙，什么时候才能好好歇下来。

10月，吉阳区政府举办"吉阳杯大美亚龙湾"征文活动，市作协牵头组织了创作实践活动，让我们有幸走近博后村，认识苏洪武，知道了为美丽乡村的建设，有那么多不辞辛劳，终日奋斗在一线的可亲可敬的人。

博后村是众多美丽乡村的一个代表，是三亚发展变化的缩影，我们祝愿美丽乡村焕发熠熠神采，也祝福苏社长和他的团队，精诚合作，再创辉煌！

寻找那一片青山绿水

罗　曦

　　先前我喜欢待在波涛汹涌的大海边，因为它充满活力。现在我希望找到一方静谧的青山绿水：那一池平静的湖水，能让我的心情平静下来；那一抹柔美的青山，能让我的身体重新充满力量。

　　10 月的一个周末，秋高气爽，我参与市作协采风，沿着三亚河溯流而上，山高谷深之处，水源池水库大坝巍然屹立，将六罗河水围堰成湖，鬼斧神工，宏伟壮丽！这高峡平湖，秋和景明，波澜不惊，远处河水流淌入湖，与天空蔚蓝融为一体。水库湖周边，一片片椰树、槟榔、芒果，整齐排列，青翠欲滴。对此我并不陌生，我班黎族学生陈昊家就住在水库湖边上南新场一个职工聚居点，本学期初我作家访时在此处游览了一圈，今天正好借采风之便再与家长见面交流。等待家长中，我一边观赏湖光山色，一边回忆着、思考着。

　　那一天，我驱车前往家访，家长陈大哥居然已经站在路上等我，我

赶紧停车下来，伸出双手迎上去，难免寒暄一番。握着他粗壮有力的手，我感觉这位黎族大哥有些与众不同：皮肤黝黑，中等个头，身体非常结实，而思维比较敏捷，谈吐不俗。学生陈昊就站在一旁，脸上洋溢着幸福的笑容。受到父子俩的欢迎，这一路的颠簸太值得了。

公路边，山脚下，独立一栋三间的平顶屋，与竹篱笆围成一个院子。陈大哥领我走进去，观看了房间各处，尔后搬出桌椅，迎向水库、背靠青山坐下，开始一口一口地品着野生香茶，海阔天空地聊起来。

上世纪 90 年代，陈大哥随父亲定居在这美丽的水库湖边上。那时，通往山外的路拓宽了，他们终于可以把自产的玉米、木瓜、山兰米、山兰酒等挑出去卖了，但因为路途遥远，传统物产产量不高，他们的生活依然没有保障，那时，他们开始对这大山是离开还是留下进行着思想斗争……

说着，我啜着茶，一点一点地品那一股甘甜："那时候住的就是平顶屋吗？"他淡然一笑："没呀！那时候住的还是'船型屋'啊。"我"喔"了一声站起来，走近平顶屋细细打量房屋墙体，也是有些年代了，好多墙皮已见剥落，就像那些因干旱而龟裂的土地。我回坐后问陈大哥平顶屋是怎么盖起的。他把杯里的茶一饮而尽，目光变得严肃坚毅。原来，陈大哥很早就在父亲的支持下走出大山到三亚求学，一直读到高中毕业，后来成为一名南新农场的职工。那个年代，他家周围有人种起了芒果，境况也还行，他就和父亲实施转产，除了完成农场的工作外，动手改造山兰地，种起了芒果，因为是白手起家，所以压力很大，找银行贷款，种了芒果，也顺便盖了房子。我有些佩服他的胆识和才干！

然而，家里没有几件像样的摆设。孩子的房间里，一床、一桌、一柜、一椅而已。电视机是已经过时的"大屁股"。家里最值钱的只有陈大哥的摩托车，翻山越岭看园子全靠它了。陈昊跟我说过，他家邻居都外出打工营生，一个接一个搬走了，几乎都在山外盖房子，再也没有回来。而他父亲尽管拮据，却始终相信发挥大山的优势一定会有出息，一直留守大山、耕耘大山，陈昊也就没有几个朋友了。在陈昊的记忆中，他从小与星星为伴，和小鸡小鸭说话，和阿猫阿狗玩耍，经常以天为盖、以地为庐，睡在青山绿水间自己搭的"小别墅"，过去有点害怕，现在已成乐趣，还曾给班里的同学直播他引为自豪的"原生态休闲生活"，他的愿望之一，是能有一张舒适的床。其实陈昊的睡床，乃陈大哥用原木锯出、刨出、制作出来的，他在尽力给孩子创造合适的生活条件。

陈大哥放下茶杯，说了声：走！我们出去转转！我于是跟他一前一后爬上了屋后的山脊，那里有一片郁郁葱葱、整齐有序的芒果林。芒果林约有几十亩地，棵棵枝繁叶茂，开满了一簇簇淡黄色的小花，有些已经结出碧绿的果实，这段时间又得"知时节"的"好雨"滋润，长势喜人！我亲抚着陈大哥智慧和汗水的成果，感觉格外亲切，再放眼山下，竟生发"会当凌绝顶，一览众山小"的豪气和丰收的喜悦。

陈大哥真诚地告诉我，这些年，随着乡村振兴战略的实施，村村通公路工程不断地推进，他当年种了芒果却找不到销路，果子无法及时运出销售的问题逐渐得到解决。此前他想给陈昊添置一张像样的床都难，还欠了一屁股债。近几年村里来了技术人员，农场成立了芒果合作社，跟农商银行贷了承包芒果地的款，和市相关部门合作找到了销路，果子的质量得到了保证，销路有了保障，他还在农场橡胶林产业合了股，现在快还完当年欠的债啦，正想象着将来把小平房改建成小洋楼呢！大山里应该是越来越多的人脱贫致富了，我驱车一路来就遇到了为数不少的

绿树掩映的农民别墅。

陈大哥目光落在跟前一株开满黄花的芒果树上，脸上似有乌云聚集。我明白他的苦衷。刚才进门时，我看到了一副大相框，其中一张人数众多的全家福照给我留下印象，大家穿的衣服都不算新呢。陈大哥有三个孩子，大儿子在读大二，女儿在上技校，小儿子陈昊在我班上，家中尚有年迈的父母。三个孩子的学习生活费、全家人的费用，以及今年的农药款、请人看园子的工资，一大笔的开支，他八成又借上钱了。

如果今年这些芒果都能卖出好价钱，我就可以还完那些钱，让孩子们在学校里的生活过得更好一些。陈昊说他想天天吃鸡腿，我想不久以后就可以实现他的愿望了！他们应该用知识来创造美好的生活。陈大哥说这些话时语气非常坚定。我真的希望他实现陈昊的愿望，我也相信他能让他的家人过上好日子！小洋楼会有的！

说话间，竟有一群鸡肆无忌惮地从鸡舍里逛出来，从容地来到我的脚下，啄食起满地的果实。陈大哥说：这种农家鸡肉嫩味美，送你一只吧！他的鸡一定是拿出去卖的，否则陈昊怎么会那么渴望吃鸡腿呢？我只是笑一笑，然后抬眼向水库湖望去，一股惬意涌上心头。品着茶，田园诗人孟浩然的诗作《过故人庄》脱口而出："故人具鸡黍，邀我至田家。绿树村边合，青山郭外斜。开轩面场圃，把酒话桑麻。待到重阳日，还来就菊花。"

夕阳西下，我的家访告一段落了，再晚，我就不知道自己能否把车开回家了，哈哈……今天格外高兴，因为我确信，那一片能让我重新充满能量的青山绿水，我找到了。我一定尽我所能，让陈昊顺利地读到高中毕业，再去寻找更多大山里的陈昊，扶他们上马，送他们一程。

我从回忆中抬起头来，陈大哥依约而至。他粗壮的手更加有力，身体更加结实，思维还是那样敏捷。寒暄之后，他给我递过来一张图，我铺展开，见是一张两层楼房设计效果图，知道他在早早张罗建房，正是士别三日刮目相看。他自豪地告诉我，根据芒果合作社和相关部门的反馈，往下的芒果能卖出好价钱，陈昊吃上鸡腿那不是什么事了，现在已经开始考虑筹建新房，将来乔迁之日，应该是陈昊金榜题名之时。我一阵激动，眼泪差点掉下来。

市作协采风团又要启程，再到陈大哥家做客只能在下一趟。陈大哥当即跟我握别，转身离去，大步流星，坚定有力。我看着他的背影，愈见高大起来，渐渐地与水库湖、与大青山融为一体。他不为别人的见异思迁所动，始终坚守着一条信念，坚持下来，在青山绿水间创造出了一片亮丽的风景。我想，这风景，正是我所寻寻觅觅的。

又见诺妮

黄素琴

不知是谁在微信群里发文，说用诺妮果泡酒喝可以补肾壮阳，于是消失在我们食谱中很多年的诺妮果重新进入我们的果篮，山野间拙朴的野果子诺妮一下子变得时尚起来。

诺妮其实是山捻子，学名桃金娘，别称很多，我们用海南方言叫"诺妮"（方言音译）。小时候我们经常到下洋田、临春岭、鹿回头的山上去砍柴，山上的野果可多了，有蚊帐果、三明果、七果、诺妮果（方言音译），摘这些果子来吃，既可解渴又能充饥。相比较而言，诺妮树最多，结的果也最多。因为诺妮树是低矮的灌木，几乎长满了山坡，夏日开花，绚丽多姿，灿若红霞，边开花边结果，熟透了的诺妮果颜色像紫葡萄一样紫得发黑发亮，让人馋涎欲滴。

我们边走边摘边吃，专门挑那些圆溜溜，一碰就要爆浆的摘，这样的果子果肉丰盈、汁水饱满、味道香甜。诺妮果可以说是我们童年生活中最美好的记忆之一。

我大学毕业被分配到学校教书时，年龄和我教的学生相差也就七八岁，挺能玩在一起的，名为师生，其实跟朋友一样亲热。周末，我也常常带他们到学校后面的山上去搞野炊，摘野果吃。现在听说诺妮果有了新吃法，这样在诺妮果大面积成熟的 8 月，当年几个挺能玩的学生便招我和他们一起去六盘安置区，找一个学名叫符雁、外号叫"诺妮"的同学，然后一起去山上摘诺妮果。

说到符雁的这个"诺妮"外号可有趣了。她是个黎族姑娘，山里生山里长，个头矮小，体态胖墩，天天漫山遍野地跑，皮肤黝黑发亮。她喜欢把浓密的头发从中间分开，然后扎成两个齐刷刷的马尾辫，性格质朴而率真。有一次和一个同学发生口角，她骂人家是"长脚蚊"，人家就骂她"黑诺妮"，她顶回去说"那又怎么样？"好似还挺喜欢人家这样骂她，于是"黑诺妮"就成了她的外号，后来又戏谑为"诺妮仔"，有时连我都这样叫她，她"嘿嘿"一笑应了，可见她做人的随和。但她嫁人后过得不是很如意，可以用多灾多难来形容，命运多舛，先是婚姻生活不稳定，夫离子散，后是自己的身体出了状况，乳腺癌早期挨刀化疗折磨得她死去活来，骨瘦如柴。所以一说到她，同学们都很惋惜，说她是人好命不好。

闲话少说。我们驾车，上午 10 点就到了符雁家。她家原来是六盘村的，前几年因为发展的需要，政府让六盘村的黎族同胞整体搬迁整体安置，安置区就在进入亚龙湾景区的公路的左边。依托亚龙湾的影响力，村民们大搞旅游经济，从原来的泥腿子纷纷转型经商，生活越来越接近现代化、越来越时尚，但有的村民们过惯山野田间的生活，有时候还回旧村看看，顺便弄点山肴野蔌回来打打牙祭。

现在我们去符雁家，名曰摘诺妮，其实是想弄点山货换换口味。符雁早等着我们了，一见面大家寒暄了一回，符雁就吩咐家人杀鸡做食。我说先别忙，我们先上山去摘诺妮，这是主要任务，不然一吃饭了，大家的兴头都在吃喝上，然后又用各种借口搪塞过去，摘诺妮的活动就取消，我可是和家人朋友显摆要请他们喝诺妮酒的，没有诺妮怎么泡酒？符雁笑笑说："老师你别担心，耽误不了咱们摘诺妮，而且我保证你的家人朋友都能喝到诺妮酒，待会儿我们就有诺妮酒喝。"

符雁这性格很可爱，想事情很周到。以前我安排她当生活委员，她把班里的卫生做得井井有条，连我的宿舍都是她管理的范围，有时还关心地问："老师今天吃什么菜？我从家里给你端来，你一个人做饭太麻烦了。"安排好家人准备饭食的事后，我们就驱车到旧村的山脚下，小车不便爬山坡，我们便在路边放好车，下了车，上山没多久，一大片一大片的诺妮树丛映入眼帘，我们就撒欢似的四处狂摘起来，欢快的笑声顿时在山坡上弥漫开来……我特意走近符雁身边，想起半年前符雁跟人合资在亚龙湾商业街买铺面的事，我问符雁事情进展得怎样了？符雁说铺面的事那工程还没有完工，急不得。

她现在经营的是米酒作坊，自己酿酒卖给那些开农家乐的老板，也制作山兰酒卖，由于遵循古法酿造，酒的品质高，回头客很多，酒的生意很好。她还把酿酒剩下的酒糟用来喂猪，这样的饲料喂出来的猪肉很好吃，所以卖猪肉的老板都买她的猪，因此她养的猪也不愁销路。

酒和猪的销量供不应求，一天到晚她都忙得脚不点地："辛苦是辛苦，但是很赚钱，而且几乎不用交什么税，也不用交房租什么的，所以做得很开心。"符雁甜甜地笑着说。我赞许地对她说："你的身体吃得消吗？""没事的，最近几次的复查指标都是正常的。"我看看眼前绚丽灿烂的诺妮花，又看看那些被我们摘入桶里的诺妮果，触景生情地说："没想到你这个诺妮仔这么有韧性，这样的久经考验。小小的身躯看似柔弱，却能顶住千斤之狂澜。""老师，活人不能被尿憋死，你教导我们是花就要努力绽放，不管遇到什么困难都要学会坚强。"我瞬间有泪奔涌而出，但是为坚强的符雁而流泪，我觉得自豪。"老师我告诉你个好消息，我儿子有媳妇了。以前他不理解我，说我抛弃了他，不养他，对我的感情非常抵触，现在他长大了，理解我当时的决定是对的，让他跟着他爸过是合情合理的，是为了让他有机会接受良好的教育。他现在有媳妇了，而且媳妇有身孕了，他们小两口都在我这边住，我们互相照顾，好得很！""你儿子结婚为什么不请我们喝酒呢？这我要责怪了。""哎呀，老师你不懂的。我们黎族人的风俗，姑娘小伙儿互相看中就定情了，有了孩子甚至生了几个孩子才结婚的人多了，有的人还父子同时举行婚礼哩，不瞒你说，我也是没结婚的人呢。哈哈……""啊……"我们都大笑起来，笑声吸引了远处那几个摘诺妮的同学，他们围拢过来打听我们说了什么好笑的话，符雁对我使了个眼色，意思是叫我不要公开他儿子的婚事。

"叮铃铃……叮铃铃……"符雁的手机响了，是催促我们回家吃饭的铃声。于是符雁说："别摘了，只是让你们体验生活而已，靠你们这慢悠悠的速度，别说带回去分给朋友，你们自己都不够用。我早就给你们一人 10 斤、一人 10 斤的装好在酒桶里了。""每人 10 斤？是诺妮酒吗？""当然是诺妮酒了，骗你不是人。""嗨，早说嘛，害我们摘得那么累，脸都晒黑了，比诺妮果还黑。"符雁听了嗔怪地说："骂我是啵？"

哈哈哈……时光仿佛回到 30 年前。

一　土的守候

任琪琪

10 月了，海南的树却丝毫没有要落叶的意思。只是在清晨，敷衍的从枝头抖下几滴露水，展示着不为人知的清秋。

福万山的树愈发地茂盛了，倒映在水里，竟染绿了整个江河。赤脚的黑瘦儿老人照旧坐在自家院里的凉棚下望着山，望着水。他昏花的眼看不清这风光是山下的江，还是江里的山。只看到翠翠的、绿绿的一片。可他记得明白！一想到这些，他那双深陷的双眸不再受松垮的眼皮阻挠，从黝黑的脸庞上闪出两道光。此时，他好像还是那个 20 岁出头的小伙儿。清晨背一竹筐，上山摘果；暮时换上舞装，与心爱的姑娘共舞。想着，他又看看远方上的土丘，眸子里多了几分悲伤。院外的树叶上忽的滴答起来，这雨，来的毫无征兆，却又意料之中。

雨珠洒下，江面泛起丝丝涟漪。青年人回来了，摩托车发动机的声音在山路上回响着。驶过村道雨林，摩托车的尾气肆意弥漫。老人眯着双眼，努力地睁开眼睛看着山腰，寻找着早年自己亲手种下的凤凰树。可是，这不是花开的季节，他找不到了。或许，那棵树连同他芬芳的年华一齐已随着岁月的变迁死去；亦或，新的树木长成，掩盖住了那个又老又枯的躯干。

"雨越来越大了。"老人给刚停完摩托车回来的青年说。

"是啊，父亲，台风要来了。"青年人回答道。

老人依旧望着远处的山，默念道："台风，台风。"青年人没有再说，回到了房间里，一把抱起两个儿子，用胡子扎他们的小脸，两个小家伙儿扑腾着，但青年人的臂膀强壮有力，两个小家伙儿只能扭动着身子咯咯的笑。

福万山中人散尽，唯有滴雨赴江流。老人的过往不再浮现，微风穿过凉棚，拂过他那张被岁月侵占的脸。院子外面的围墙上有两个花盆，空的。里面的花不知给谁顺走了，里面积满了雨水。表面漂着几瓣三角梅。每当孩子们跑过去，那些个梅花就挪动一下。一开始，老人对来往的行人诉说这花盆里花的遭遇，从前植的时候是如何的好看。但似乎，没有人去关心这花的故事，亦说无人关怀老人的故事。

老人觉得疲惫，他闭上眼睛。可是闭上眼睛，却看见了另一座山。那山上满山遍野怒放着凤凰花，如同一片海洋。远处有两个人走过来，越来越近。他分明看到了自己，年轻时的自己。穿着苗服，一如往日起舞的装扮。他拉着那个熟悉的姑娘，依旧是当年的模样。她的一个笑容，让他内心翻腾，泛起层层涟漪，久久不能平静。他们走在凤凰花海里，慢慢地，一切都模糊了起来……

翌日，太阳照旧升起。显然，台风没有来。但是，老人却再未醒

来。不久，福万山上又多了一个土丘。老人去了，他和他的故事随着昨日的雨都散去了。可是，那一抔抔土，依然哺育着福万山的每一棵树。

来年，花开的季节，福万山上的凤凰花怒放满山！

游记类

沿三亚河而上

黎家璇

三亚，山清水秀，空气清新，椰风海韵，美丽浪漫；三亚，也是国家战略中全国人民的后花园。四面八方的游客在三亚这个后花园里放飞心情，乐享幸福。而三亚的后花园又在哪里？

近日，三亚市作家协会组织了一次沿三亚河而上的采风活动，才发现，三亚河上游流域，就是三亚的后花园。

三亚河由六罗水、水蛟溪、半岭水三条河组成，以六罗水为主流，发源于三亚市和保亭黎族苗族自治县交界的中间岭右侧高山南麓，自北向南流，经三亚市区注入三亚港入海，流程28.8公里，流域面积337.02平方公里。

槟榔村，精神的家园

我们第一站来到了槟榔村。

从三亚市区驱车几公里，就是喧嚣与宁静的距离。在凤凰路某一路口由黎族图腾的村门进入，眼前一片开阔，放眼望去，平整的土地上绿色盎然。这片叫妙林田洋的小平原就是三亚河冲积而成，地肥水美，种瓜得瓜，种菜得菜，种稻得稻。老百姓世世代代在这里休养生息繁衍。

在我的心里一直有一个田园梦想：乡间，一座农家小院，周围果树环绕，不远处菜地绿油油，稻谷黄灿灿，鸡、鸭、鹅欢快地在乡间觅食；老牛暮归，夕阳斜照，村里炊烟袅袅，或劳作或发呆，随心随意，像陶渊明"采菊东篱下"般快乐逍遥。沿着笔直的妙林田洋村路走进槟榔村，这种美好的感觉突然在心胸激荡，这就是梦想中的家园啊！

一条河流穿村而过，河叫槟榔河；村子因河得名，叫槟榔村。河两岸白墙绿树红花，黎族特色民居掩映在绿树花丛中。桥两边，晨练的、交谈的，都那么淡定从容；烟火、人家，一派平和，心里顿感踏实。村委会相关人员介绍，槟榔村前几年通过文明生态村建设，村容村貌村风发生了很大的改变，村民在家门口吃上了旅游饭，生活比原来好了。接下来，槟榔村还要建成文化村，把黎族传统文化传承下来，做出自己的特色，让老百姓过上更好的日子。

站在槟榔河边听着这番话，想着以后的槟榔村一定是村民富裕，村风文明，生机勃勃。清风徐徐，河边努力向上生长的三角梅，开得格外地红艳，红彤彤地让人满心欢喜。

水源池水库、福万水库，三亚的绿肺

车往前走，路越来越陡、越来越窄，树木也越来越茂密、越来越青绿，空气中闻到了湿润的感觉。这是一片保持接近原始的森林和河滩，这个时节不是雨季，河水不大，河石裸露，河里长满"青青河边草"，芦苇在风中摇曳，好像在向我们招手致意，充满了野趣。我们就像在山中寻找"绿野仙踪"，车一路走，我们一路在期待下一个风景是如何的美妙。心中有一个强烈的贪婪的欲望，就是大口大口地深呼吸，把这洁净的空气装在心胸。

经过一段两边种满凤凰树的景观路，就到了水源池水库。据说，每年到四五月份凤凰花开的时候，满山的绿衬着爆发式的红，寂寞的山间很是热闹。

水源池水库是三亚的食用水源地，于 1986 年 2 月开工建设，1990 年建成投入使用。站在水库的堤坝往三亚方向回望，近处河水清澈剔透泛着绿色的幽光，不远处灌木成林、青翠欲滴，更远处就是高楼耸立，白与绿、自然与现代浑然天成，相映成趣。

车继续往山上走。大约半个多小时的车程来到了位于原高峰乡境内的福万水库。福万水库也是三亚的食用水源。有一次出差从内地回三亚，下午 4 时左右，飞机准备降落，突然在高空中像发现新大陆一样看到了"福万水库"静卧在群山环绕中，就有探寻的想法。这次走进福万水库，真是一种缘分。

川端康成说，秋天是从天而降的。虽然三亚的秋天不是很明显，不过在福万水库，层林不经意间也点缀着几片金黄，感觉到山风吹拂的阵

阵凉意。福万水库地势险峻，落差大，河谷溪水潺潺，两岸岩石峭壁，植物茂盛。水坝上有一座小房子，守坝的两个人在忙碌着，一只小狗瞪着两只大眼睛友善地看着冒昧进来的我们，一切是那么宁静、美好。现成的一幅水墨山水画。有文友感慨：这真是一个世外桃园啊！

台楼村，贫困村插上了致富的翅膀

车在山里穿行，就在我昏昏欲睡时，天涯区台楼村到了。台楼村是一个美丽的黎族村庄，青山环绕，森林覆盖率高，民风淳朴。几年前，我曾随三亚市农业局扶贫工作队多次到过台楼村，那时的台楼村民房破旧，村容村道杂乱无章，因地处偏远、交通不便，村民生产单一，生活比较贫困。

如今走进台楼村，眼前一亮！旧貌已变新颜。村容村道干净整洁宽阔，路两边种上了花草景观树，既美化又亮化，还直通了市里的公共汽车，村委会办公楼功能齐全，还有文化室、篮球场。村委会网格员麦少亭是本村人，大学毕业后又回到村里，他向我们介绍了他们利用"台楼庄园"这个网络平台，线上线下联动，无偿义务为本村及周边村的广大群众和贫困户销售农产品，解决了村民土特产销路难问题，助力村民增收。据悉，"台楼庄园"是 2014 年，在村支书麦少华的带领下，成立村集体独资公司"三亚台楼经济发展有限公司"之后注册的农产品品牌。如今，"台楼庄园"销售渠道多元，有微信公众号，有网店，也有实体店和菜市场的摊位，"台楼庄园"品牌逐渐被市场认可，为当地贫困户脱贫致富插上了希望的翅膀。

抱龙村红新一组，美丽苗寨欢迎你

"我日思夜想那一个地方，远远我闻到那花香。蓝蓝的天色，倒映的湖光，梦里的峡谷如画廊。我魂牵梦绕那一处山水……"在抱龙村红新一组，就是汤灿歌里描绘的"美丽苗乡"。

远远地，在村口，就闻到了槟榔花与稻花的清香，阵阵地沁人肺腑，深深地陶醉其中。往里走，一路竹林青青，溪水淙淙，曲径通幽；青山逶迤，稻田成片，满目翠绿；山谷空灵，俊逸灵秀；天是那么近，好像在山顶就能触摸到一样；田埂边一两棵椰树向天生长，稻禾承接着秋风的抚摸，欢欣雀跃，一派欣欣向荣；村里树下几个孩子在荡秋千，人们三三两两或坐或站谈笑着，悠然闲适……好一幅山间乡居图！

在村委会办公室前的小广场上，以天地为舞台，以青山绿水为幕，一场原生态的苗族歌舞正在上演。村民们跳起苗族的传统舞蹈，用最热烈最真诚的方式欢迎我们。苗家人自己做词做曲编排的《我的家乡多么美》，跳出了苗家人的自信与感激，自信家乡的美丽，感激党的富民政策给他们带来的幸福；《龙舞》《竹竿舞》《盘皇舞前奏》，让我们感受到了苗族文化的精彩丰富。我们与村民一同跳起了欢快的竹竿舞，在快乐中忘记了时间，忘记了一切……

天色渐渐暗下来，青山绿野开始蒙上一层轻柔的面纱，村庄变得静谧详和起来。我们也准备告别纯朴热情的主人返程。小广场上，《我的家乡多么美》优美的旋律还在傍晚的旷野上空久久回荡……

美丽的苗寨，我们还会再来！

遇见，秋色

黄楚辞

"蒹葭苍苍，白露为霜。所谓伊人，在水一方。"沿着槟榔河溯流而上，澄澈而明朗的绿色一片一片从车窗掠过，让久居城市的心灵慢慢张开了沉睡的眼。遇见，美。我流连美的事物——譬如童话一样湛蓝的天，散文一样的石头墙，还有一蓬蓬的狗尾草。槟榔河就从这里流向大海。路过的村庄散发着淳朴的乡气。饮水思源，看看供给三亚市的水源也很好。

水库就那样等在那里。清凉凉的风任性地吹着。没有稻花香两岸，却有座座青山相环。野芳发而幽香，佳木秀而繁阴。蜻蜓舞蹈在衣襟袖旁。唐姐姐耳语一般地说，出来走走多好。我点了点头。总有那么一个人在我落寞的时候给我温暖和安慰。我也只能是记在心里了。还有陆老师这些年一直鼓励我。异乡、驿站，总有一些没齿难忘的感动。

台楼村。掩映在大片绿色里的村庄。在这里我认识了年轻的小麦。

麦少，是他的微信名字。他是台楼村的村委会工作人员，一身红色的篮球服，脸上是真诚的笑。提起村里农副产品，他娓娓道来，蚂蚁鸡，野蜂蜜，黑山羊。这也是他们村的扶贫项目。我们一行人纷纷加了麦少的微信。绿色无激素的鸡鸭越来越少了。惟愿这个远离闹市的山村不被污染，也惟愿这里的村民早日脱贫。

福万水库。曲径通幽处。水库的值班室有一条狗，它慵懒地在窗子下面睡觉。看到我拿着手机对着它拍照，它竟然睁开眼睛转过头来看着我，不过那眼神有些漠然，然后又趴下头睡去了。它也有梦吗？或者它是寂寞的。同行的作协副主席翟见前老师对福万水库又是不同的感受。几十年后的重逢已是知天命的年龄。十几岁的少年挥汗如雨地挑石担土筑堤叠坝，那是怎样的青春。故地重游，别是一番滋味在心头。

那株草就是我在水库值班室对面石墙上发现的，草色翠绿，草叶圆润，和土地里长出来的没什么两样。我不得不概叹生命的顽强。我仿佛看到了那石缝深处的根系拼命地扎下去，扎下去。

远处的山一半苍绿、一半翠绿。那峡谷就那样从容地卧在那里，深不可测。

"新溜满澄陂，圆荷影若规。风来香气远，日落盖阴移。"还有这样幽静的地方。一方池塘，莲叶何田田，几支莲花绽放，"草色入帘青"，"谈笑有鸿儒"，不枉此行。农家的饭菜甚是清淡，却也合了我的胃口。蔬菜粉丝汤是苦的，大概有清热解毒之功效。

紫苏。我没有料到就这样与它邂逅。从春天开始惦记紫苏，心心念念，一遍又一遍重温它的味道，今天却在这里遇到了它。它的主人是个阿公，正在光着膀子纳凉。为了确定那一丛茂盛的植物就是我魂牵梦萦的紫苏，我特意拉了阿公来看。阿公确认那就是紫苏，并且立刻割了一

大把送给我。阿公的淳朴让我汗颜。然后，这紫苏的味道一直伴着我。

不知道从什么时候开始，乡村成了我不可企及的梦。当车子驶进幽静的黎苗族人聚居的村落，看着泉水淙淙流过，我的梦绽放了它的花瓣。河面的吊脚楼，遮天蔽日的竹子（我从未见过这样粗这样高的竹子，大概有百岁以上的年龄），伶俐、可爱的黎族小姑娘，还有下了工的农人。我读懂了乡情的日出而作、日落而息的自然而然。

那个小姑娘不怕生人的。她歪着脑袋问我，你的头发怎么这么长？我留了很久啊。你是不是去跳舞呢？嗯，不是。

走过木板桥，居然有一片稻田。稻香扑鼻。十几株槟榔树卫士一样守在稻田边，笔直、高。稻田的稻穗都快熟了，饱满地垂了头。想起很多年前一个朋友的男友说，他喜欢稻子，因为成熟的稻穗都是低头的、谦逊的。而我想的却是最是那一低头的温柔。

村里的人都来了，来看黎苗歌舞，也顺便来看看我们这些带着城市风尘的外人吧？黎苗族的服饰都是近似黑色的深蓝。那布料是自己染的，用一种植物。服饰也是自己手工做的，如今差不多快要失传了。一个阿婆吸引了我的目光。阿婆着深蓝色苗服，立领，只有脖颈处有一个纽攀，八分裤子，头上戴着尖尖的帽子，很是素雅。阿婆有 100 岁了。我没料到，看着也不像呢。阿婆不懂汉语。她的人生多半就在这个安安静静的山村里度过了吧。她也有过鲜活的青春和热烈的爱情吗？大多数的人都是这样平淡一生吧？黄昏的天空没有火烧云。依然淡淡的云，清清的风。舞蹈开始了。

鼓锣有节奏地敲起来。

苗族兄弟姊妹们赤足跳了起来。

我忽然有些泪湿。我的心底有一个声音在说，把这舞蹈留下来、传下去。

那是一种力量，民族的，人类的，历史的。

历史的天空总有回声，还有翅膀划过的痕迹。民族的就是世界的。流传下来就是永恒。我很遗憾。城市的孩子都在上舞蹈培训班，却不会跳这支属于这个城市的舞。素质教育是什么？我觉得素质教育应该是自然而然的舞蹈歌唱或者绘画，不是家长的逼迫和考级的应付，而是遵从内心的呼唤。

现代人都在讲仪式感。其实黎族也是这样一个民族。婚丧嫁娶的仪式复杂而庄重，而且这些人生大事都由族里的法师主持。黎族的每一个姓氏都有自己敬畏的动物，譬如黄姓，敬畏的动物就是蛇。大自然是值得我们敬畏的。天地草木湖海江河动物植物，每一种生命都有自己的坚韧。

"未觉池塘春草梦"，阶前黎乐已黄昏。山里的一天就这样过去了，回程的时候总是不舍的。这山这水这黎苗的歌舞，等着我，再来！落笔写下最后一个字，恰好是农历九月初九，重阳节。北方的亲人都安好？

美丽缘起

——记三亚市作家协会六罗河采风之行

周素焕

　　来三亚已三年，惯看大海蓝天，不曾想，在这座滨海城市繁华与热闹的背后，是绵延高伟的大山。山里植被丰茂、生机勃勃，带着远离喧嚣的宁静，那里的人淳朴热情，笑容中洋溢着时代的真实和热度，那些庭院，那些生活里的色彩、图画则沉淀着久远的文化记忆。

槟榔村

　　出发，越过大片空旷的妙林田洋，走向小路、走向村落。路经槟榔河防洪楼，土灰色的外墙、菱形的屋窗、茅草的屋顶，别具特色。大巴车驶过一座观景极佳的桥，在河对岸停下。我们来到此次采风的起点槟榔河。三亚河西边的支流六罗河，在流经槟榔村的这段又称之为槟榔河，过桥后河的这边临着热闹的街市和新村，临河处是便民宣传栏和锻炼用的基础设施。绿水轻漾、细波流转，河水在上午的阳光下粼粼而下，向着海的方向。周边的建筑、绿树在水中投下不安分的倒映，也使水的绿色变得更有层次。此时正是三角梅盛开的时候，岸边繁花为这河更添了一份娇俏。河底石多，大都是天然如此，两侧笔直峭立的石垒的河堤，记载着人们治河的功绩，泥沙少见，河水清澈见底，映着近水处直直生长的一两簇水草，以及河堤壁上道道暗黑的剥落旧迹，别有意境。站在桥的中央向上游望去，河水、绿林、远山，美不胜收。

福万水库

汽车沿着河谷，蜿蜒而上。在几处地方，水平流缓，丛丛芦苇，随风轻扬，蓝天映在水里，是让人沉醉的澄碧，远处一两米高的小瀑布水落的声音散在这片天空下，更显清寂。来到福万水库的二期工程——水源池水库，左边望去是敞阔的绿林、城市远景，右边是湖水满山，近石壁边的一条小舟，让人想起苏轼的"小舟从此逝，江海寄余生"，这一刻终于明白，古人为何喜欢归隐，除了人生的不如意，想必也更因了这山水之美，山水在愉悦身心之外，其沉稳、灵秀的内质给人以心灵的安慰和治愈。"一坝跨越六罗河，汇聚甘泉润万家"，这是一座有供水功能的水库，作为饮用水的水源保护区，这里少有人们活动的痕迹。三亚河，我们的母亲河，在她的上游，有着润育我们的甘泉，我们知感恩，也懂珍惜，至今未有肆意挥霍和污染。在堤坝上，来回一走，在周身的凌乱中感受着风的力量，湖水也在风的吹动下激起层层细浪，拍打在石壁上，这一刻竟忘了晴日的热度。

河道愈小，山愈见高，路过孔桥、山林，来到上游的福万水库。水库石壁陡峭光滑，与左侧山谷落差 20 多米，很是雄伟。据同行的前辈介绍，那是一个激情的年代，青春、汗水都留存在这片山林之中。我面向着水和山的方向徜徉遐想，看着被风吹皱的清冷朦胧的湖面，想象着曾经开山下挖、积水成渊的壮举。这是一项治水的民生工程，既保存了珍贵的淡水资源，是城市繁荣的源泉、保证，又保护了人民的生命、财产的安全。水库周边绝美的湖光山色，让人依依不舍。

台楼村

台楼村，那一棵 177 年的高山榕树，记录着村民对一棵树的宽容和爱护，而树也照看了人们祖祖辈辈的喜怒哀乐。恬静的村庄里，时光在平静流淌，三两儿童在嬉戏玩乐，竹椅里的老太太，安静又慈祥。与我以往所见不同的是，路边欢脱的狗儿略显肥壮，地上啄食的鸡儿却又格外瘦小。不远处的台楼村村委会办公室里，我们听取了毕业后回村工作的麦少华同志的讲解。近些年，在政府的扶持之下，台楼村的脱贫攻坚取得了良好的效果，村委会成立了一个集体公司，创建了一个农产品品牌"台楼庄园"，为村里的绿色农产品打开了销路，人们生产的积极性大为提高。来时路上大家所见的一片整齐喜人的果林就是即将挂果的火龙果树，整体上这里的绿色农产品种类较为丰富。中午休息的间歇，我们停留在一个农家小院，这里已然有了向娱乐休闲方向发展的意识，院落内既有菠萝蜜树，又有邻水的亭榭，满足来客不同的需求，这也是今后人们发展致富的一个方向。

抱龙村

　　午后，顺着河谷，继续追溯，向大山更深处迈进，来到抱龙村红星二组的新村。在政府的扶持下，村民从山上迁移下来，聚居在这片坡地上，他们的庭院都有遮阳挡雨的棚子，为了通风，保持着南北通透的样式，大路左右两侧，户门相对，但一致没有安装合开的门锁。在一家农户前，我们惊异于那棵藤蔓的茂盛和力量，它攀爬了棚子近户门处的一大片区域，颗颗绿色的百香果坠在空中。我们急于向农家老人询问果树的情况，他的回答轻细平静，我们认真地倾听，只是过后才反应过来，他说的是，他家门口果树旁的花丢了，但他脸上却不见半分愠怒。夜不闭户，路不拾遗，独爱一花，想是回去后会更加珍惜吧。大路两边的景观比较整齐，黎陶做花盆，摆在入户左右两侧的墙上，废弃的则填实，混合着石块、木桩做砌墙的材料，围起一片菜园子，或是一片整齐的花圃。与村民交流，辨字听音，我们会发现古语的遗留，体会久远先民的讯息。层瓦堆砌映细竹，在最后一眼清韵中，我们离去，继续向前。

　　来到一处河谷，这里有木制的观景平台。"崇山峻岭，茂林修竹"形容这里没错了，林子遮起浓荫，直径 10 多厘米的翠竹一簇一簇，似乎能想象到无人时它拔节生长的样子，如今疏宕有致，漏进来的丝缕阳光斑驳在我们的脸上、身上、地板上。下到近河谷处的平台上，此处水流湍急，得闻哗哗水声。有人不顾乱石陡坡，冲进河谷里，撩起水来啜饮、嬉戏，无比欢喜。看到河谷中间的巨石将江水分为左右两道，巨石上还有一潭死水，我问身边的人，这是雨水留下的吗？回答说，也许是山洪留下的。对，山洪，我们只耽于眼前美景，却忘了每年八九月份雨

季的凶险，那时会有山洪，并潜存着山体滑坡的灾害，下游的那些水库、堤坝在关键时刻拦蓄洪峰、守护村庄，寄托着人们的希望。从河谷上来时，下水的人带给我一块石头，我把它紧紧握在手里，感触它的纹理，体验它的温度，是水洗的清洁，是阳光的暖热。

继续徒步向前，路边不知名的山果，树上皮质紧实的铁西瓜，都让人欣喜。突然，一片广阔的稻田映入眼帘，边上一排细而高直的槟榔树很具气势，像是稻田的守卫者。我来到稻田边，蹲下来，拂过叶子，又将稻穗垂在手心里，颗颗饱满，粒粒分明，紧实的根系任风来雨往，也能勇敢地等到成熟的那一天。

背靠着山，面向着近处的稻田和环抱的远山，篮球场上，抱龙村红新一支部委员会旁，我们迎来了一场别开生面的舞蹈。"我们的苗乡多么美"生动、活泼、跳跃，多彩的服装和甩动的长带，织绣起特有的符号和图画，和着音乐舞动起来，共同表达了人们的安居乐业和对新生活的向往。接下来，是具有苗族文化特色的盘皇舞，以及其中的龙舞。服装以黑色为主，缀以红白两色，另有跳舞的彩带，男女各半，辗转腾挪之间，全靠一个领舞人的锣鼓之声来控制节奏，单调原始的乐声，在这大山之中、天空之下显得辽远、空旷，使整个舞蹈充满了粗犷、原始的山野味道，使看的人不觉肃穆起来。此舞原先是祭祀时的舞蹈，后来有所演进，显现出大山里涉海迁徙而来的苗族后裔对于祖先的崇拜，以及他们的淳朴、豁达、勇敢。接下来是竹竿舞，身材姣好的舞者们为我们展示了不同的跳法，最后大家都参与其中，场上一片欢乐。

这时，我注意到一位妙龄的白衣女子，她打扮入时，画着不浓不淡、恰到好处的妆容，走近一问，原来她已经年近三十，是两个孩子的阿妈阿妈。原以为她是走出大山的人，在攀谈中知道，她是外嫁女，住农场附近，今日回娘家。他们平日几个月都不进城，农场那里有市场，购买生活用品也很方便。村里那些"80后"以及年龄更大的人们，不怎么出过大山。现在呢，很多读书的人，大学毕业后也会回乡参与家乡建设，外出的人一旦回来安家、定居，就会长久地在这里生活、劳作，外面的世界，于他们而言，并不全都是向往，生活的快乐其实很简单，也很容易满足。那些因离学校远要住校的小孩子们，依然快乐、活泼，也许在他们的意识里，大山就是最温情的存在。话语和眼神中，我读得出她的淳朴和恬淡，这是大山养育出的品格。

　　天洒起了滴滴清凉的雨水，是时候回去了，场上的热闹正在渐渐散去，黎、苗、汉不同民族的人们正在依依惜别，拍照留念，希望定格这美好的瞬间。临走时，回头看到那些在棚下卸妆的几位女性舞者，她们脱去舞服，黑色的紧身上衣包裹出窈窕的身姿，一边卸妆一边和伙伴笑谈。孩子们还继续在场上你追我赶，或是用竹竿学着大人打出节拍，一切都是那么地简单、美好。想起河谷巨石上的水，想起书记手机里大家对抗山洪的照片，我知道，他们其实也很坚韧、勇敢。千百年来，大山一直在供养、馈赠辛勤劳作的人们，也在磨炼人们，形成深深的印记，刻在每个人心中。大山里的人淳朴、热情、坚毅，而深山里的谷地，淙淙细流则汇聚成我们的母亲河——三亚河，润养着下游的土地、人民。三亚，这座滨海城市的美丽，我想我找到了她的缘起。

这也是故乡

龚　韶

　　来三亚已经七年有余，即使在此结婚生子，却总有无法言喻的漂泊感萦绕心头。而记忆中的故乡，随着长时间的远离和思念，已成为真正意义再也回不去的异乡。内心苛求归属感的灵魂激荡却又无处安放……

三亚印象

　　初来三亚是炎热的夏天，早上 8 点多的太阳已让人无法直视，无风伴随的炎热席卷的感觉此后不断重温，最初的三亚是热、晒的味道。行至学院路，汽车滑过的道路两旁满眼都是绿色植被和各色花卉，车窗口吹进的带着阳光和花香的风，瞬间令我有了落地感。

　　起初的三亚生活五彩缤纷，从校园走进校园，从学生到老师，转变的不只是身份，还有放飞自我的心情。于是三五好友，在工作的闲暇时光，上市区 K 歌、搓一顿、小酌几杯，生活很是惬意。更多的时候，漫步在学校的林荫道上，看绿草茵茵，看三角梅怒放，看白鹭溪的潺潺流水和不惊不语的睡莲，看擦肩而过的行色匆匆的年轻面庞、慢条斯理的白发老者，这样的三亚于我是闲适、无忧无虑的。与求学期间的感受毫无二致，这时的三亚被认为只是我生命暂时停靠的站点。

在三亚生活得久了，逐渐体会到身边无风景的尴尬。当前来旅游的友人惊讶于海水的湛蓝与清澈、空气的清新和舒适，亦或是他们惊呼三亚太阳的毒辣和紫外线的强烈，我都能淡然应对——三亚就是这样。

生活在三亚，奔走于家庭与单位之间，总没有停下脚步的时间，于是，山不再秀丽，花不再鲜艳，那柔和的海风和柔软的沙滩不再被用心感受。日常的三亚，更多的是下班路上苦等红绿灯的焦灼、假期无处可去窝居在家的无奈和台风将来的紧张。不像故乡能给人以安宁、平和之感。

重温记忆

去年跟随三亚市作协的脚步，很是令我感受了一回不一样的三亚。

站在台楼村一眼望不到边的田埂上——尽头是烟雾缭绕的青山，头顶盘旋飞舞着的蜻蜓，耳边伴随着有狗吠与鸡鸣声，这久不体验的场景瞬间把我带到了千里之外的故乡：天刚蒙蒙亮，我和弟弟就被父母急急喊醒，农忙时节小孩也是需要一起下地劳作的。瞌睡虫的驱赶也自有原始的方法：清晨的地里，鲜嫩的黄瓜上还保留着夜的微凉，摘下后随意在衣袖上擦擦，那就是甘美的早饭，能瞬间让睡眼惺忪的姐弟俩清醒。说是劳作，农家小孩却总有层出不穷的取乐法子：吃完脆嫩的黄瓜，我

们踩进微凉的田地，双脚感受到软哒哒的泥巴后，忍不住用手去挖起大大的泥巴，放在手中各种揉捏。缺乏动漫和绘本的童年时光里，多的是来自田野的自然乐趣。

当同行的会员在福万水库回想当年挑土建坝的场景时，我也在脑海中默默回味与故乡水库有关的往事：因干旱出名的故乡，水库的水可是农家人的宝贝，一到枯水季节，人们起早贪黑想要将水库的水引到自家农田中。犹记得很多个晚上，跟随母亲一起，为她打着手电筒，看她扛着锄头，从水库出水口开始，等待杂草丛生的沟渠中那清流的注入，那会儿的母亲于我们无疑是强大而无所不能的。但今天回想，瘦弱的母亲，漆黑的夜晚，多么心酸的记忆。而故乡的水库并不只留给我心酸：水库涨水时沿堤坝倾泻的壮美，偷瞒着家人在平台上踩水的愉悦，一众乡民集体捞鱼的红火，都伴随着福万水库的采风涌现在我眼前。

颠覆印象

2019年的春节经历更是令我体会到大三亚的温暖。从1月25日跟随返乡大军回到老家到2月23日返回三亚，老家始终烟雾蒙蒙，这种蒙蒙之感有别于烟花三月下扬州的清新，也不同于金秋九月晨起时的雾霭沉沉，蒙蒙得让人心慌，整片天地都是霾的味道，是阴冷的、寒湿的。将近一个月的时间里，白白的阳光见了不超过三次，每次持续的时间十分短暂。寒冷而无处可去的体会让我深感三亚四时阳光明媚的可贵。

果然，一回到三亚，醒来的第一片风景是耀眼的太阳，随处见到的都是艳丽的颜色，不同于家乡严冬的萧瑟，到处让人感受到的都是生机勃勃。

于是，艳阳高照，四时花开的三亚让我感受到温暖的同时，还让我意识到自己已经逐渐依赖起三亚，这里的风景与温度都已经根植于我的意识里，身体的每个部位都已适应它并且喜欢它。

生活在故乡

童年时光、故乡趣事因为采风而重温，三亚生活也因走进自然而与故乡贴近，更因对比而熟悉和依赖。于是发现：看惯四时常花的美景，体验过长夏无冬的温暖，熟悉了打边炉的大排档，习惯了曾经觉得腥臭难忍的海风的味道，三亚已成了熟悉程度不亚于故乡的地方，它就是我生活着的故乡。

落河风

曹巍腾

没有哪阵风可以毫不破损地经过河畔，没有哪种文化可以毫不动摇地停留梦间。

旁树林立，阳光熟练地在叶隙枝缝间刷上油亮的润色。人群却厌恶这份"油腻"，坐在屋檐下，躲在树荫间。

一丝丝的风掠过眉间，奔向我脚边的尘土，飞向绵柔的云脚，随后又坠入河中。就如我闯入村庄的心一般，不羁地颤动。

我抬头望着古楼，全身的血液涌向头顶，我只觉得有口巨钟扣在我的头上，耳边不断响起轰鸣，我感到天旋地转。墙壁像一座座巨山，我只觉得他们都在向我靠拢，恨不得把我压得粉身碎骨。

我回过神来，是我有些累了。

有历史韵味的东西是我不敢仰望的，路旁的楼就是这样的东西。太阳半掩着露出一角，那一角的光辉，给了这座村庄虚幻的神圣。仰望得越久，我就越难以喘息，总觉得我是打破着历史沉静的罪人。

但是，历史不得不被惊扰，衰落与兴起，循环更替，我们的今天便是来日的历史。所以我们能做的，就是让这份历史在我们的历史中一直流传。

闲淡分三种，一种是年龄的沉静，一种是思想的追寻，另一种是尘世的逃避。

蒲扇散着热辣的风，吞吸吐纳间，扰不了世间的韵弦。阿公闭目养神，时而高兴，时而叹息，时而回忆着以前的经历，时而叛逆世间的种种。如果没有人去惊扰，他便还像古楼一般安静，就像融入历史之河一般，随着水波缓慢地流淌。

让赤脚包含承接万物的土地，踏空蹈虚间，敬神与灵动交织在传统舞蹈里。许多传统舞蹈都有着重复的特性，都做一套动作，但是圆的做一次，方的做一次，交叉做一次，旋转做一次，这样的舞蹈形式可以一直重复下去，重复到他们疲惫为止。这样大开大合周期较长的动作，才会让人难以记得——"我们在原地做着重复的事"。

尽管是这样"死"的重复，但是我还是乐于见到这样的活动方式。这样的传统舞蹈也好，还是现代的广场舞也好，大家都没有忘记压抑在世间的人需要"大闹"一场，四方为宇，时间为宙。扰乱空气的波动，让世界围着我转。人征服着自然，却在自然手心里转。有的错觉和被压抑之间，欢乐的笑伴着叹息，傻傻地快乐着。

只要世界还有一天将经济放在首位，历史就难以摆脱摧残。

无法与现代化脱节，那就换一种方式生存下去。文化是最大的噱头，楼建是最实在的保证。村庄难逃文化的流失，但却还在努力用文化来发展。

以前的以前，没有传统这一概念，因为传统和风俗到处都是。传统是现代性的产物。哪有什么原始的开头，都是从人们还记得的时候算起。

构成传统的与众不同的特征是仪式和重复。同样的舞蹈，同样的纹饰，同样的套路，同样的楼阁。或许他们是真的腻了，才会毫无感情的割舍；但又或许他们真的融入血肉难以忘记，才敢一言不发地寻找新的方向。

传统是被发明的和不断被重新改造的。跟进现代化建起的新的模式，渐渐的可以替代以前的传统。

"一坝跨越六罗河，汇聚甘泉润万家。"

水库守护着三亚的"母亲"，文化笼罩着村庄的宁静。

一条条的欲望穿过壁垒，新生了什么，又毁灭了什么。

不知下次进入村庄时，会有历史的厚重的压迫，还是现代的繁华的腻人。

没有哪阵风可以毫不破损地经过河畔，没有哪种文化可以毫不动摇地停留梦间。

诗　歌

新体诗

与博后村静坐一晌时光
（外三首）

张　莉

博后村是从我的心上长出来的

袅袅婷婷的模样

她一直被亚龙湾的海水濡养

同时沐浴阳光

假如你厌倦了繁华喧嚣

就想找一处空旷

那么去寻访博后村吧

她真的是从我心头走出来的模样

也许一场秋雨的缘故

浑身水气淋漓

绿油油的，晶莹透亮

午后时分

在博厚人家找一处客栈

听秋蝉呢喃

看依依炊烟

岁月静好

喝茶读书

共享一晌时光

任洋甘菊的香味飘飘渺渺

就这样安然静坐

从容不迫

不慌不忙

有时，人就需要御下铠甲

轻装念想

在博后村过中秋

博后村的月光很轻很静

翻过客栈的院墙

云破月来花弄影

忆乡人的情话

细细碎碎散落夜空

星星一般向月光求证

天涯到底很远还是很近

我在博后村过中秋

风过芭蕉暗香盈袖

在"博厚人家"东篱把酒

听励志传奇的人生

不用挑灯看剑

栏杆拍遍

你只管努力

其他一切顺其自然

中秋，等待一枚果实的坠落

不止眼前的月饼和瓜果

所有的疲惫都被汗水消解

所有的痛苦都被泪水缝合

所有的缆绳已然解开

我还想期待一些什么

"博厚人家"飞出一首黎家欢歌

玫瑰花的爱恋

——大美亚龙湾玫瑰谷采风行

我的心

寸草荒凉

你来了

奇迹般地万物生长

你的心是小小的寂寞的城

我送的那支玫瑰

敲开了紧闭的窗

刹那间心花怒放

我们走过万水千山

日暮时分停泊在亚龙湾

玫瑰花的爱恋

最终在这里靠岸

千帆过尽

花开满境

我滂沱的泪终于决堤

从此，如瀑的爱温暖你

诗意中廖村

诗意荡漾着秋日柔软的暖阳

像天使的手臂在梳理发梢

像被树叶筛下的金币叮当作响

像流泉从山涧跳跃飞泻流淌

诗意藏在这如翡翠镶嵌的村庄

郁郁葱葱翻滚一片森林绿浪

碧玉丝绦的树枝

绿荫下的深潭

拥抱这九曲连环的画廊

诗意斑斓了黎家织锦的衣裳

以及竹竿舞欢快的音响

山歌婉转悦耳百鸟欢畅

短笛或清越优扬或雄浑高亢

中廖的诗意无处不在

它融化在风清日朗的荷塘里

它渗透在万山叠翠的秋色中

它浪漫在花好月圆的祥瑞里

它辉煌在江山多娇的壮美中

大美中廖

从你的一颦一笑

从你的举手投足

我读到你诗意的气质

以及幸福的光芒

行走崖州（组诗）

周素焕

崖州学宫

碑廊初见，消磨半夏

井水的清凉将尘埃涮洗

现出斑驳细碎的浅迹

倔强的石头难抵时光的执拗

可深深浅浅的笔画，到底还算清晰

一字一句，说着旧日的故事

白芨浸水，覆纸为拓

一下一下的敲打

深嵌每一道横竖撇捺

渐次有序，密密匝匝

一遍遍，墨色渐浓

夏热蒸腾出水汽

也氤氲起墨香

散在风里

微雨的九月，再见

访先圣，忆哲思

念女史，品传奇

记录每一位谪人的来去

体悟千万里外、此去经年的沉郁

处南天边陲之远，居飓风水漫之险

千年文教，德育化成

宫墙之上，尊经阁旁

始知古人的智慧

感念对经籍的守护

日暖风和的时节，又见

驻足在左右平滑的壁刻前

且看昔日的珠崖风景

屋舍、飞鸟、帆船

群山、植被、河海

一个个人物在心里活起来

还不够，我又联想起他们的家人

想起那时的天色和风雨晴晦

似也身处在这鲜活的生活图景中

也看地图

从近处森严的城守

到远处散落的村野

都是旧时的模样

知道，这片土地因循沿革

终还是这崖城

修了又修，不能舍下

终还是这学宫

蓝天似有些高远

经幡在今日这千年后的风里起舞

我隐在圣殿的编钟旁

以手指的骨节轻击

空灵、超越的声音响了起来

这一刻就只剩下我，在这时光里

迎旺塔

若说看塔

我想她的一旁该是有座古刹

再不然，也得有一棵参天的古木

荫蔽着，陪伴着

共同诉说着那份久远

可眼前呢

拔节生长的槟榔树欢快地围绕着她

蓝底的天空，白云轻快地掠过她

右边的广度寺早已不见了踪迹

远处的文峰塔即使尚存

隔着今时今日的高楼新村

又如何相望再觅

斑驳暗淡的花纹彩绘

是时光一日日的消磨

被洞凿的塔身是战火的旧迹

是历史的伤痕

可她依然幸存

层层相叠

塔沿的野草一簇簇

在阳光下生长，在风中自在轻漾

塔名迎旺

是挥毫的巨笔

宁远河水便是绝妙的文池

孕育一代代的英才

润泽这一方土地

纵百年风雨，竟自屹立

不负希冀

古民居

飞檐彩绘，青砖灰瓦

方石地板，绿苔层起

这不是江南人家

亦不是北方的小院

这是南方之南的琼岛

是永保世代祥和的古居村落

三角梅枝枝舒展、朵朵盛放

一簇簇拥起热闹

诺丽结起它紧实的果

宽大的叶子也不能将它隐匿

丛生的青草枝串起朵朵野花的绚丽

探出厚实坚固的围墙

热带四时的生机里

阳光下错落的疏影中

更显她的安静、平和

借着耳边的一缕风

我似是听到了往昔滨海码头的熙攘

给停靠的异乡人装满补给

也装载上特有的槟榔、药材

在丝绸之路的万里行程中

留下天涯驿站的痕迹

也似是听到了声声传唱的民歌

古韵悠扬，盛满了喜怒哀乐

借着庭院旁一棵年久的树

树皮上每一寸褶皱交错的纹理

以及每一片生又重生的青叶

我似是看到了唐时到此的贤哲

也似是看到了明时的稚童

从咿呀学语到苦学经籍

兴文重教、书香传承里

他们走向四方、安邦定国

借着园中脚下湿黏的土地

我想起了一份沉重

亦发出一声叹息

烈火如歌的年代

正义的乡民、代代青年

卫守这琼岛、传承着革命

二十三年的坚守里，英勇不息

又回到那棵酸角树下
我曾思慕着她的果
如今只想在她宽厚的根落里休憩
想在梦里
知道这片土地更多的故事

倾听崖州（外三首）

冯汝常

骏马拴在状元桥下

饮一口宁远河的水品味天涯

崖州城墙有如万年的书页

每一块斑驳的砖是一幅插画

心就扎根在保平村的酸角树下

风在高耸的树梢眺望骑楼老街的炊烟

水南村兰花的清香忽然飘来

我想起北方冬天的雪花

致礼学宫

或许是听讲学传道累了

崖城西侧打盹的学宫很安详

棂星门梦中敞开了千年的心扉

学子琅琅书声越过明清的围墙传来

诵读的经典里掩藏着天涯的苦难沧桑

大成殿在晨曦中露出庄严肃穆的慈祥

编钟静穆地陪伴着彩色沉默的圣像

一时间我的瞻仰似乎变得凝重

想到那个传道成圣的时代

一个敬礼在心中膨胀

保平村的祈祷

从一条逼仄历史的小巷

是谁窥见了酸角古树掩映的小村

鳞片一样密布的屋瓦下面

有情歌悠扬声腔的清唱

宁远河谷的雾气弥漫过这片土地

富饶而居的瓦房却挤得有些亲密

村前村后的青山相视而笑

仿佛读懂了人间掩藏的密语

熟透的诺丽果伸延出墙

崖城的耆旧却被石块砌进了墙壁

盛开的三角梅寂寞无声

千年吉祥的保平村尘埃不起

那一场盘皇舞

一队行走田间劳作的村男村妇逶迤蜿蜒

弯腰挺身前行甩手踢腿旋转

几只小鸟停在树上

路过的风也悄悄地绕了一个弯

嗨嗨嗨 嗨嗨嗨 嗨嗨嗨

劳动的号子笑着把人聚拢到打谷场

斜阳在树梢上逗留

舞者的心事在人群的眼光中飞扬

岁月仿佛从没来过一样

青青的群山依然青青一如小溪的淙淙

田野已不记得一季一季的收割

也没有谁记得曾经驻足这里的匆匆过客

穿过舞影我的思绪越过数千年的阡陌

盘皇舞队苗族银饰光彩闪烁

少年在广场的温热中长成了中年

村口的古树像一本万年历一样沉默

跳舞阿婆厚粉上的腮红在笑

为什么我的心有些彳亍

就像看到故乡的田野还是田野

就像现在的盘皇舞跳着盘皇舞

情系天涯（组诗）

黎吉珊

槟榔河

椰子树 三角梅 田里的稻子

熙熙攘攘

挤到槟榔河岸边

和我们合影留念

一排排槟榔笔直遮天

簇拥着我们溯流而上

香蕉偶尔伸出手来

扇去一路暑热

花语 树语 鸟语

沿着槟榔河一路倾诉

云朵贴近河面也在聆听

满河流淌的清澈墨绿

把山染得苍翠

把天拭得湛蓝

让古朴的苗歌

奔放的黎舞

在河水与时光中独具神性

槟榔河

让多少裹挟尘世之心

沉醉 安静

返朴归真

不染纤尘

台楼村一隅

我用手机随意拍摄

路旁人家围着矮篱笆

门前一垅青菜 两行小葱

几株木瓜

鸡屎藤攀爬在屋顶

正午时光

在一派勃勃生机中慢了下来

门前两个大水缸盛满了水

盛满蓝天白云

水泥道上一只黄狗

趴在树荫下酣睡

一头黑白相间的母猪

对冒昧的访客充满警惕

瞪着眼一副防御架势

两张长条木凳排在檐下

代表不在家的主人接待来客

大力神图腾蛰伏墙上

随时扑向心怀不轨者

坐在墙根的村童向行人憨笑

和我们一块被秋风吹拂

被秋阳朗照

苍穹中飞过几只白鹤

蓝色的虚空不再辽远

古村也因此长出翅膀

能飞越千山万水

飞到所有向往的地方去

红新村舞蹈

山水高高在上

我抱紧松散的峰峦

和红新村一块起舞

河谷寂静无声

我叫出一山鸟鸣

汇入奔放的旋律

竹杆敲打节拍

让晒谷场旁边的稻子

田埂上的槟榔按捺不住

也牵着秋风又跳又唱

黎族姑娘身着盛装

苗家小伙儿敲着木鼓

把这个小小村落

跳得一片苍凉

跳得让时光回到远古

跳得让我想起

他们的祖先

像石头一样呼吸

一直在主宰着

这烟火人间

福万水库

福万水库

生长在水里的一切

包括白云 树影 山峰

宛如新生

这里容得下万物

容得下整座天空的星星

容得下溪涧乱石的

每一个名字

容得下每一棵树

每一根草的枯荣更迭

容得下苍茫 孤独 潮生 潮灭

真心希望

这是神居住的地方

我们只是

无端闯入

骑楼身影

尽显疲态的骑楼

堆满了旧时光

三十年后

走过这条寂静的街道

轻念你的名字

便让我再一次轮回

这些斑驳的残破的墙

是你饱经风霜的脸

用一种痛楚注视着我

落叶飞扬的街上

到处是你的身影

忙碌的身影

愁苦的身影

一身灰尘的身影

你举家东迁

想在这座小城安顿下来

倾其一生

除了焦虑不安

便是一地鸡毛

哦 伯父

途经城东打铁铺

我看见年轻壮实的你

用火钳翻动红铁

赤膊抡锤的身影

叮当叮当的声响

让我内心依然

火星迸溅

砰然心动

保平村

在保平村

每一株酸梅树

都会唱崖州民歌

古朴苍凉的旋律

让人肝肠寸断

如果你遇到一个

名叫张远来的老人

他会解下腰间的钥匙

打开古村落每一扇门

帮你打开通往

王朝的每一个驿站

让宁远河桅樯如林 商贾云集

重现昔日荣光

在保平村

随便碰到一个人

大多是贡生的后裔

在明经第小坐

你会慧根萌生

如果运气足够好

你还可以听到李德裕

这位万古良相

被百匝千回的青山围住

终老南海之滨的

一声喟叹

那去国怀乡的忧思

让保平村的草草木木

千百年来

长成一种

北望的姿势

宁远河

你用千年眼光看我

让我受宠若惊

又满怀歉意

河边的苦楝树、凤凰树、酸梅树

历经风霜 自生自灭

像你无暇顾及的子女

我斗胆请求

原谅或者放过我的同类

他们挤占河床搞房地产

挖空你的河沙 在河畔掩埋垃圾

不过是一时的贪婪与无知

请你不要断流、变脏或洪水泛滥

在漫长的岁月里

一条河流的想法

又有谁能知道

秋风在吹 但秋风的轻

又怎能吹得动

岁月的重

我一个转身

大疍港商旅辐辏的盛况

呼啸而来

吉大文在一首诗里

曾让你

迢迢溪涧夹山流

夜雨秋深客唤舟

彩虹明镜共悠悠

但是现在

宁远河

请别用千年的眼光看我

别让我受宠若惊

又满怀歉意

崖城学宫

少司徒牌坊① 棱角

是少年钟芳

孤傲睿智的额头

万仞宫墙上书写着德侔天地

---

① 少司徒牌坊为岭南巨儒钟芳而建。钟芳出生并生活在崖城水南村，晚年移居琼山。

道冠古今如此沉重

又怎能叫一个人去承受

从礼门和义路经过

能否成为谦谦君子

还有待时间验证

在棂星门极目苍穹

浩瀚星空也并非熠熠生辉

光耀南天

泮池和泮桥

是抵达心灵的语言

如果用心聆听

能感觉神祇就在附近

黄道婆和冼夫人

两位隔世女子

又何曾不是你的亲人

大成殿里孔子和他的弟子

做梦也不会想到

灵魂在故里 肉身寄他乡

也能让教化泽惠南海之滨

侧房里一块块石碑

文字斑驳残缺

多像我们今后的人生

迎旺塔

你的脚下

槟榔树在肆意生长

它们好像不是在朝拜你

它们再怎么长

也不会比你高

但你会逐年矮下去

直到有一天被它们掩没

这没有什么不好

这么多年

你也累了

一直站着会累

真够难为你

历经百年沧桑不倒

和你比邻而居的

广度寺早已离去

我侧耳细听

宁远河好像对你

有诸多不满

说你枉为如椽巨笔

却并没有写下

什么春秋大义

锦绣文章

甚至对河边

高大上的房地产

你也从来没有

美言几句

梅山烈士陵园

陵园对面是山

是不屈的头颅

远处涛声喧响

是沸腾的热血

晌午阳光灿烂

光明已经到来

镌刻在纪念碑上的名字

也镌入人心

并把根扎进了大地

轻风吹过

松涛阵阵

我知道

这是告诉我

为什么

年年岁岁

总会春满人间

博后行（二首）

翟见前

玫瑰谷的蝴蝶

一只蝴蝶，又一只蝴蝶

在晨光里飞，在玫瑰丛飞……

它们飞过了含苞的绽放的玫瑰

飞过了粉红的浅黄的玫瑰

飞过了书写着"玫瑰谷"的巨雕

和吹着巨雕的热带海风

那袅袅的玫瑰香

随着它们飞来飞去

弥漫了整片田野和远方

现在它们栖息在

披着椰叶劳作的乡亲们身上

一束束的晨光照着

明晃晃的翅膀

村口的老榕树

一场台风过后，乡道旁的花卉、树木

身子歪的歪斜的斜

而村口的那棵老榕树依然挺立

只掉几片叶子、几枚果子

我走近它看个究竟

只见它粗大的树身上，还生出了

密密麻麻的根须，像一只只手

深深地扎入泥土

我想起了我的乡亲，在悠悠岁月里

他们对乡村的爱与眷恋

就像这棵老榕树的根须

抱紧乡村的命运

三亚湾

高照清

东边是鹿回头

西边是下马岭

两座山弯弯的触手

伸向蔚蓝的大海

抱出个钟灵毓秀的三亚湾

三亚湾

沙子细腻沙白如银

长长的海岸线

像弯弯的月芽儿

往北是椰梦长廊

藏匿着连绵的绿

往南是碧波海湾

蕴含着无尽的蓝

世上唯有三亚湾

才能诞生出

如此泾渭分明的蓝和绿

漫步在三亚湾

你可以品读千古传奇

翻开天涯海角泛黄的史页

"鸟飞犹是半年程"的诗人

正牵着一匹瘦马

伴一路萧萧西风

在下马岭下书写传奇

而在东边的鹿回头岭上

为真爱永不言弃的猎人

把追到手的幸福揽入怀中

断崖上演绎的爱情故事

从此美丽上万年

行在三亚湾

你可以跟椰风牵手

一起去追逐潮涌的浪花

也可以携手海韵

共同去收拢一湾的鸟歌

或者拾一枚五彩斑斓的贝壳

面向大海吹响螺号

静心聆听大海深处的涛声

行走在三亚湾

你还可以挽手你爱的人

在海与天交汇的地方

看帆影点点 听潮起潮落

或者在山与海的交融处

在绿蓝之间席地而坐

静静观赏天涯落日

也可以把海誓山盟的爱

在天涯海角封存

至地老天荒

望断天涯

朱国昌

站在崖之上

你是尽头吗

手触到的云朵翻卷万里风波

从巫山飞度银河

一路怅惋一路悲歌

天涯，只是一段乐章

宇宙从极处现出端倪

望断秋水

望不断崖长

天涯是另一个长江

滚滚东流

碧波荡漾

天涯远没有尽头

茫茫大海吞山岳

咆哮狼烟似滚雷

壮丽舞升平

红日普高照

暮霭沉潭淤积深

泥土泛沙掀浊尘

这里还有多少诡谲

天涯贮藏了多少秘密

咫尺在其中

遥遥无限度

天涯也曾有过多少思辨

谁人可留步

哪个不涉足

官缨红尘犯踌躇

它是一种悬念

它像一比妙喻

天涯还是一个象征

黎家的酒（外一首）

高建帮

山里黎家的酒

我喝过

酒味浓郁清香

香满酸豆树下的长桌宴

记忆里

姑娘敬酒情深

端起装满山歌的大碗

用一壶喝不完的高山流水

醉红兄弟姐妹的脸

还有远方宾客

酿酒的山泉

从巍巍的五指山巅

涓涓流出

流入"五朵金花"①的笑靥

甜美了——

传统山兰的故事

红的

白的

黑的

让不同的色彩

珍藏在岁月的青春里

与乡愁一起发酵

诱人的玉液琼浆啊

你到底成全了——

天下多少美事

洞房里的欢笑

花烛下的缠绵

慢慢融入——

交杯酒的光影中

透亮一对夫妻

一生爱

一辈情

---

① 五朵金花是后靠村合作社名称。

隆闺中的黎姑娘

一袭黎锦衣裙

掩盖不了

她的天生丽质

纤细的蛮腰

隆起的香胸

翘起的美臀

雪白的长腿

水灵的眼神……

一个回眸瞬间

让人甜美窒息

高跟鞋尖敲出的晨曲

似泉水叮咚

似爱

似情……

那原生态的音符

跳跃在

弯弯的月眉间

醉倒了一群

浮躁的汉子

酥软了一副副

铁石心肠

多彩的百褶裙里

隐藏许多待解的秘密

她向你走来

婀娜多姿

动似花

静也似花

不是你的

千万别采

因为——

隆闺中的黎姑娘

早已名花有主

槟榔河的凉亭

周琳琳

我想在槟榔河搭一座凉亭

早晨，供应阳光树影水波纹

傍晚，摆上清风明月老爸茶

我的顾客，除了街坊邻居

赶往六罗河的小伙伴

还有翩飞的蝴蝶，叽叽喳喳的鸟鸣……

我要在河岸上种出花海

从沿岸绽放的三角梅里

收集生命的多彩

无名碑（外一首）

李枕威

我曾无数次地问起你的名字
但是站在你的跟前，我沉默了

是山告诉我，是水告诉我
是石头告诉我，是大地告诉我
你是英雄，是永远站着的英雄

直到一阵狂风吹来，我才知道你的名字
在紧紧地抓着门前的大地

站　着

从山上躺下来的人

现在都站在墙壁上去

也不笑，也不说话

但看着墙外的人

似乎又想说些什么

孩子问：他们为什么站着啊

因为他们死的时候是躺着

随春潮，奏一部春天的即兴曲（外二首）

刘圣贺

我以极好的兴致观察一撮沙土

随春潮，角逐阳光与泥沙的脚力

向远方投去，投去远方

看着泥沙在海水冲刷下泌出的黄晶体

海绵般舒缓的阳光在秀发上耸肩

和善的眼神随海风浸袭

脚底垂直耕过水天

在这里，每一块的新垦土

都带着新鲜的血液和阳光的舔舐

像亿万只昆虫在蜕变的鼻息

有人绾发坐在礁石上梳理海风

有人宽衣解带像积雨水，那么湿漉漉

而轮翼双展之舞可让血流沸腾

随日出的声息蝉鸣般沙沙沙

沙沙沙，沙沙沙，沙沙作响

晨雾，打捞着水色朦胧的鹿城

朝向鹿回头岬角彷徨很久的阳光

正准备跃入一片引力无穷的山海

石砾由上而下的一派嚣鸣

不时滑坡引动深色海洋

像军旅远去的喊杀声

呼呼，呼呼呼

听到橹声拍溅和水声震耳的呼号

从南海弯腰而过浩瀚雄风

在锈蚀的岩壁上

雕琢着海上丝绸之路的纹理

接过一路风尘仆仆的雪花

随花儿的韵致不差毫厘漫在水上

于是大山的胸脯领会了旷野的期待

于是倒置的海洋亲吻了大地的躯壳

慢慢蒸发起宽河床上曙日的潮湿

水色朦胧的鹿城，也就渐渐疏朗了

从启开的窗口骋目茫茫大海

从启开的窗口呼吸，骋目大海的体香

我以躬身的草帽向魅力的鹿城致意

穿过水南村巷陌的小弄堂

拜谒了崖州古越的南洋骑楼

见过了琼南之隅的迎旺塔

那些狎弄过清代末年的古炮台

我们将钦定的史册连根儿翻个

从所有的器物中瞥见逝去的鎏光

在流水之上抗逆的脚步

在茫茫大海之中飞驰

升腾的曙气开始云蒸了

氤氲盖满色彩斑斓的花海

朦胧的水面牵出一艘艘邮轮

寻找一块未开发的新垦土

不经由，一颗小小的心

从崖城学官的旗杆拔地而起

海上旷日的奔驰仍是无尽的渴望

无尽的海，呈贡给无尽的希翼

寻访崖州古城废墟

蔡 宁

无论到什么地方

我喜欢寻访遗存的废墟

因为每一段残垣断壁

都是一部历史的原始载体

今天，我来到了崖州古城

千年的时光在这里沉寂

那已消失的古隧光荫里

曾穿越过无数次的风雨雷霆

那劫后余生的古老拱门

述说着岁月铮铮

近处

一幢幢楼房高耸

古城，即便你有千年的修炼

终究抵不过挖机哪怕是几分钟的折腾

也有人仰慕你的沧桑和悲壮

为你披上新版的华装

只是被粉饰过的胴体

不再是你原有的模样

流连废墟的古城

不经意间

一朵黄色的小花跃入眼帘

天涯情韵（四章）

罗丕智

登中国最南端的古城

在一个阳光灿烂的午后，我独自登上了崖州古城——这座中国最南端的古城。

这就是被称为"千之千不还""生度鬼门关"的蛮荒之地么？

这就是唐朝丞相李德裕、杨炎，宋朝丞相赵鼎、丁谓、卢多逊曾经多次登临的古城楼么？

这就是北宋名臣胡铨等许多贬客谪臣登高望帝京、寄托一片可昭日月的孤忠的古城楼么？

千年的斜阳，无语，一如既往地照耀着天涯这片热情的土地。

墙垛闪烁着光芒，如同李德裕、卢多逊、赵鼎等人凄清的泪光。

斑斑驳驳的汉时瓦唐时砖，铭刻着或悲壮或哀怨或豪迈的诗句，这斑斑驳驳的历史的记忆。

我虔诚地抚摸着古城墙，双手瞬间穿越时间和空间，感受到岁月的凝重与沧桑。

呵呵，我真想从这里起步，作一次往返千古的壮行，让年轻的心，感应历史的崎岖。

往事越千年。

和煦的东风吹来，天涯海角已翻开了新的一页。

古城下，热闹非凡，车水马龙，笛声飞扬。

肥沃的田野上，忙碌的乡亲们正在播种、收获，成片成片的稻谷和瓜菜飘荡着醉人的芳香，北运瓜菜的车辆不停地奔忙。脑袋和钱袋都富起来的乡亲们，耸起了一幢又一幢的楼房。

好一幅丰收的景象！

李德裕大丞相啊，看到此情此景，您是否挥笔写下颂美的诗章？

盛德堂

哗！一页历史突兀在我眼前！

这，就是数百年来世人景仰的盛德堂吗？

飞檐绿瓦，曲廊华厅，朱门红窗，被岁月的风雨吹打得斑斑驳驳摇摇曳曳。断墙残壁，旧砾破砖，触我感慨，刺我心痛。

水南村，天涯海角之一隅，物宝天华，地灵人杰。那青山绿水挺拔椰树顾秀槟榔，留住了忠臣之魂忠臣之迹。

徘徊中，我看到了古代忠贞之臣着朝服持玉笏登高北望，或作低沉的吟哦，或作壮怀激烈怒发冲冠的昂天长啸。

啊，"气作山河壮本朝"！赵鼎悲壮的呐喊，凄怆的吟哦，带泪的梦呓，一条悲愤的血泪之路！

盛德堂，古崖州一页沉重突兀的历史！一座盛满高尚品德的厅堂！一支壮怀激烈昂天长啸扫胡尘洗雪靖康耻气壮山河壮本朝的雄浑颂歌！

宁远河

没有长江的源远流长，没有黄河的磅礴壮观，没有钱塘江的宽阔澎湃。你仅仅是五指山麓下的一滴露一点雨一股水哦。

然而，你不甘渺小不甘平庸不甘干涸不甘卑陋，弯弯曲曲轻轻快快携着两岸风采，自五指山麓奔流而来，翻翻滚滚汹汹涌涌奔入久已思慕的大海。一路浩荡，一路豪迈，一路欢歌。

历尽岁月沧桑，历尽古崖州兴衰，犹不改初衷，犹奔涌入海。

带来百里沃土，并浇灌出一片碧绿一片金黄，浇灌出两岸一排排崭新的楼房，浇灌出悠扬旋律精采图画！

哦，宁远河！以执着的信念不懈的追求，赫然展示自己的风姿！

哦，宁远河！一条可算得上源远流长的河，一章无韵的散文诗，一条流动的生命！

迎旺塔

不管岁月的风如何肆虐地吹，如何暴戾地打，几百年来，你——南疆佛塔，就这么站立着，站立成一尊威严、一尊神圣、一尊古崖州百姓顶社膜拜的虔诚。

作为镇住风水御抗邪气以使古崖州地灵人杰人地灵的宝物，南疆佛塔你站在巍峨城之西、悠然河之畔，高高地昂着头，挺直脊梁，昂起古崖州的温煦丰饶繁荣。

阅尽天涯夕照，阅尽乱云飞流，阅尽沧海桑田，迎旺塔，岁月之手镂刻你几份沧桑几份喟叹几份无奈？

有新城崛起，有成园青翠的香蕉迎雨，有成林挺秀的槟榔弄月，你很慷慨么？迎旺塔？

曾经岁月唱着悲歌，而今岁月又奏新曲，又刮起强劲的"邓旋风"，走进了新时代。迎旺塔，你迎旺了些什么？

望断浩浩秋水，望断茫茫野渡，望斜了坚实之躯。

而野渡无人。

亦无舟。

玫瑰谷赞歌（外六首）

钟琼新

玫瑰遥闻别样香，寻来映日展新妆。

天娇舍爱京华梦，丽质无嫌野草乡。

养得红颜迎海客，凝成精品换金觞。

明朝纵使身心碎，也助农家创小康。

春满博后村

几度徘徊几度闻，家家彩画旅游门。

香车树下摇花影，远客窗前举酒樽。

梦里曾经荒故地，望中重返建新村。

黎民实赞东风好，合作双赢处处春。

中廖村秋行

轻车翠竹鸣，联袂入村行。

紫陌秋风影，平湖玉燕声。

听无鸡犬吠，闻有稻花烹。

木鼓黎歌处，迷魂忘返程。

槟榔园秋行

秋光满目到槟榔，恍惚身临锦绣乡。

人坐电车行玉道，心随紫燕绕华房。

鸡鹅水上斜阳牧，瓜果田间贾客忙。

更有黎家新酿酒，风前未饮已闻香。

福万水库行吟

坝上重来忆旧踪，当年此处截苍龙。

飞车午日千山雨，卸甲中宵万树风。

老梦飘遥余白发，新湖澄澈映青峰。

杯前俯首临波照，欲看秋颜再度红。

重访高峰乡

只记高峰经一别，如何屈指不知年。

重来辽鹤乡愁醉，再看卢生槐梦圆。

紫陌琼楼清水畔，黄粱碧果白云边。

青山仿佛还相识，铜鼓苗歌故友前。

高峰红新苗村赞

燕绕峰廻处，苗村翠色浓。

琼庐依岭建，玉道与城通。

峡谷流泉白，歌台笑脸红。

开襟花下坐，喜沐舜尧风。

扶贫抱古行（五首）

何顺昌

一

扶贫抱古行[①]，海角又倾情。

饮马停南路，扬鞭向北程。

珠崖尝绿水[②]，黎寨识农兄。

欲问村童事，且听敲户声。

二

敲东串北家，入户话桑麻。

---

① 抱古，指抱古黎族聚居村。
② 珠崖，指琼岛崖州区域。

问病无愁色，飞歌伴学娃。

倾听春雨季，漫说地头瓜。

不摆官爷谱，闻香处处茶。

三

立志向康庄，齐心一路狂。

晨钟催汉起，夜校拜师忙。

野老农家乐，阿婆竹饭香^①。

奋蹄何用鼓，甩帽自阳光。

四

勤能洗苦贫，雁领奔跑人^②。

甜鸭盘中客，青莲佛脚神^③。

田头生细浪，花径漫香尘。

笑靥千般好，黎民拜党亲。

五

本是荒蛮地，今成美丽村。

群山千里翠，碧水一湾春。

竞秀花园景，勤耕古寨人。

芳香留远客，惊羡四乡邻。

---

① 竹饭，指黎族特色竹筒饭。
② 奔跑，指奔跑农民合作社。
③ 青莲，指热带睡莲示范基地。

游崖城学宫（外二首）

韦诗赋

"海外邹鲁"崖学宫，珠崖寻芳仰圣公。

兴学敷教千家子，贤才辈出功绩丰。

学宫壮观气势雄，历经元明清建工。

誉称崖州高学府，重教尊儒千秋咏。

拜谒迎旺塔

崖州一景迎旺塔，百年风雨乃挺拔。

庶民祭祀添福寿，胜似吉祥牡丹花。

昔日荒凉数天涯，迄今风光美如画。

"佛塔"文化传千古，南天古迹耀中华。

瞻仰梅山烈士陵园

梅山红花分外香，陵园忠骨永留芳。

捐躯洒血壮琼崖，赢得安民日月长。

青山秀绿郁苍苍，壮士沙场卫家乡。

英雄儿女驱匪寇，座座丰碑放奇光。

满庭芳·鹿回头山顶望三亚
（外一首）

陈庆永

　　碧绕群山，金波银浪，渔夫拉网鱼收。天涯夕照，舟艇泊鸿州。浪里高楼林立，水光影，翱旋鱼鸥。霓灯烁，画船点点，潮夕彩漂绸。

　　沙滩人聚集，南山文化，贸易全球。三亚湾，旧城新改双修。东岸宋城①湿地，广场舞，乐曲不休。滩边树，枝繁叶茂，四海客宾留。

雨霖铃·东岸湿地

　　双河婉转，绕环山海，浪拍堤岸。凭栏烟波万里，春怀荡漾。蓝湖渐暖，燕鹭低翔戏水，艇船穿银缎。水里树，根曲盘龙，别墅琼楼碧

---
　　① 宋城，指三亚千古情。

辉炫。

草藤翠影迷人眼，绿红娇，浪动莲荷冠。群芳绽放次第，临湿地，汉黎和善。地利人和，滨海明珠，乐仙留恋。阅海秀，锦绣河山，盛世宏图展。